看穿前世今生

十週年典藏紀念版

之情結百年月

SEE THROUGH YOUR PAST LIFE

跨越陰陽、預言占卜　　盡己所能、苦海明燈

來到我面前的男男女女，通常是因為固執自我的性格與態度，因而經歷了一場曲折的情愛，使自己陷入痛苦與掙扎。

因「情困」而必須「擇定」 透過我的眼，藉由我的口，能夠告訴情困之人未來方向，

但最後的選擇權，如何化解情愛揪葛，仍是操之在己……

【推薦序】

令人惜緣、惜福，如暮鼓晨鐘的善知識

李蜀濤（志品科技股份有限公司董事長）

除非在人生浪濤中翻滾過幾回，有些事因你親眼看過，親自聽過，甚至親自遇到過，你不會相信不曾在記憶中有過的經歷。尤其在人生得意之際，平步青雲，會把一些不瞭解之事當做是傳言、是迷信，畢竟我們不能把自己有限的知識，嘗試或主觀去了解判斷人生歷練及不知道的事實。

我認識邢老師與許多人一樣，是在我遇到挫折掉落到人生谷底，徬徨無措之際，經友人引薦的。初見面，我只以為她設壇為人卜卦破解疑難，指點迷津，當她瞭解我的境遇，告訴我不能有「恨」，頓時我眼睛一亮，我知道我遇到一位有智慧的善知識。

因天賦異稟又歷盡人間辛酸，感受過人間冷暖，由於具有一顆善良慈悲的心，諸佛保佑，有了終身伴侶及溫暖的家庭，將自己累積的智慧不藏私奉獻出來，把平安喜樂傳遞他人，將悲歡離合告誡他人，更難得是出書，將能量擴散，讓更多人能分享，與更多人結善緣，尤其讓許多人看到真正的自我，找到回家的路。

我在書裡面，看到邢老師的告白，也看到每一個人不同的人生經歷，如同個案研究，讓人親身走進局內，看盡人生百態，有情及無形，了悟悲歡離合原本就是個人的因緣。知道邢老師要把三本書整理為合訂本，對讀者而言，真是一大福音，從一而貫之，更能體會，人身難得要惜福也要惜緣，人生真正的財富不是身外之物，而是你有可助人的智慧及一份珍惜自己家人及週邊朋友的心。

人生不如意事十之八九，書裡的描繪的確如此，事實上許多人的體驗也如同一面鏡子，如何活得自在從容，就必須跳開自我的框框。否則心理是如此期盼，可是還是不自覺地陷在自我的泥沼裡，能洞察人生無常，才能隨遇而安，找到寧靜。

【推薦序】

令人尊崇的心靈導師

黃壽強（有富國際集團秘書長）

我在新聞界二十七年，先後擔任過社會傳真、翡翠雜誌等昔年被喻為大八卦（開）傳媒的總編輯，接觸過的奇人異士自不在少數，但要說能讓我感覺不走旁門走道、不帶油氣又熱心助人的，恐非邢老師莫屬！

可惜，相見恨晚，認識邢老師是在我離開新聞界多年，幸運跟隨一位有慈悲活菩薩之稱的大企業家洪村騫總裁身邊二年後的事，否則像邢老師這類人、事、物，絕對是大八開雜誌不容錯過的深入報導題材：一來她不造作，不賣弄、忽悠眾生，有啥說啥；其次她天賦異稟，是位能貫穿前世今生，預感超靈敏的使命者。

最重要的，具有陰陽眼的邢老師，從四歲開始能接觸鬼魂，詭異的言行受到家人、同儕排擠，被視為怪物，孤單寂寞的成長，至今搖身而為名震海內外，受人尊崇的另類心靈導師，此種高低落差極大的轉折經歷，加上她穿梭陰陽兩界，為生者排憂解難、為死者頌禱安魂的種種事跡，發生在她身上的故事絕對會引人好奇、發人省思。

據悉，東南亞某位甫就任不久的總統，最近非常火紅、言行也經常被國際媒體放大檢視。他在競選初期完全不被各方看好，一個因緣際遇，他在大陸某要人引薦下，認識邢老師就問自己仕途，結果得到「穩定當選」的答案，時距投票日還有八個多月呢！

【推薦序】

難得的人生導師

林啓文（網路科技總經理）

身在網路高科技行業多年的我，和「命理」這一行可說是完全沾不上邊。但由於我的工作需要為公司的星座頻道尋找合作內容，因此我也結識了很多「老師」。我發現雖然每個老師各有其專長，但無論紫微、姓名學或者塔羅牌，都有一個共同的特點：讓人覺得很神祕，深不可測、欲言又止，也因此給了我一個這樣的認知：從事命理工作的老師都是這樣的神祕群體。

直到某天，有位朋友介紹邢老師給我認識，我才知道原來「老師」可以這麼親切，有如鄰居家的姊姊，又好像已經交往了幾十年的老朋友。這時才發現，她似乎早在一眼之間將你的過去全部看穿。

我也像對待其他「老師」一樣，想看看她的「眼力」，於是便把正在困擾自己的一個問題拿出來問她：「有一位很好很熟悉的老闆請我去他們的公司，但是我一直猶豫無法決定。您知道為什麼嗎？」邢老師直截了當地說：「因為你跟他們的文化不合啊！」當我聽到「文化」這兩個字時，剎時茅塞頓開，之前我自己也說不清為什麼一直沒去那家公司，邢老師這麼一說，我頓時開悟了！這就是我們第一次的相識，至今難忘。

後來老師送給我一份珍貴禮物——老師的兩本著作。我相信很多人都看過，反應各不相同。有人和我說：「它像一本鬼故事書，看後夜不能眠。」，還有人說：「它像一本科幻小說，帶領你的思緒游離穿梭在第三度和第四度的空間裡，書中的人物可以飛簷走壁、穿牆遁地。」我倒認為，老師用她獨有的生命智慧、獨有的視角，讓我們這些沉迷的俗人們觀察到不同的人生百態、生離死別，世間的恩怨情仇。

現在，很開心知道老師即將出版第三本書——《望穿前世今生之家有千千結》。家庭是人類社會中最基本的單位，家庭更是人類靈魂情感中最重要、最複雜的一環。這本書講述了難以理解的離奇世間百態，或許我們能從這本書中領會如何面對自己、別人，面對人生，並學習如何去愛。在此特別引用書中的一句話，謹獻給大家頌讀感受——**煩惱大多都是自尋而來，人天生所具有的力量與創造力是很可怕的，可以讓自己處在天堂，同時也處在地獄，常常吃足了苦頭，仍不相信自己的力量**。

我與邢老師認識的幾年中，親歷有許多人找她幫忙、請她解答，她總是不厭其煩地開導大家，幫助這些人脫離他們的痛苦。邢老師對我而言，就像一位導師，我並不期望能夠從她那裡得到任何答案，但她總是像一位智者，告訴我多注意什麼、多關心什麼、多瞭解什麼，每當我想放棄的時候，她總是告訴我：「別擔心，繼續加油就是了！」

在此真誠地感謝邢老師，謝謝您。

誠心希望讀者們能如我一般，從本書中得到老師的力量和智慧。

【推薦序】

愛的路上，感謝有妳

吳曉榮（大學教授）

認識邢渲老師已經超過二十年了！記得剛結緣的時候，邢老師的兩個小孩還小，而當時的我，學有所成，在中央政府機關擔任公職，工作也算穩定，若以外在的社會標準來看，似乎該有的應該都有了，可是那時候的我卻覺得「不快樂」！

這二十多年來，我跟邢老師的關係，比較像家人，她就好像我隻身在台北的姐姐。我們不談神弄鬼，卻藉由陪伴，她一路支持我、鼓勵我，讓我不斷成長，也讓我壓抑在心中的那份滿滿的愛，得以釋放，因此學會更加認識自己、接受自己，並真正勇敢地做自己。

認識邢老師以前，我似乎比較不愛自己，活在家人、朋友及長官的期待與肯定中，雖然大家看我，應該是人生勝利組，各方面都不錯，令人羨慕！努力向外追求，活在別人眼中，活得很辛苦，很怕別人不在乎我；好勝心強，很怕做錯事，做不好，心中隱藏著一份「不夠自信」，不知好好用「心」愛自己！

記得十八年前，跟邢老師一起去印度佛學院過農曆年，那是一趟心靈洗滌的旅程。我們睡過大雄寶殿，我們在印度大街上共舞；我們在一起笑到肚子痛，這好像是我自從上了國中之後，再沒有的自在與開心。大部分的印度人，生活匱乏，好像什麼都沒有，可是卻可以很開心；我似乎什麼都有了，為什麼還不開心呢？那時候我問我自己。

這趟旅行，讓我找回了失去好久的童心，而原本深藏在我心中的愛，也開始萌芽，如果我要快樂，應該要再去找回那顆「赤子之心」。

於是，在邢老師如姐姐般的引導與支持下，我開始學習啟動自己的潛能，開發自己的價值，並誠實地做自己。開始理解人生快樂的泉源，不在於我們自私地擁有什麼，而在於我們是否可以透過努力、學習與成長，藉由增強自己的能力，進而順其自然因緣地無私奉獻與服務。

原本只是追求穩定與外在肯定的我，也開始像小孩子般地嘗試改變，放下服務多年的公職，再度回到學校念書進修，接受挑戰，探索自然世界、不一樣的生活方式！

如今的我，雖然不是一個位高權重的政府官員，而是在大學教書，透過分享與年輕人一起共同學習成長，加上學校的行政工作，以及在外參與一些非營利機構的志工服務，雖然有時候也會覺得挑戰一個接一個，懷疑自己是否能夠承擔得起，可是我的心卻變得更年輕、身段也變得更柔軟，內心變得更充實，生命也變得更快樂、豐盛！

過去一年來，遭逢家父與摯友的驟逝，雖然心中有難以承受的不捨與傷痛，而在邢老師如家人般的支持下，讓我不再去想「我已經沒有的或已經失去的」，而是要去想，接著我能做什麼。在我們的生命中，只要我們努力了、盡力了，結果就讓老天爺來安排；也許失去，也是老天爺要送給我們的禮物，因為老天爺要我更堅強，承擔更多責任，也要我去學會瞭解生命，學會「愛」、「無常」與「承受」。

人生無常，我們都會遇到挫折與失敗，也會沮喪，人生本來就很難事事如意！也許我們有前世，而今生的一切，也許有因緣安排；然而，在邢老師如家人般的陪伴下，讓我體會到，此生中最重要的不是我在什麼位置或扮演什麼角色，而是當老天爺安排我扮演什麼角色時，我是否用心把這個角色扮演好。

人生如何常保熱情與快樂，邢老師要我懂得去愛及服務，當我隨時想到要去關愛別人、同理別人與服務別人時，我就不會再執著去想我能得到什麼，也比較不會去比較，就比較不會有失落感。當然，邢老師也讓我學會懂得去愛自己，珍惜自己，接受自己，肯定自己！如今，每天睡覺前，我都會去想想我要感謝那些人，感謝那些事，每天抱著感恩的心，讓我心中充滿著愛，也比較踏實。

在學習「愛」的路上，邢老師，很高興認識妳，感謝有妳，有妳真好！

【推薦序】

慈悲良善的力量，賦予重生的機會

成博士（新加坡生物醫學博士）

我和邢老師的緣分始於二〇一二年，我對於人的前世今生非常感興趣，常常讀一些有關的書籍文章。一個偶然的機會，我在報紙上讀到邢老師的《望穿前世今生》這本書的節選。我立刻被吸引住了，便馬上到書店買來此系列的三本書，並且一口氣讀完。

我是從事科學研究的，凡事追求論證。為什麼對這種有關命理，似乎遠離科學的事情如此感興趣？我想它有幾個原因。首先，這幾本書不是在敘述道聽途說的故事，它們記載的是老師自己從小到大的經歷，讀起來非常的真實而且有趣，其次，它們回答了很多我一直想知道但無法找到答案的有關人和靈的問題，我們每個人其實最難的也是最重要的是知道自己應該成為什麼樣的人、做什麼樣的事、有多大的成就。了解自己並知道自己的使命和潛力，會對一個人的人生有多麼巨大的影響，老師的書給了我莫大的啟發。

更加幸運的是我不僅讀到老師的書，而且認識了老師。每次老師來新加坡我都能得到老師的教誨，大家就像家人一樣。二〇一三年我親身經歷了一件事，使得我對老師非常感激。

那年六月，我太太得了骨痛熱症，在醫院住了一個星期後，被診斷出罹患的是最可怕的一種，骨痛溢血熱症，當時已經內出血，血小板掉到二十以下（正常一百以上），便立刻被轉到加護病房。這種病是沒有任何的藥物治療的，只能靠病人自己的意志力及抵抗力。我萬分著急卻完全束手無策，當時立刻打電話給老師求教，老師請示了神明後，告訴我我太太的情況很不好，但是最後可以度過難關。這給了我巨大的精神力量。

接下來幾天她的情況越來越糟，差不多在加護病房住了一個星期左右，在一個星期四的清晨，我太太病情突然大為好轉。這時電話響了，是老師打來電話，老師的第一句話就是，你太太沒事了！這真是太神奇了！後來我才知道，這期間老師不斷地為我太太祈福、祝禱。

邢老師用她天賦異稟的能力幫助了無數的人，老師的書也給無數的讀者提供了一扇獨特的窗戶，讓我們能夠一窺另一種世界的真實。我期望各位讀者除了享受這本書的智慧和風趣，也可以像我一樣從中受益。

【推薦序】

震撼我心的朋友

關圓轉（育才中心教育顧問）

能認識老師，應該先謝謝四位善知識的推薦，他們是我的表妹王秀珠、表妹的佛友葉德明和陳俊華，因為他們贊助的多吉喇嘛，在我國學習中文時住在我家，因此和老師的接觸便自然地頻繁起來。剛認識老師時，對於老師童年的艱苦生活，心裡著實感到酸澀。唉！從艱苦生活中磨練出來的孩子，一定會與眾不同的，果真如此。相識相知後，我也慢慢地了解到老師總是來去匆匆、奔東跑西、忙忙碌碌，其實絕大部分都是為了籌建佛學院。她是一位非常講信用的人，既然一口承諾了老堪布，她便會盡力衛持學院，任勞任怨、無怨無悔地拚命做到。

老師曾經輕描淡寫地說，當出版社找到她，希望幫她出書後，談話結束正要離開時，才剛走到樓梯口，就看到街上滿滿的站著的「灰男灰女」們，一致鼓掌感謝她為祂們申冤，幫忙說出祂們的無辜、痛苦和被世人的誤解。我當下傻了，我沒想到有人會幫祂們做這種吃力不討好的工作。真的很不簡單呀！萬一沒弄好，就像在玩命哪！但老師毅然地接受了挑戰，好一位不怕死的老師，我拳拳致敬了。

而接下來這件事更讓我由衷敬佩她。在某次的閒聊中，我曾勸老師不要太操勞了，她虛弱的身子會耐不住的，可她卻淡淡地說，她會再硬撐下去，就算到了「那天」，她還要入地獄繼續她的使命，為「灰灰們」辦事。我真是驚呆了，回過神來再問老師，剛才說了什麼來著？老師重複了剛剛的話，我的心都揪了，別過了臉，眼淚不自禁地滾了下來。

老天啊，老天！竟然有人願意入地獄幫助可憐的「灰灰」，這可不是普通的偉大，是偉願！是悲心！我愣了很久，老師的那句話一直在我腦袋中盤旋：「是啊！我發願入地獄去幫助灰灰們。」我無言，但心中卻盪漾著幸福，因為我看到了人間的地藏王菩薩！菩薩願、菩薩心，就是這樣的嘛！

【推薦序】

不可思議的神準

傅綱（忠實讀者）

第一次見到邢老師，是民國九十三年十一月，在前往參加印度佛學院暨大殿落成的行前說明會上，當時的印象是：行事俐落，效率極高，而且圓融。

之後因參加八關齋戒，邢老師發心帶義工做齋飯供眾，故又見過面，但對其認識的程度也僅只於此。直到閱讀了邢老師所出版的書《望穿前生今世》，才真正對邢老師有了進一步的了解：原來從小她所看到的世界是和一般人不同的。

學佛已十多年，曾經在佛菩薩面前發願：願度這世上不幸的女性苦難同胞。這一路走來，發現世上雖單純的只有男性與女性這兩性，可是卻延伸了婆媳、夫妻、親子、妯娌、姑嫂等等複雜的問題，眼見一幕幕家庭的不和樂，讓許多人嚐盡了世間的酸甜苦辣。

於是興起了穿針引線的動機，對周遭有苦衷卻走不出來的友人，一一發出訊息，就這樣凝聚了十餘人，渴望能透過邢老師的通靈占卜，而海闊天空。去年在幾經聯絡之下，眾人望穿秋水，邢老師總算撥出空檔，於十一月二十六日抵達花蓮。

記得排第一位的是石小姐，事後石小姐直呼：「太不可思議了，連我穿束褲她都知道，邢老師的雙眼簡直與X-ray可相抗衡。」石小姐問的是健康與購屋問題，邢老師直言要石小姐不要穿束褲，因她身上有長東西（事後去醫院檢查，胸部果然長了好幾顆脂肪瘤）；關於房子的事，邢老師告訴她：「過兩天對方會自動打電話過來，妳只要加碼五到十萬就會成交。」事後就照邢老師所說的版本發生，所以啦，一切ＯＫ。

其中一位友人，在還沒問問題，只寫出姓名而已，邢老師馬上說：「妳有過姓。」可不是嗎？這位友人家中姐妹都姓林，只她姓李，友人的父親是招贅的。

另一位，是同參道友，對邢老師心中還是半信半疑的，故問的時候，故意先問已過世的母親。她說：「我沒有和媽媽住在一起，我很想念媽媽，不知道她現在好不好？才寫她母親的姓名及出生年月日，邢老師馬上開口：「妳母親已不在世上應該一年多了，難道妳不知道嗎？」神準無比！這位同參道友的母親已過世正好一年多。回到家後，這位同參道友感動之餘，馬上打電話給我，要我幫她先墊五千塊給邢老師，做為護持佛學院之用。

在解難的這許多人中，由於有些是牽涉到個人私有問題，故在此就不多言。

敬祝

出書順利！

【推薦序】

認識老師，是一個緣

陳俊華（Managing Director . Agile Group Co., Ltd）

幾年前，因為公事出差到臺北，要去機場前，想說到書局轉一轉，希望帶一本書上飛機打發時間，目光瞄到書架上的十大暢銷書，一眼就看到《望穿前世今生》，因為一直對於這一類的書有興趣，就買下來了。翻開書之後，就像進了另一個世界。書裡的每一個真實故事，讓我對前世今生有更多瞭解。

幾個月後，我跟公司請了假，帶著這本書飛到臺北，希望能當面見一見老師。老師非常低調，從來沒有在公共場合出現，也不知道「邢渲」是筆名還是真名，本以為打電話去出版社應該查得到老師的聯繫方式，但卻落了個空。在沒其他辦法之下，我照著書上寫過的街名和地點，拿著臺北地圖開始一個一個找，但是走了幾天都沒看到，問路人也沒人知道。

在最後一個晚上，時間已近午夜，走著走著，路上行人已稀少，我站在小巷子旁也真氣餒了，我閉上眼，靜靜地向關老爺問：「如果有緣，那就讓我找到，不然，我也必須結束行程回家了。」

張開眼後，我轉身準備回頭攔計程車，才走不到十步，巴掌大的商號──「論緣堂」就在路邊，我終於找到了！

記得當老師因肺腺癌開刀後，我飛到台灣、到醫院探望她，她身上插了幾根大管子，像八爪魚一樣，她臉色非常蒼白，我只能站在病床邊為她祈福和念咒，希望她能渡過並及早康復。老師有著堅強的意志力，為了家庭和護持學院，她努力戰勝了這嚴酷的考驗。

祝賀邢渲老師的《望穿前世今生》再版發行。這本書，不單只是可以當做小說一樣讀，也讓讀者從一篇篇的真實事件中瞭解因果，和因果在生命中的影響。很高興老師一直以來都希望傳達的「行善及時」種子，能再一次藉由這套書的發行，再次傳播出去。

【作者序】

情結百年「悅」

這麼多年來找我問卜的男男女女，絕大多數不是因為「情困」，就是「錢困」，通常情困都會夾纏著錢困的狀態，然而不論是哪一種狀態，都是有關於人生的「擇定」，也就是有關於如何選擇之後，採取行動的方向與方法。我常覺得自己在做的事情，就是先把時間拉到未來，預先告訴來問卜的人，有關於未來的答案。

而「情困」的「擇定」，常會看到真實人生的骨牌效應，一對親密的男女，不論做什麼樣的選擇，會往上影響到父母輩，往旁影響到同輩的手足以及親近的朋友，往下就是自己的孩子，甚至孫字輩的第三代之後，我扮演一個「預知未來」角色的人，常會以我看到的答案，勸解來問卜的人要如何選擇、如何行動，才會創造幸福的人生；同時我也是一個旁觀者、啦啦隊，要如何選擇與行動，依然是掌握在當事人的性格與態度模式中，然而來到我面前的男男女女，通常會因固執自我的性格與態度模式，而去歷經一場曲折的情愛之旅。

因此各種真實高潮迭起又充滿戲劇張力的情愛，不斷地在我眼前上演，我這個旁觀的啦啦隊，在一旁不斷地打氣之外，也常看得膽戰心驚，有些人似乎染上了固執的癮，我怎麼地勸，依舊在無法為自己創造幸福的模式中受苦；有的卻能夠在經歷情愛的苦痛之後，終於淬煉出生命的智慧，而能以生命智慧的理性去「擇定」適合自己又幸福的情愛關係，並且也從情愛的苦中，體會到真實人生的骨牌效應，因此懂得以感恩的心，去珍惜，去疼愛，去尊重身旁具有血緣與姻親關係的人，甚至漸漸學會無私的大愛，去關愛無任何關係的陌生人。

不論是哪一種狀況，我都是盡責地扮演「預知未來」的角色，盡心盡力的在一旁加油並給予祝福。

當然這本《望穿前世今生之情結百年月》，能夠順利完成，要特別感謝願意分享個人情愛歷程的「緣友」——有緣的朋友們，她（他）們經歷情愛上的挫敗逃避的苦痛，以及失去的悲傷，終於從傷痛中療癒，鍛鍊出生命成熟的智慧，這種願意分享生命中陰暗傷痛的勇氣，令我非常地尊敬與感謝，也因為有他（她）們的分享，希望有緣和這本書結緣的讀者們，在讀完一個又一個真實的情愛故事後，能夠在自己的生命中，創造屬於你們的情結百年「悅」。

目錄 CONTENTS

CHAPTER 1

選擇之路

不論男人，或是女人，成長到一定的年齡，內在尋求伴侶的生命時鐘，就自然而然地響起，內在渴望親密，眼光向外搜尋，但如何選擇，課本沒教，父母不知如何教，倒是小說描述得很多，情歌、詩歌更是唱不完，但是如何選，才能擁有幸福的關係，從小說、情歌與詩歌中，依然找不到答案……

CHAPTER 2 怪罪誘惑

當對眼前的愛人期望落空，誘惑就搭著不滿的情緒，佔據心房，點燃慾望，讓人以爲誘惑會帶領生命，通往幸福的終站，結果卻發現沒有終站，只是另一個「累」與「淚」的重覆之旅……

CHAPTER 3 親密共舞

親密關係，從拉丁文的字根探討，就是「內在」與「深奧」，獻身於彼此的成長與學習，也就是願意和所愛的另一半，以及與他或她的家人、朋友，打開心胸，眞誠地溝

通，聯繫在一起，分享內在的一切。

CHAPTER 4 廝守歲月

耳鬢磨廝婚姻關係，不是從想像中，浪漫的愛情劇中能夠領會，需要在一段真實的日日相見，夜夜相守的日子中，才能漸漸領會與學習，關係中自私封閉，關係中的相互交融，關係中的低潮與高潮……

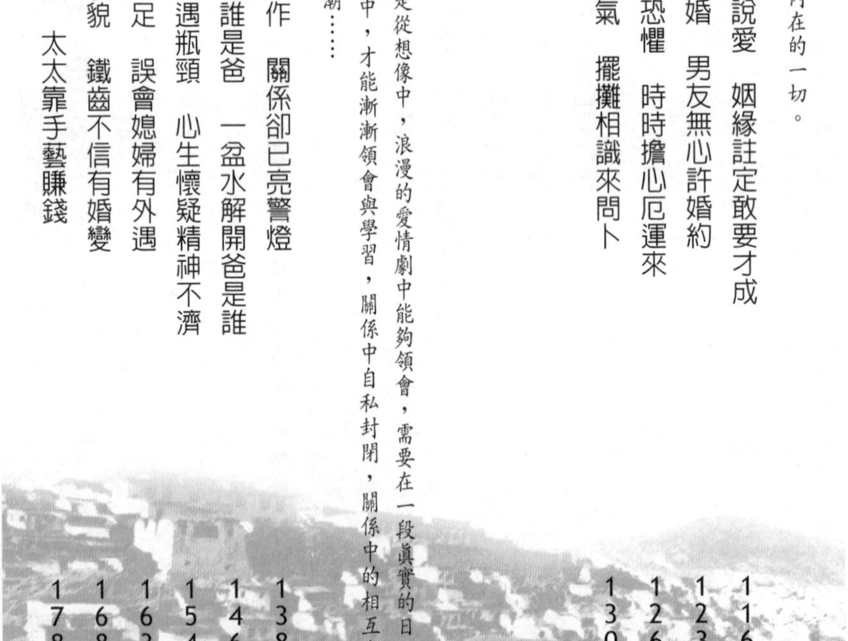

CHAPTER 5

心碎分離

因爲相戀選擇相守，然而隨著時光的流轉，孩子的誕生，生活中各種跟錢，跟權力，跟價值觀各類顛簸的事件發生，親密的伴侶間產生更多的爭吵，歧見與失望，終於，雙方都受夠了，就決定從關係中出走……

CHAPTER 6

同志情海

在性自由的時代，愛男愛女，是個人自由，然而社會對愛情婚姻仍有固定的框架，因此同性戀也常在不被社會世俗價值觀全然接受，而在愛情之路上變得不安與飄盪。

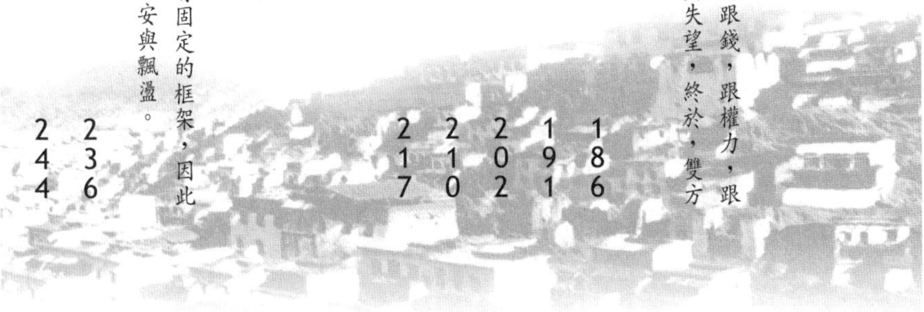

CHAPTER 3 前世愛怨

從前世可以得知今世爲何如此，但若只是知道，卻還怨，還不如不要知道，但是知道了，又能用心了解，並採取積極的行動去化解這段關係的恩怨情仇，雙方關係才有機會進入柳暗花明又一村的境地。

選擇之路 Chapter 1

不論男人，或是女人，成長到一定的年齡，內在尋求伴侶的生命時鐘，就自然而然地響起，內在渴望親密，眼光向外搜尋，但如何選擇，課本沒教，父母不知如何教，倒是小說描述得很多，情歌、詩歌更是唱不完，但是如何選，才能擁有幸福的關係，從小說、情歌與詩歌中，依然找不到答案……

1 非註定姻緣 男方已變莫傷感

命運之神操縱我的愛情之路，還是我的性格關上了愛情之門？

民國九十年過完舊曆年，廖小姐因為男朋友不是手機不開機，要嘛就是電話通了，鈴聲一直響，卻沒有人接，她非常沮喪地來找我，但是我已看到她的男朋友變心了（因為我已看到一個畫面，一個男的騎著摩托車很快樂地去接另外一個女朋友下班，彼此肢體的動作是很親暱的），但是我跟她初次見面，看她如此沮喪，我也不好直接告訴她我看到的「畫面」，所以我就建議她，去問認識她男朋友的朋友，打聽她男朋友的近況，同時我還是很婉轉地告訴她：「如果妳給他機會，他又不回電話，以我多年卜卦的經驗，要嘛他覺得妳不合適，不然他就是對妳已沒興趣，已經變心了，妳不是他心目中理想的對象。」

廖小姐後來真的去找他們彼此的介紹人，才得知她的男朋友去唱KTV時，帶了另外一個女朋友，因此當廖小姐隔一個星期又來找我的時候，心情是更難過了。那天她沒有預約，帶著一盒水果來謝謝我，並問我：「老師，妳看到了，對不對？」我就反問：「妳去問到了什麼？」她就告訴我，介紹人要她不要聯絡了，因為那個男的過得很好，已交了另外的女朋友，她接著又追問我：「老師，我是不是不用等待了？」我就說：「對。」

廖小姐又跟我說，上次她來，我給她的那張卜卦結果的單子，她一出我的門，才走到路口，她就怎麼找都找不到，她還到車上把皮包裡的東西全倒出來找，那個寫著卜卦結果的紅包袋，依然找不到（我通常都會用一個紅包袋裝好，讓卜卦的人好攜帶，也好保存，而且紅包袋對我來說，也是珍惜每一個來到我面前的人，同時，也是讓離開的人討一個喜，帶一個福氣離開），我就跟她說，那張單子上寫著她男朋友的名字，連出我的門都會掉了，可見真的沒緣分，她跟我說，這幾天她難過得一直哭，並又問我：「老師，這是我欠他的嗎？」我說：「其實，妳跟他不是註定姻緣，註定姻緣就怎麼跑都跑不掉，妳一定會嫁給這個人，這是選擇的因緣，妳不用這麼難過，其實妳談了五次戀愛了，妳不用這麼難過。」我一講到這裡，廖小姐就很訝異地問我：「老師，妳怎麼知道？」

有緣千里相遇　買東西良緣牽

接著，我叮嚀她，五月前她一定要記得把自己弄得美美的，六、七、八及九月，一定會遇到不錯的對象。

結果，廖小姐真的在六月五日，認識從國外回來的一位男士。那天她到光華商場買東西，原本廖小姐是要託他人幫她買，但是那個人因故無法幫廖小姐的忙，於是廖小姐就自己去，她正在挑選時，那位從國外回來的男士以為她是店員，就問她相關商品的事宜，後來才弄清楚，原來廖小姐跟他一樣，都是來選購商品的，之後男的就主動跟她聊起來，四個月後兩人就結婚了。

交往一年只牽手　問卜愛情心低落

後來廖小姐介紹一個從事幼教工作的陳小姐來找我，她除了問工作的相關事宜之外，主要是想要了解，她已交往一年的對象李先生，彼此的未來會如何？我聽了之後，就反問她：「那算交往嗎？」陳小姐一聽我如此反問，就想了一下說：「對啊，老師妳這樣一問，我也在想，那算交往嗎？那怎麼樣才算交往？」我說：「拉拉手，看電影啊，他會想要親妳啊，甚至想要住在一起，想要結婚啊！」她聽了我如此舉例描述後就說：「我們有拉過手啦！」我聽了就對她和她口中的男朋友是如何牽手的問得更仔細，而我為了讓她了解，還用雙手表演不同親暱程度的牽手狀態，她就告訴我，只是在過馬路，燈號快變紅燈時，那個男的拉了她的手一下，並提醒她過馬路時，要加快腳步。我一聽，有些驚訝地反問她：「交了一年，才如此喔？那這樣遇到紅燈他拉妳的手的狀況，一年中遇到多少次？」

陳小姐一聽我這樣問，就說：「老師，妳這樣問，我很尷尬呢！」可是她一這樣說完，就很認真地回想，真的要數一年中這樣的狀況發生多少次，我看她這樣直的個性，我就趕快制止她，要她不要數了，我為了讓她放輕鬆，就半開玩笑地問她：「那妳是不是要找紅綠燈，才能牽手啊？那最好是到中華路那樣紅綠燈多的地方約會，牽手的機會才會多啊！」她聽完，又很直地反問我：「喔，那一定要找中華路嗎？」這時，我就忍不住逗她：「還有一個地方，就是虎林街，那裡有火車鐵軌，當火車平交道柵欄一放下來，時間足夠到可以將車子熄火，在車上談戀愛。」她一聽完，就說：「真的喔，我從來沒有去那個區域活動過耶！」

從這樣短短的對話中，我發現她很單純，很直，再加上是幼稚園的老師，真的是童心未泯，接著我又問她：「妳都不會主動去拉他的手嗎？」她說：「他都走得很快。」我問：「妳都穿高跟鞋對不對？」她就點頭說是，我就告訴她：「下次妳穿布鞋就追得到了。」一說完這句話，我又擔心她很直的性格會開始認真地往這個方向去想，我就立刻加了一句：「我是跟妳開玩笑的啦！」同時我也發現，講到關於感情的事，我都沒有在她身旁看到任何的畫面，而且跟她講話的過程中，我的心情莫名地愈來愈低落。我幫人卜卦這麼多年，很少發生這樣的狀況，除非那段時間，剛好遇到我的家人——例如母親身體狀況不佳，正在生病，才會發生這樣的狀況。

男不主動女害羞　坎坎卦中指情路

講到這裡，陳小姐就癟著嘴，忍住要掉下來的淚，跟我說：「老師，聽妳這樣講，我好像真的很白癡，我看也不用卜卦了。」我立刻安慰她：「不要難過，還沒有卜卦，也不知結果，卜了再說。」她告訴我，她沒有勇氣面對卜卦，又同時跟我說，她和這個男朋友在一年的交往中，曾經沒聯絡一段時間，期間也經由他人介紹，又認識另外一個男的，但是出去幾次看了幾次電影，另外一個男的就音訊全無，但因另一個男的比較小，又差三歲，再加上她家是忌諱差三、六、九的歲數，因此另一個男的沒有再聯絡，她也就不那麼放在心上。說到這她就詢問我，男女之間真的差三、六、九的歲數是不好的嗎？我就答：「沒有。」她又繼續追問我：「那看農民曆上哪個生肖配哪個生肖，準不準？」我說：「ㄟ……有的剛好準，有的剛好不準，但，不準的比較多啦，僅供參考。例如，我這裡也有那種差兩歲的很棒結婚，結果搞到後來還是離婚了，還有的差八歲會很發，但夫妻倆差八歲卻負債累累。」

接著她就卜卦，她才一卜完，我就發現她的背後呈現灰色的色調，而她卜到一個「坎坎卦」，我看了這個卦象，就跟她解釋，她的男朋友很難主動，再加上她又很害羞，也很難主動，最重要的是，男的不主動很麻煩，因為即使她主動靠過去，那個男的一直都不動，是沒辦法更進一步的。她聽了我的解釋，就跟我表示，她願意嘗試，因為她想要結婚了，加上周遭的同學都結婚了，所以她心裡有點急，而以她目前所接觸的環境，並沒有其他條件不錯的男生。聽完她這樣說之後，我就坦白地跟她說：「我覺得妳會浪費時間，因為不只是一個困，是有兩個困的現象，很困難，幾乎沒有希望，最重要是這個男的沒有準備好，他對於自己要什麼樣的對象，從外型、性格到從事哪種行業，他完全沒有概念，而且從卦象也看到這個男的沒有一般的男性朋友或男性同學。」她聽到這，就跟我說，這個男的除了在研究室，就是在工作，要不然就是窩在圖書館裡，他好像是獨行俠，我聽到這，就提醒她，關於這個男的個性，她要去了解他的家庭，說到這，我就問她：「那妳了不了解他的家庭？」

勸君莫白費力　固執性格強努力

她就跟我說明，他父母感情不是很好，他的母親跟外婆住在一起，我又繼續問她，她有沒有去過男朋友的家，她就對著我搖搖頭，我有些驚訝地反問她：「一年了，只拉幾次手，又沒去過他家，那他應該真的是沒有準備好，因此根據這個卦象，我勸妳不要去努力。」但她卻依然堅定地跟我說：「老師，我很想努力，有沒有什麼辦法？」我聽到這裡，就了解她的個性不僅很直，也是很固執的，我只好想了一下，跟她說：「他沒有時間聊天講話，妳就偶爾傳簡訊，以及用寫信的方式跟他聯絡，因為現代人不太寫信，他收到信，或許會感覺別有一番不同的味道。」然後，我還是再度地強調：「我勸妳不要努力啦！」

說到這，她就拿起皮包準備要離開了，我不解地問她：「妳不問了喔？」她不解地問我：「我好像講很久了耶！」我就說：「妳可以問完啊！」她說：「我也不知要問什麼？」我說：「妳可以問，下一個男的會不會更好？或是什麼時候會出現姻緣？」她聽完後，依然以堅定的口吻回答我：「不用，我還是努力看看。」體認到她固執的那一面，我就說：「好，妳努力看看，兩個禮拜後再來找我。」

但她隔了三個禮拜，才打電話跟我約，見了面就告訴我，她傳了一個星期的簡訊，每天傳兩次，內容都是簡短的關心之語——因為我有提醒她，簡訊的內容，不要問男的在幹什麼，因為男生通常不喜歡別人管他在幹些什麼。傳了一星期的簡訊之後，她的男友就回了一通電話，只是很簡短地說：「我很忙，有空我們再聊。」就將電話掛了。接著她又打了四次電話，第三次、第四次聊得比較多，都是男的在談他在醫院為病人看診的事，以及他寫了什麼內容的實驗報告，但都沒有提到要與她一起出去約會的事。聽完她的敘述之後，我就問她：「妳不覺得真的很難嗎？」然而她卻回答我：「至少他並沒有掛我電話。」我一聽就說：「哈，掛電話就很慘了呢！一般朋友聊天都會有很多話題，但你們談話的內容，感覺上好冷喔，今天，要不要我幫妳卜個卦看看，什麼時候會比較好？」她聽了，依然說：「不用啦，我還是再努力看看。」

關公送月桂樹　夢中未說如何用

再隔了兩個月，她好不容易約到一個禮拜天的晚上卜卦，而我在前一天禮拜六的晚上，做了一個夢，夢到我坐在我的辦公桌前想事情，關老爺端了一盆月桂樹走進辦公室給我，給我之後轉身就要走，我看著那盆樹，就在想：這是什麼？我對著關老爺問：「關老爺，這是什麼？」關老爺就轉身跟我說：「月桂葉啦，反正妳會用到的啦！」我一聽，趕緊追問：「要怎麼用？」這時，關老爺卻回答我：「我來不及了！」一眨眼，關老爺就不見了，在夢中，我從我的辦公室走出去來到佛堂關老爺的神像前，對著關老爺的神像問：「關老爺，您有這麼忙嗎？」在夢中，窗外的天色是黑的，我凝視著關老爺的表情，依然是威風凜凜。

這時在夢中，我就想：現在我應該要睡覺了。想到這我就整個人醒了過來，醒過來之後，我還在心中自言自語：月桂葉到底要幹什麼？上完廁所，又躺回床上繼續睡，又接著做夢，夢到有人按門鈴，在夢中我還想這麼晚，怎麼還有人來？一開門那個人對我說：「老師，妳不是要我拿相片來，並要用月桂葉才有效嗎？」我就拿了相片把門關上，轉身走回屋內，夢到這我又醒了過來。

到了星期天的晚上八點，陳小姐依約前來找我，她一走進我的辦公室時，我還以為我眼花了，因為我看到她的頭上頂著一盆月桂樹走進來，她一坐下就告訴我，她昨晚夢到我，要她帶相片來，我聽了愣了一下，接著就反問她：「我上次有要妳帶相片來嗎？」她說：「沒有，但我昨天夢得很清楚，我以為妳今天會用到相片，所以我就先準備好相片帶來，妳還告訴我要三張，兩人單獨照的表情一定要笑到看得到牙齒，另外一張是我今天特別去弄的，因為我只有他的獨照，因此我今天到照相館，請照相館特別幫我設計一顆心，用電腦合成將兩人一起放到心中。」不過仔細看相片，依然可以看出是兩張單獨的照片合成在一起的。

這時，我只好跟她說：「妳先把相片留下來，晚上關老爺跟我講之後，我再告訴妳下一個步驟，可能是要用愛心這張，但照片是合成的，背景不同，會不會又是兩個困卦？」她一聽我這樣說，就以略帶緊張的語氣跟我說：「老師，妳不要這樣講，他人滿好的，沒什麼壞習慣，就是研究報告，然後就是在醫院工作。」

燃燒三片月桂葉　九天過後約吃飯

同時她還要幫她的妹妹問有關婚姻感情的事，這時我就問她：「妳們家是否有長幼有序的原則，也就是妳若沒結婚，妳妹妹也不能比妳先嫁？」她就告訴我確實有，當她母親知道她正在跟這個男朋友交往時，就跟她講，若是哥哥還未娶，她也不要想先她哥哥結婚，她母親還強調，若是急著結婚，就要幫哥哥物色合適的對象。

接著我就告訴她，她們姐妹的個性真的很相像，都很固執，她妹妹心中有一個喜歡的對象，這個男的是個體育老師，身材有如健美先生，我要她回去把我說的這幾句話告訴她妹妹，我相信她妹妹聽了一定會很驚訝。那天，她還告訴我，她們補習班的狀況真如我所說，從只有十二個學生，招生困難的狀況，到已有三十幾個學生了。

接著又過了約二個星期，我又做同樣的夢：我坐在辦公室，關老爺端了月桂樹進來給我，就轉身走了。但接著在夢中，一個女的按門鈴，頭頂著一棵月桂樹進來，我們就面對面的坐著，並將月桂樹的葉子拔下三片，把葉片點燃產生煙，並以月桂葉燃燒的煙去燻相片，夢到這裡我就醒了過來。於是我約了陳小姐晚上來，在電話中，我很關心地問她，她跟男朋友的狀況，她就告訴我她男朋友好像消失了，她打電話給他，他都沒有回電話，我就在電話裡問她，要不要乾脆放棄好了？她依然表示要堅持，我就跟她說，既然她不放棄，就晚上來，我教她一個方法，然後把相片帶回去。

晚上她來時，我就教她每隔三天，以三片月桂葉燃燒的煙燻相片，葉子拔下來先烤乾，或是先放在書內將水分壓乾，這樣月桂葉才比較好點燃，而且要在太陽下山後才可以燻相片，並提醒她燻完九天，要打電話告訴我狀況如何。

結果九天後，奇蹟就出現了，陳小姐告訴我，第九天燻完相片之後，已將近晚上十點了，感覺很寂寞，非常想要找她男朋友，於是就打電話給她男朋友，她耳中聽著電話鈴聲響的時候，全身都在發抖，當她要將電話掛斷時，她男朋友就接電話了，她拿著電話也不知該說什麼，只好說：「我也不知要說什麼，我心情突然有點不好，想找人講講話。」她說完這句話，幾乎要哭出來，她男朋友在電話另一頭卻突然跟她說：「喔，想找人講話，那好吧，我們出來吃東西。」

加速興奮心臟跳動　落空撞擊沉重的心

陳小姐告訴我，一年交往的話，好像就在那一天晚上邊吃東西講完了，那天晚上，她男朋友變得很健談，講醫院的事，講他去玩的事，講家裡的事……他講了很多事，話沒有停過，那天晚上陳小姐很快樂，但心裡同時也在想：她男朋友是不是吃錯藥了？並且她男朋友還跟她約好，下個禮拜兩人一起去看電影；在等待的那個星期的每一天，陳小姐都可以感受到，因為等待所產生的興奮與期待，自己的心臟跳動節奏也變得特別強而有力，她每天都希望趕快把日曆撕下來，時間能夠加快腳步來到星期六。

當她打電話以很興奮又快速的語調跟我描述這些狀況，以及她的心情時，突然就在我電話以及坐在我面前卜卦的男士的左手邊空中，出現一股灰色的氣，我看著那股灰色的氣，整個人拿著電話呆了兩秒鐘，直到她在電話那頭不斷地「喂喂喂ㄟㄟ」我才回過神來跟她說：「我在聽。」當時我心裡就想，這個感情是不會成功的。

結果，到了星期六，陳小姐早早就把自己打扮得很美麗，但不敢主動打電話給她男朋友，在等待的過程，心臟從期待興奮地跳動，一直到失落沉重的撞擊。

她從下午一直等到晚上十點，都沒有接到她男朋友的電話，她也沒有吃晚餐，等到難過地哭起來，她妹妹就安慰她：「他只說下禮拜，又沒有說是星期六，還是星期天啊！」一聽妹妹這樣說，又燃起了她的希望，於是隔天星期日，她從早上十點等到晚上十一點，電話都沒有響，她想是不是自己的手機出問題了，還用自己家中的室內電話測試自己的手機是否可以正常通話。

當她等到晚上十一點，都沒有電話時，她又崩潰了，哭得更傷心，她妹妹都不敢走進房間安慰她。

只有想念沒有愛戀　癡癡等待獨心碎

到了星期一，陳小姐打電話給我，我就直接說：「沒有出去，對不對？」她反問我：「老師，妳怎麼知道？」我為了讓她放鬆一些，就故作輕鬆狀跟她說：「我有第六感，妳忘了我的職業？」她就問我：「老師，妳為什麼不坦白跟我說？」我就說：「因為妳想試啊！幾個月前我就跟妳講過，困卦之外，還是困卦，是極不可能會成功的卦，我曾遇到男女雙方都是重疊的困卦，彼此各自去交別人失敗之後，又回頭找彼此，但不美滿也不快樂，因為彼此並不那麼地愛對方，會在一起，就好像閩南語的一句俗話『沒有魚，有蝦也好啦』！」

我在電話中勸她，要不要重新來打卦問姻緣，並問她後來有沒有再打電話給她的男朋友，她在電話中表示，她不敢打電話，當她講這句話時，我似乎能體會她那種從熱水到冰水的感受，我就跟她說我體會到的，當她感受到我能了解她的心情處境，終於忍不住哭了起來，我安慰她正在上班時間，不要哭得太傷心，免得影響工作情緒，然後我就要她晚上來我家。

然而她卻因為怕哭得太傷心很失禮，就沒有來我家，之後隔了兩個星期，她打電話來問我，月桂葉可以常燒嗎？我就跟她解釋，這樣的做法是沒有傷害的，可能會勾起她男朋友對她的想念，可是只有想念，沒有愛戀，她又會傷心，我跟她說，如果她可以把她男朋友當成普通朋友，那也好，我就建議她調整心態，把她男朋友當成朋友，她聽完我講的這番話，就詢問我，她是否可以一次燒六片月桂葉？我聽了跟她說，不用啦，一樣燒三片就可以了。

平常心相見面　距離中無情趣

而這次燒完月桂葉之後，她就傳簡訊給男朋友，男朋友居然主動回電，並且在電話中解釋：「上次我要跟妳看電影的事，因為有很重要的事情，一時卡住，所以就沒有跟妳聯絡。」於是她男朋友就約她在非禮拜六的時間出去看電影，隔了兩天，男的主動約她出去吃飯，但因為她想到我勸她的話，因此就抱著不期望跟他有什麼發展的平常心，一起看電影與吃飯；但這次吃完飯後，她男朋友就問她，要不要到他住的地方看一看？她聽了，就反問她男朋友：「方便嗎？不好吧！」結果她沒有去，沒有去的真正原因是，她想若是這次去了，之後又沒有發展，那她會很痛苦。

這次之後她打電話跟我說，她變得比較冷靜，所以沒有這麼痛苦了，接著一個禮拜，陳小姐都能專心工作，心裡也不再如以前老是期待男朋友打電話給她。到了星期天的下午，男朋友卻主動打電話給她，跟她表示他心情不好，約她出來逛百貨公司、吃飯，並且坐在露天的咖啡座聊天，事後陳小姐跟我說，她覺得這個男的很沒情調，不坐在室內，在室外喝咖啡講話，她都要不斷地用手趕蚊子、打蚊子，男的看她不斷用手趕蚊子、打蚊子，也沒有表示要換到室內，當時陳小姐心中覺得好無趣，一看錶也快十點了，因此就主動跟男的說要回家，回到家檢查兩隻腳發現都被蚊子叮得都是小紅豆冰了。

大阻礙卦加女禍　依然不願看真相

當她這次跟這個男的出去之後，就主動打電話給我，說要來卜卦，我一聽以為她是要來卜她的下一個姻緣，沒想到她卻在電話那頭跟我說，月桂葉也燒過兩回，又出去了三次，她要來卜未來是否有不同的進展？

我一聽，就在電話這頭大嘆了一口氣，說：「妳還是要卜這個人喔？如果卜出來沒有進展呢？」她說：「我也不知道。」我一聽，就只好答應她來卜卦。

當她來卜的時候，依然是沒有好的結果的卦象外，還在卦象中看出有第三者，也就是不僅是一個大阻礙卦，而且會有女禍，我看著卦象就跟她說：「妳跟他交往的時候，他還有沒有跟別人交往？」她一聽，就想了一下，問我：「之前的女朋友嗎？」她就解釋，她男朋友之前交了一個很喜歡的女朋友，相交約半年，他很喜歡那個女生，但那個女生卻表明不想嫁醫生，因為那個女生認為醫生都埋頭苦幹，時間都被醫院綁死了，不會陪老婆。

聽她講到這，我就繼續問：「之前的女朋友，後來呢？」她聽我這樣問，有些困惑地回答我，她也沒有繼續聽她男朋友再提起過了。接著我就跟她說：「我覺得他找妳不是好事，不是純粹報告寫不出來，心情不好，我覺得是第三者出現了。」她一聽既不解又有些吃驚地問我：「第三者？可是我不懂……」我就繼續說明：「看起來，不是新人，是之前的女朋友回來找他。」她依然不解地問我：「如果她不喜歡醫生，幹嘛又回來找他？」我說：「這是有可能的。所以妳要不要卜看看，妳下一個男生什麼時候會出現？」但她一聽我這樣說，眼淚就奪眶而出跟我說：「我好像一直在浪費時間，交了一年，中間又斷過一段時間，如今回想，是當時不懂感情，不知如何珍惜，我現在比較知道該怎麼珍惜，我想試，但妳都一直跟我講，會不成、不成，我覺得很辛苦。」但我還是跟她說：「若是之前的女朋友又回頭，那妳會更辛苦啊！因此我才會建議妳卜下一段姻緣。」她依然不解地問我：「為何我的感情走得這麼辛苦？」我一聽，就說：「這哪叫辛苦啊？我這邊有很多故事，都比妳更辛苦。」

放不下癡念　猛追空氣愛情

於是，她就接受我的建議拿出六個銅板卜下一段的姻緣，一卜出來，我看卦象，我就跟她說：「不錯，妳要把握一月到五月，九月到十二月會有不錯的機會。」她問：「是一月到五月的好，還是九月到十二月的好？」我回答：「是同一個人。」她又繼續問：「那中間發生什麼事？」我說：「妳不要中間一不小心疏於聯絡，又淡化掉了，妳等新人啦，不要再等原來的男朋友了。」她卻說：「老師，我覺得滿難的。」我說：「我講一句實在的話，妳跟他又沒有到男女朋友很親密的程度，又沒有試婚，妳這麼忘不了他，妳真的有點像在追空氣呢！」

我又打個比喻說：「就好像嫁給一個汽球，很恐怖，這個汽球，妳不能抱得太緊會破掉，也不能放得太高，一鬆手就飛了。」她一聽，就說：「老師，妳形容得好貼切喔。」我就說：「妳這個感情好像是汽球，隨時都會沒有，而且現在等於是沒有了，因為第三者出現了，他會來找妳，很詭譎啦，我也不知用什麼來形容，只能說很詭異。」

後來，她還是沒有死心，繼續傳簡訊給她的男朋友，但是那個男的又音訊全無地斷了，陳小姐因而又再次地傷心。

桃花滿樹枝頭開　召喚這一世好姻緣

大約在那一年的十二月，我又做了一個夢，在夢中我發很多的桃樹給需要的人，關老爺還站在我的身後幫忙搬，我還清楚地告訴拿桃樹的人，根據其生肖五行，應要放在哪個方位，夢中，地上有大約二、三十盆的桃樹，當我跟關老爺全搬完給人之後，我們兩個在夢中滿頭大汗、氣喘吁吁。我從夢中醒來，那天是十二月八號，我的辦公桌上寫了一堆紙，上面寫的都是該如何使用桃樹的方法，我整理之後就抄到我自己的書上。

之後，有人來求姻緣，我就教他們種桃樹，並且每次澆水時，都要在心中很歡喜地想：我快結婚了，我會遇到我這一世的老公。當我教來求姻緣的人如此做時，我都會看到求姻緣的人背後，出現開滿花的桃樹，第一個來種桃樹的人，過完年她種的桃樹就開花了，在桃樹開花的當月，她就遇到她喜歡的男生，這也是她第一次真正談戀愛，不久她就與她喜歡的男生論及婚嫁了。

因此，當陳小姐隔年三月底又來找我時，我就跟她說，聽我的話種桃樹的人，都已要結婚了。她告訴我：「她男朋友的前女友真的回來了。」她在除夕的前一天，打電話跟她男朋友拜年，她男朋友就跟她表示，他現在講話不方便，而她聽到電話那一頭有個女的聲音正在叫她男朋友，她就馬上掛電話了；過完年後她又打電話給她男朋友，並跟她男朋友說，她夢到他的屋子內多了一個女生，她男朋友聽她這樣說，沉默了一下後表示是真的，她就跟她男朋友表示，她的夢是真的第六感也很準喔，她問她男友，那個女的是不是就是之前他提的，不願意嫁醫生的那個女的？她男朋友也承認，於是她又繼續問他，他第一次心情不好的時候，是不是那個女的回來找他的時候？她男朋友都予以承認，她就在電話中祝福她男朋友，掛了電話之後，她痛哭了一場。

心中放不下　桃樹種不成

她說完之後，我依然建議她先卜個卦，卦一卜出來，我就問她，她是不是錯過去年九月的一個機會？她仔細地想了之後，她就告訴我，一位賣小孩教科書的，一直想追求她，但當時她的心思依然掛在她男朋友身上，所以一點也沒有把對方的心意放在心上考慮。我就要她好好把握今年的機會，她同時跟我表示，她也要種桃樹，但種桃樹要挑選水日，但她又因為工作忙，就忘掉種桃樹這件事，忙到六月時，她突然想起來要種桃樹這件事，我就跟她說，她現在種太慢了，現在已是夏天，桃樹是冬天開花，春天結果。於是，我就建議她十月初種，隔年過年後就開花結果，十月當她替桃樹澆水時，邊觀想她適合的對象出現，因此適合的對象可能會在十一月或是十二月出現。

結果，九月二十三日，她打電話給我，問可不可以傳真資料給我，我一聽我就很高興地問：「桃樹還沒種，那個人就出現了喔？」她卻說，她男朋友又回來找她，她男朋友想約她出去談一談，我一聽，就跟她說：「不好吧！」我罵她太傻了，她這麼傻，嫁給汽球也會被她戳破的，我又問她，他跟那個女的分清楚了嗎？我才一問完這個問題，我的眼前，又出現一股灰色的氣，我就在電話這頭跟她說，如果她不把握今年九月，我保證她明年九月依然不會嫁掉，她這一年一定會浪費掉。然而她在電話那一頭一直拜託我，堅持要把資料傳真給我，並拜託我幫她卜卦，我就問她，如果卦象不如她所願，她是否十月會來種桃花，她就在電話中很肯定地答應我。

但，我幫她打的卦結果依然不好，且卦象很奇特，我看了那個卦象，我就打電話提醒她，不要因為這個受挫的感情，之後自己卻成了情感關係中的第三者，我跟她說，如果這樣是會為自己造惡業的，並且不斷地提醒她，這樣是會由愛生恨的。她聽了我講的，一直跟我表示，她不會做出破壞他人婚姻的事來，並還強調她是很挑的，即使條件不錯但離過婚，她看不上眼，結果，這通電話之後，她就消失了八個月才又再度與我聯絡。

左肩現綠色氣　成了情感第三者

她再打電話給我時，她在電話那頭問我，我是否會罵她，我跟她說不會，她並告訴我，她聽說她男朋友已經結婚了，她男朋友的電話改了，也搬家了。

當她再度走進我的辦公室時，我看到她的左肩膀出現綠色的氣，這股綠色的氣，通常會出現在感情關係處在不恰當的狀況中，例如介入人家婚姻關係中，或是對方已有女朋友，或是已經訂婚了。她坐了下來，因為八個月沒見了，彼此之間有一種陌生感，我就很禮貌地問候她，並詢問她要問什麼事？她就說，她要問感情，但是她的眼睛卻不敢直視我，身體也顯露不自然的姿勢。她一卜完卦，顯現的就是我八個月前幫她卜的卦，一模一樣，我一看，就跟她講，不用問了，沒什麼好問的。

我問她，她知不知道對方有老婆？她就表示知道，我再問她，她想怎麼樣？她一聽我的語氣，就對我說：「老師，妳好兇，我好害怕。」我說：「對，妳害怕，就不應該這樣做，他有老婆，他不會離婚，所以妳現在要問，他會不會離婚是不是？」她就回答：「也不是啦，其實我也知道很糟糕，可是要怎麼辦呢？」我說：「好，妳問怎麼辦，我才教妳，妳若問他會不會離婚，我告訴妳，他不會離婚，即使他真的離婚，也不會娶妳，他要的不是妳這一類型的女生。」她不解地問：「那，他為什麼要找我？」我說：「應該這樣講，沒有一個銅板自己會響，要兩個銅板才會響，他孤單，妳寂寞吧，我看到的是，他老婆出國，也可以說乾柴烈火，妳若還記得，我去年九月幫妳打卦，喔，妳那個錢還沒付……」

寂寞佔滿心房　舊人不去新人不來

她一聽，立刻說：「有、有、有，我今天會一起付。」我說：「這個錢妳欠了我這麼多個月，今天來卻問一個最不好的問題，問一個有老婆的人，我幫不了妳，如果妳聽了不高興，妳也可以不要再來找我，那我也不收費，今天到此為止。」她就跟我說：「老師，妳不要這樣子啦，我該怎麼做？」我就說：「好，妳不要打電話給人家，而且妳已經跳進去了，其實妳要跳出來，要有點力量，要人家幫妳把這個毒箭拔出來，第一個不要打電話給他，他打電話給妳，妳不要接電話，再不行，就改電話號碼。」

她一聽就說：「這些我都做得到，但他知道我工作的地方，他會來我工作的地方等我。」我就說：「他來等妳，妳就不要理啊，妳就跟著同事，或是搭家長的便車一起走，妳一定要努力不要跟他在一起，但是關鍵點是，一到假日，妳就會想他，就會想要打電話給他，因為妳寂寞沒有別人，妳就會為自己找藉口打電話給他。」她一聽我這樣說，當場哭得很傷心，我又再度提醒她，不要自造惡業，況且從她的五行來看也不是小老婆的命。

這時，我又提醒她，之前她執意要努力嘗試跟她男朋友的關係，當她男朋友去年九月回頭找她時，她又沒有辦法拒絕，因此她男朋友的一切又再度佔滿她的心思，結果去年九月到十二月，她根本沒有辦法去交往其他的對象，即使有新的對象出現，她都會把她男朋友的影子投射到新對象的身上，因而根本不會有新的戀情、新的開始。

同時，我告訴她，她今年八月到十二月都有很好的機會，我希望她九月來告訴我好消息；之後，她到了七月，就告訴我已經將那段關係斷得很清楚了，不過在斷的過程卻如我所說，每當到了周末假日，她都因為寂寞，心也特別的掙扎難熬。

人一固執起來，自我的世界就進入一個封閉的城堡，在自我封閉狀態中，去期盼，去渴求，去想念，去等待，只看得到自我內在的想念與渴望，外在現實的景況，都被自我排斥在外，因封閉造成看不清外在的現實，心也就愈來愈孤單，當自我愈得不到期望的結果，這時就像一個賭徒的心態，總想要再多投下一些本去翻本，當以自己的青春年華為賭本，卻依然得不到自己想要的結果，封閉的心就益發地寂寞，於是為了填補寂寞，只要剛好有一個也是孤單的人出現，於是兩人就這樣在一起，各自期望從對方身上取暖，渴望碰出火花，讓孤單寂寞冰冷的心稍為升溫，但兩顆封閉的心，無法交流，因此連取暖的火種，也無從獲得。

2 分手女友成就高　心動回頭求好和

幸福敲門，卻嫌來得不是時候，幸福累了轉身離去後，才打開門，卻怨幸福沒耐性。

莊世輝當時也是朋友輾轉介紹的，但他也不認識那個介紹人。他有兩個妹妹，小妹嫁給從事電子業的，定居在美國，生活過得很不錯，大妹不想結婚，而莊先生是民國五十四年次的，他會來找我，是因為聽說我算婚姻很準，因此就來找我問婚姻的事。他跟一個女的交往三年，但來問我的時候，他已跟他的女友分手了，他們交往時，他女朋友一直想結婚，但是莊先生卻一直不想結婚。莊先生住在加拿大，他們在交往的過程中，他女朋友一直都沒有工作，而莊先生因為父親的庇蔭，父親突然過世後，繼承了非常多的財產，因此除了在加拿大有房地產，台灣也有許多的房地產，這輩子可以不用工作，生活就可以過得非常優渥。他父親過世之後，他母親因為心情很低落，於是他大妹就陪他母親出國散心，如此散心，就遊玩了九十個國家，在這個過程，他也陪他母親遊玩了四十幾個國家，因此在他家有一個很大幅的世界地圖，只要去了一個國家，他們就在地圖上插上一個旗幟。

他因為要拿加拿大的國籍，因此一直在加拿大和台灣之間不斷地來回往返，他女朋友跟他分手之後，回到台灣四個月後就找到工作；當莊先生從加拿大回來之後，他又覺得應該要再將他前女友追回來，然而他前女友卻跟他表示，他們已經分手了，當初她苦苦哀求他娶，他不娶，現在他回頭找她，她不會嫁給他，也是因為如此，莊先生就來找我卜卦，問我，他前女友講的是不是真的，我就告訴他，他前女友講的是真的，我這麼直接簡單又乾脆地回答，莊先生不解地問我：「老師，不是要搖銅板嗎？我還沒有搖銅板，我還未卜卦。」我跟他說，他不用花這個卜卦的錢，浪費錢，我會告訴他分手的女朋友不會嫁給他這個答案，是因為我看他身體兩邊，以及額頭都是灰色，我心想整個人光澤這麼黯淡，怎麼會有戀愛成功與結婚的可能性？再加上他人長得不錯，穿得乾乾淨淨，但是襯衫的釦子卻扣得一高一低，我看他這樣，就問他：「你都不照鏡子的嗎？」他不解地問我：「我穿這樣不得體嗎？」我說：「當然不得體，你害我的眼睛很不舒服。」我順手拿鏡子給他照，他看了一下說：「還好啊，我的臉都有洗乾淨啊！」我說：「你的釦子。」我說完，他才發現自己的釦子扣錯了，接著就當著我的面，將衣服的釦子一一解開，再重新扣好，我半開玩笑地跟他說：「先生，還好你裡面有穿內衣。」他說，他是男生又沒什麼東西可看。

嘴上積極行動消極　五年內依然娶妻難

然而他還是不死心地跟我說，他想要把他前女友追回來，但是我跟他強調，他前女友已不要他了，他如何能追回來？他已經錯過婚姻了，我幫他推算，告訴他，他民國八十六年應該是會結婚，他一聽，確實那時候他想結婚，但因覺得自己一事無成，因此就打消了結婚的念頭，在去年的時候，前女友也跟他談了好幾次關於結婚的事，他覺得前女友沒有工作，因此仍不願結婚，當他這樣說時，我心想：他自己也沒工作啊！即使我這樣講，但他依然堅持要把他前女友再追回來，我就跟他說，不用費力了，他前女友最快今年，最晚明年就要嫁給別人，他一聽我這麼說，不能相信地反問我：「真的嗎？她才剛工作……」接著他就問我他的婚姻運，我告訴他，他五年內要結婚都很難，他就告訴我，他很老了，他想要快點結婚，我就跟他說：「你一事無成，結什麼婚？」他說：「ㄟ，我現在在跑護照啦，偶爾有幫朋友一些忙，還有做做股票。」我告訴他，這都不算什麼事業。

後來，他的前女友果然就遇到一個條件相當不錯的男士，沒多久就結婚了，生活幸福美滿。

我建議他既然對結婚的對象這麼挑，乾脆再去進修，而他也接受我的建議，去美國念了一年書，又到英國、德國讀了兩年書。

在這五年裡，我曾介紹一個不錯的女生給莊先生，但是認識之後，他又立刻飛回加拿大，這種隔那麼遠的狀況，又怎麼交往與發展呢？從他的這種行為，我發現他只是嘴巴上說很急要結婚，但實質的行為上一點都不積極，原因是他擁有龐大的家產，他平均兩個月就可以去遊玩一趟，一趟就是二十天，而且都是參加六星級的豪華團，平均的花費近百萬以上，所以造成他一點都不積極，對於生活與生命都沒有危機意識，且對於自己要找什麼樣的對象也不清楚，我介紹的人，不是互看不對眼，要嘛，就是他喜歡女的，女的卻不喜歡他。例如，有一個我介紹的女生覺得他沒有內涵，又小氣，當時我介紹對象給他，點餐時我就說，莊先生第一次請客，我要點好一點、貴一點，他就很緊張地跟我說，要我不要這樣做，他是刷卡的，不是拿現金的，一聽他這樣說，我就直接明說：「你真的很小氣，這樣女生怎麼會喜歡你？」我介紹的女生，聽他這樣說，也覺得很不高興，反而故意點貴一點的餐。

之後，每半年，都安排一連串和同學的飯局，與一連串的相親，每次相完親，都沒有結果，今年他回來時，請我到餐廳吃飯，我就邀了我的女性朋友一起吃飯，但是我的女性朋友，吃完飯後就告訴我莊先生的下巴偏尖，她說，尖下巴的男生，都不會認真工作，認真對待別人，我心想：我的朋友看得還算準確，她還告訴我是她父親教她的，叫作「尖嘴猴腮」，意思就是嘴尖，下巴也尖，這是不好的長相。事後，我的女性朋友告訴我，她是不會跟這樣的男的交往，又小氣又談吐不佳，而且她覺得莊先生從坐下來點餐開始，想到的都是自己，連基本禮貌性地問：「小姐，你要吃什麼？」這樣的話，都不懂得問。

以放大鏡看情人的不對　顯微鏡卻看不到自己的錯

我曾跟莊先生講過，他心中的尺永遠是歪的，他都拿那把歪的尺去衡量別人，永遠看不清楚別人，就像當初他嫌交了三年的女朋友沒有工作，但是卻看不到自己也是沒有工作的人，他只單方面地要求前女友要在工作上有表現，但是自己卻可以在工作上無所成，一直到他前女友做了新聞主播，才又覺得前女友原來長得不錯，又有氣質又有才能，才又回頭想要和前女友復合。但是他卻沒有想過，他的前女友花了三、四年的青春在他身上，也沒去體會他女友在這幾年對他的用心，他女友下定決心回台灣後，也經過很大失戀的低潮期，好不容易才又在工作上振作起來。

他的前女友曾告訴莊先生，她覺得他很可憐，都沒有朋友，他的家庭讓他的朋友只是錢，他前女友還告訴他乾脆用錢買女朋友好了，她要的是婚姻，不是被買，所以要莊先生不要再找她了，她還說，如果莊先生還要再找她復合，她請莊先生先想清楚，除了她過去的青春三年，若莊先生要補償她，就是一年一千萬，三年三千萬，三千萬之外，她還要外加之後的保障，因為莊先生的前女友跟他表示，不知十或二十年後，莊先生是否會變心而把她拋棄，因此他女友說，一年的生活費是一百萬，二十年的生活費就是二千萬，還要有一棟房子，也就是莊先生賠償過往之外，還要對未來的安家費預作保障，讓她無後顧之憂，他前女友才考慮復合並嫁給他，這樣她才覺得划得來。

她還跟莊先生說，她這樣說，莊先生要想成是買賣，她覺得也無所謂，但他前女友跟他說完這些之後，又接著表示，她覺得自己一個月認真工作，賺的也不只八萬元，但是若真的和莊先生復合，要繼續承受莊先生的「烏氣」與「烏個性」，她覺得更不合算。莊先生對他前女友跟他如此談錢，覺得很不堪、很難過，這樣的不堪與難過，令莊先生難過了半年，他回想過去在一起的日子，他都對前女友頤指氣使，要她去洗廁所，去打掃家裡，做任何大大小小的事，還不給她好臉色看，他才發現自己對她很差，在我面前感慨，以前都有人煮飯給他吃，現在都沒有人煮飯給他吃，我就跟他說：「即使做你的菲傭，一個月也會有幾萬元吧！」

原本，我鼓勵他去讀書，是想或許可以多認識一些朋友，但書念完了，依然沒有交到什麼朋友。或許他很怕別人知道他很有錢，因此他常把自己弄得苦哈哈的樣子，例如他的穿著，領子褪色了，衣服的某一角還染到其他的顏色，於是他就用手一直想要遮住被染色的地方，予人不得體邋遢的感受；或是他變胖了，依然穿著嫌小的褲子出門，顯得肚子特別鼓出來，很不好看，有一次我實在忍不住問他，他為何不將自己裝扮得好看一些，我還特別強調，不需要名牌，只需穿得合身整齊就好了，他就說：「男生，沒有關係，隨便穿就好了。」

他的這種性格，造成每次相親都不成，至今經過五年了，也如我當初所說的依然還未結婚。

人性中的驕傲，再加上世俗的財富，讓人學習到的只是呈現表面世俗的禮貌，但對待親近的愛人，卻因為自我的驕傲，只看得到對方眼中的樑木，卻不自覺自己眼中的刺，因此一味地頤指氣使，覺得自己條件這麼好，對方就應理所當然死心塌地對自己好，然而當對方受夠這樣不平等的對待，而選擇了離開，卻因為距離才發現對方的優點，又想要挽回，但是挽回的用心，一旦碰觸到自己最愛的財富時，即使付出的錢微不足道，想要挽回的心也就沒那麼積極，只是驕傲的當事人，不明白原來自己最愛的人還是自己。

3 兩人談得來　就是不來電

不同的人、不同的性格、不同的選擇，人生就此走上不同的的路，幸福會在路的哪一端出現呢？

劉建文來是要問婚姻和事業，但婚姻的卦一打出來是個否卦，意思就是完全不可能，根本不用努力，他就問我為什麼不可能，我說：「第一你是客家人，她不喜歡客家人，有很多本省女性不喜歡客家人，第二你是長子又是獨子，你的壓力很大，打的卦都沒有交集，真的不可能。」他總是笑咪咪的，待人也很客氣有禮，皮膚是健康的黑色，頭髮稍為捲捲的；後來過完年，他再來的時候，是四月初，因為工作不穩定而來卜卦，但是我很關心地問他感情的事，他就告訴我，我講得真準，因為他問他喜歡的女生：「我們有沒有兩撇？」那個女的回答他：「我們一撇都沒有，因為我不會嫁給客家人。」因此劉建文就和她分手了。

這之間劉建文介紹他一個好朋友，叫郭淑真的來卜卦，她長得很可愛很嬌小，有一個男朋友，但她來問的時候，我一直看不到她跟她男友，未來有任何的可能性，同時我也看到她的心臟抖動不正常，而且她在講話的時候，喘氣都比一般人大聲，只是她自己沒有注意到，因而我就提醒她，她對她的心臟要特別的小心，要去檢查她的心臟，她應常缺氧會心悸。當時，她卜和她男友的卦，我還跟她說：「怎麼這麼好笑？妳卜到的卦和劉建文一樣，是個否卦。」她很愛她男友，也拿一些錢幫助他，我就提醒郭淑真，不要再拿錢幫助她男友，因為我看到她男友是個不夠上進的人，一直在換工作，在職場上的人際關係很差，每換工作，就向郭淑真借錢，我跟她強調：「在感情上非必要的時候，例如家中突然發生大的變化、發生意外，臨時要一筆錢，這妳可以救濟、救急，但是他不上進，連生活費都要跟妳伸手，這有點麻煩，而且他吃香的喝辣的也沒帶妳去。」她聽我講到這裡，就愣住看著我問：「老師，妳怎麼知道？」我說：「他常常去唱KTV有必要嗎？而且一唱下來就要花幾千元，他又超愛請客，他口袋不飽，就不能過那麼好，更何況是拿人家的錢。」

她聽不進去我說的話，因此又約了第二次來卜卦，但我還是跟她說不好耶，因為還是卜到「否卦」，這時我就問她，她要不要考慮劉建文？她聽我這樣說，就跟我表示，其實劉建文真的對她很好，例如她要搬家，隨時call劉建文，他就會到，她覺得他是個好人，但卻覺得自己對他沒有愛意；之前，我就曾問過劉建文，是否考慮過郭淑真，劉建文也跟我說：「有啊，但不論怎麼做，都打不動她的心。」當時我還問他：「你有沒有暗示過？」他告訴我：「也不知道怎麼麼暗示，她叫我，我就去幫忙，我也會找她吃飯聊天。」他們兩個一直都很談得來，劉建文有些感慨地跟我講，應該是郭淑真不喜歡他，他們滿接近的，但是沒有辦法靠近，郭淑真確實也在我面前斬釘截鐵地說，她不會愛上劉建文。

然而，之後我介紹另一個女孩給劉建文時，郭淑真卻很生氣。

悵然若失非因愛　只因害怕一個人

這個女孩也是來找我卜卦認識的，叫作錢美英，我覺得她滿孝順的，對家人很好，是一個很懂事貼心，又很有責任感的女孩，劉建文是獨子，一定要找個有責任感又貼心的對象，因此我就主動跟來問工作運的錢美英表示，我要幫她介紹男朋友，她雖然有些驚訝，但也沒拒絕我；我還把他們倆的八字拿出來算一算，發覺他們截長補短後，將會是滿幸福的一對，我就跟錢美英說，他們還滿合適的，她就問我：「老師，有人這樣配的嗎？」我說：「有啊，就是我啊，看看沒關係啊，這個男的不錯。」但我也有將劉建文的家庭簡單介紹，讓錢美英了解，並且也坦白告訴她，劉建文的妹妹神經質了一些，比較沒有安全感，有點躁鬱症，個性太單純，欠缺社會化的練習過程，但不是精神病患，可錢美英聽了我的說明卻不以為意。

因此我就在當年的母親節介紹他們認識，他們在談話的過程中才發現，原來錢美英和郭淑真是在同一層樓的不同公司上班，只是一出電梯，郭淑真是要右轉進辦公室，錢美英是要左轉進辦公室，而劉建文常去找郭淑真，卻從來沒有碰到過錢美英，劉建文跟錢美英表示，他常去她的公司隔壁找他的好友。而後，他們彼此都很喜歡對方，兩人就開始交往了。

到了八月，郭淑真得知劉建文認識一個女的，就在她的公司隔壁，因此就來找我，問我：「老師，我是不是錯過好的姻緣？」我想了一下就跟她說：「這個男生很好，很孝順，不花心，又很節儉，除非你排斥客家人……」我說到這，她就跟我搖頭，說並沒有，我因而又接著說：「當妳不要的時候，就不要再去想，而且他們已經開始交往了，妳就不要再去介入。」我會這樣說，是因為體會到她的心情，覺得有失去劉建文的感覺，因此我擔心她會介入。郭淑真告訴我，她不確定自己若真的得到劉建文，是不是會變快樂，我聽她這樣說，就說：「那妳是因為別人有伴侶很羨慕，妳現在是因為沒有而害怕，而非悟到自己是愛這個人的。」我打個比方問她：「假設現在沒有錢美英，我再把劉建文放在妳面前，妳會喜歡嗎？」她告訴我，好像也不會，因此我就要她不要再去想了。

第一次當媒婆　理當獲得紅包禮

劉建文和錢美英交往了一年便公證結婚，剛好是在母親節，因為訂不到飯店，七月才宴客，在桃園的鴻禧山莊，因為劉建文的父母很高興他娶老婆，堅持要找個像樣體面的地方宴客，但是很遠，我和我先生是沿路看地圖找去的。

因為這是我第一次做媒婆，因此我就很期待能夠拿到媒人的紅包，無關乎錢的多少，只是想討個吉利。不斷地有劉建文的親戚來到我面前跟我說：「謝謝妳，幫我們劉建文介紹長得這麼好看的老婆。」但我心裡就一直嘀咕：怎麼紅包還沒有來？到宴客結束之後，我就主動地跟劉建文說：「ㄟ……我要走了，可不可以給我紅包討個吉利呢？」他一聽，立刻說：「對喔，我爸爸有準備啦，一直忘了拿出來。」我先生當時在我身旁，覺得我幹嘛這麼在意，跟人家開口要紅包，我就跟我先生說：「這是我第一次做媒婆，我當然要好好拿一個紅包。」我在回家的路上，還不斷地跟我先生碎碎唸：「我很重要，因為我是媒婆。」

事後劉建文還不斷跟我道歉，「因為沒有結過婚，又歡喜，又緊張，所以一團亂。」民國八十九年他生了一個女兒，但因為他是獨子，父母就希望他們趕快再生，但兩人遲遲都沒有懷第二個，劉建文是久久會打來問候一聲，民國九十三年底打來時，我就告訴他，民國九十四年錢美英會懷孕，結果，在民國九十四年八月時，錢美英已懷孕兩個月了。

一念選擇空　情路一路空

郭淑真到民國九十二年，及民國九十三年都還會來找我，在民國九十三年她真的因為造血的問題而心臟出狀況，休養了好長的一段時間。郭淑真後來在做房屋仲介的工作，當她又來找我時，我卻看到一個倒三角型的畫面，呈現的顏色很難形容，看起來有些令人噁心，有點類似蟑螂的顏色，顏色上又有花紋，當時我心想：這個倒三角型的圖形是第三者嗎？再加上她又卜到「否卦」，因而我就直接問她：「妳現在愛誰？」我會這樣問，是因為我覺得她愛上不該愛的人，從我認識她，她問感情都是卜到否卦，真是一路空到底，我說：「妳第一段感情，妳男友會用妳的錢，而妳又不要劉建文，中間呢，妳又失蹤一段時間，現在妳又出現，妳現在愛誰啊？」她問：「老師，妳看到什麼？」我說：「我看到妳愛上不該愛的人，他有老婆對不對？」她就點點頭問我：「我為什麼不能愛？」我說：「因為他有老婆。」

她問：「如果我不計較呢？」我說：「他還是有老婆，不會有結果，妳會很痛苦，妳心臟不好，沒有辦法跟人家打架吵架呢，妳心臟要很強壯，人家上門來打架，妳才打得贏。」

淑真長得非常嬌小，臉只有巴掌大，體重不到四十公斤，體型屬瘦小，我就很實際地跟她算，一般當人家的小老婆，會有車子、房子、錢子，那他給了妳什麼？她就搖頭，我說：「我把妳當成自己的妹妹，妳真的很可惜，我是不應該這樣對妳講話，但妳也知道我講話很直，妳要不要快點把自己拉回來？」也因為我這麼直的話，讓她從此消失，我想她再也不會出現了。

一樣米養百種人，兩個女的，一個只是多付出了一些了解與接納，就一手創造了自己想要的幸福；一個看似有主見，但是感情之路卻一路走來都是一場空，沒有在情感的挫折中學會幸福之道，只是不斷地面對不同的人，重複自我不幸福的模式。

4 一眼定江山有條件 有緣牽線靠介紹

選來選去，挑來挑去，憑一眼的感覺，青春年華悄悄地溜走。

民國八十九年，做保險的戴小惠因為很嚮往結婚，但一直都找不到合適的人，因此經由她的主管介紹而來找我，當時她已經三十二歲了，工作不順利，因此就很想要擁有一份美滿的愛情，她為了婚事有些心急，邊卜的時候邊跟我說，她很急，都沒有看到喜歡的，我就跟她說，她都一眼定江山，怎麼會喜歡？她跟我說，她確實看人都要「一眼定江山」，結果她卜出一個「益卦」，意思就是不是她去追，而是馬上會有，就在她周遭，可能她沒有注意到，益卦，也是有喜事卦，我就跟她講很快就會遇到。

我跟她說，不要一眼定江山，我說：「我這樣講，妳不要太在意，通常要一眼定江山，要有三個條件，第一個年輕貌美，也就是二十歲左右，如含苞待放的花，那是最嫩最美的時候，小姐妳已三十二歲，馬上要三十三歲；還有就是美如天仙，妳也不是美如天仙，我們都是一般般美，妳又不打扮；另外，就是要家財萬貫，但真不幸，妳這三樣都沒有，沒有二十歲，沒有天生麗質，沒有家財萬貫，所以不能一眼定江山，嫁老公，等於找一個『富貴』，也就是『榮華』要找『富貴』啦，妳要有富貴的想法，什麼叫作『富』？就是不缺錢，也就是不窮啦，有點小富，同時有負責任的『負』；貴嘛，他會讓妳尊敬，因為他有責任，他有工作，他不亂來，這樣很可貴，有這樣子就OK了。」戴小惠聽了就跟我說：「這樣就夠了，這樣就夠了。」我說：「會，妳會找到這樣的人，只要妳不要用一眼定江山。」同時我還提醒她，要多參加活動，多接受別人的介紹。

她問：「一定要這樣嗎？」我說：「妳都認為有媒人介紹，是很古老的人，很老的人，妳已經很老了，妳已經三十二歲上看三十三歲了。」她聽我講到這，突然恍然大悟。

人好人品好最重要　負責任甚於外貌佳

她聽了我講這些，就跟我表示，她知道怎麼做，她會稍做打扮，把自己弄亮麗些，多參加朋友的活動，有人介紹就去認識，當時，我還告訴她不是明年就是後年會結婚，除了她卜的是益卦之外，她本身散發的顏色，也是粉紅色的光芒又偏有點亮的色彩，感覺很快樂，同時我還看到一個男的，眉心有一顆痣，在粉紅色的光中微笑著，但是我並沒有把我看到的告訴小惠，但她聽我說她明、後年就會結婚，便很快樂地說：「我以為我已錯過了我的婚姻。」我說：「沒有，除非別人介紹，妳都說不不不，我是卜卦老師，我又不能掐著妳的脖子逼妳，要妳快點去嫁。」

結果她在民國九十一年的十月二十六日就結婚了。對象是朋友的朋友輾轉介紹而認識的對象，她老公是做機械維修的，大約一百六十三公分高，小惠長得也不高，大約一百五十三公分，她先生是一個非常努力、非常實在的人，是一個好好先生。她也跟她先生說，她會看中他，是因為有個邢老師要她不要一眼定江山，人好，人品好是最重要的。而她的先生真的在眉心間有顆痣，長得很像大陸畫的觀世音現男相的樣子。小惠現在也會勸周遭比較年輕的女同事，不要一眼定江山，把人的責任與個性看好是最重要的，有責任大於外貌的長相。

當初我幫她寫的那張命盤，她都一直帶在身邊，讓她知道要把握的是什麼，民國九十四年八月六日，她又帶著她的先生來找，除了很感謝我，也是要問我她先生的事業運，以及問生小孩的事。我告訴她，我看到她身體的構造，她的子宮因為有如ㄈ字型，比較不容易受孕，因此我教她受孕的時間，該在早上四點到六點，並且要注意做愛的技巧，才能順利地受孕，她聽我這樣講，有些不好意思，我就跟她說，我們都是成年人了，不要不好意思。我會這樣講，是因為我看到她的頭左上角，出現一個畫面，那是天剛亮的畫面，太陽慢慢要升起產生霧霧的光，同時她是屬於上燥下冷的體質，因此我提醒她不要吃生菜，太冷太寒性的食物不要吃；我也跟她講，八月到十二月，她應該會懷孕。

人在尋找對象的時候，總是憑著感覺，感覺對了就愛上了，感覺不對了，就不愛了，然而感覺就好像是春天的天氣，變化難測，人憑感覺，卻又不明白自己感覺的依據標準是什麼，若一直憑著感覺，就會像走在霧中，雙手撥開霧，所見依然是霧茫茫。

5 額頭紅線顯 喜孕已在身

婚姻生活是浪漫的殺手，還是浪漫隱身在日常問候中？

陳阿蒂當時是帶著她的小女兒來卜卦，是來問身體健康，當時她的小女兒在國外做人力仲介的工作已兩年了。陳阿蒂來就要我幫她看身體的健康狀況，由於她是一個很鄉土、很有生命韌性的人，因此她心中有什麼就會講什麼的，她就說：「我命怎麼這麼不好啦？我的身體這邊痠痛，那邊痠痛的，還有幫我看看我這個女兒什麼時候才會孝順啦！」

她小女兒坐在一旁，就露出「怎麼會講到我身上」的表情，我就看了她女兒秀宜一下，發現她額頭上的瀏海很長，並且看到她的額頭上有一條無形紅線，接著我在算陳阿蒂的時候，秀宜因為很熱就用手撥額頭上的頭髮，我又再度看到她額頭上無形的紅線，我就問她：「妳從國外回來多久了？」秀宜就說：「回來不到一個多月。」她剛又開始上班不到兩個禮拜，她就告訴我她也要順便卜自己的工作運勢，結果一卜出來是一個「大有卦」，我一看，再加上她額頭上無形的紅線，我心裡就肯定她懷孕了，這時她媽媽阿蒂就接口說：「老師，妳都不知道，她根本沒有心工作，一天到晚打電話啦，我現在把她的護照收起來了，她還一天到晚想要跑，想要跑去國外，我這麼老了，她還不回到我身邊孝順，她哥哥在外地工作，姐姐嫁得也不好，我怎麼這麼命苦，沒有讓她嫁個好一點的，我自己也可以享清福。」我就說：「嫁給有錢人，也要有條件。」

拿金飯碗出生　天生嫁入豪門

阿蒂一聽我這樣說，就對著她女兒說：「對啊，妳聽到沒？老師說，嫁給有錢人也是要有條件，像我們這樣的條件，怎麼嫁給有錢人？」事實上，阿蒂的女兒長得很可愛，但不是美女型的，體型是屬高胖型，阿蒂接著就問我：「老師，有沒有人命中就是會嫁給有錢人？」我答：「有，她福報很大，拿金飯碗出生的，就是要進入豪門的，這是有很大的善果，真的有，還有就是要修口，我覺得妳對妳媽媽講話不客氣。」我才一說到這，阿蒂就立刻接口對她女兒說：「妳看，妳看，老師都講了。」這時秀宜露出小女兒的任性，對我說：「可是她也是這樣，每天吵得要命，每天就一直罵一直罵，煩死了。」我就說：「妳們倆像機關槍一樣，鬥來鬥去，這樣子啦，大姐妳去外面坐著，我跟她講一講。」阿蒂就問：「我不能坐在這裡？」我說：「對啦！」阿蒂又自顧自地碎碎唸了起來：「好啦，好啦，我自己就認分一點，不讓我聽，我就不要聽啦，有什麼了不起？我也不想聽啦，雖然我書讀不是很多，但道理我也懂，妳眼睛一眨，我也知道是什麼意思啦，但，講大聲一點，我在外面才聽得到。」話講完，阿蒂的人也走出我的辦公室，秀宜就對著她母親大聲抗議地叫了一聲：「媽啊～～」我就故意扯著嗓子說：「我現在要開始講了，有聽到嗎？」阿蒂就在辦公室的外面大聲地應：「有，有，有！」我就又再將聲量放大一點問：「還要再大聲嗎？」阿蒂就立刻說：「可以，可以。」我又再說：「等我講完，我嗓子也啞了。」

阿蒂說：「沒關係，我去買潤喉的藥給妳吃。」

秀宜一聽她母親說完這句話，就無力地趴在我的辦公桌上說：「老師，妳知道我的日子多難過了。」

我說：「我了解，我了解，可是媽媽是愛妳的啦！」

男友不負責任　分離三十天就變心

接著我就將音量放得很低很小地跟秀宜說：「這段不能大聲，妳懷孕了。」秀宜很難過地哭了起來跟我說，她前兩天去買驗孕的用品驗，知道自己已經懷孕了，要我幫她再到國外去，她覺得自己目前這個工作不會做太久，於是我就要她再卜一個跟感情相關的卦，問秀宜的男朋友是否是個會負責任的人，結果卻卜出一個「坎坎卦」，我看了卦象我就問她，她是否有跟她的男友聯絡？秀宜就告訴我，有，這時我就試著要尋找畫面，事實上，我在幫人卜卦看風水時，甚少主動地想要尋找畫面，當我的眼神在搜尋時，秀宜覺得有些奇怪地問我，我到底在看什麼？我只好跟她說，她的髮型還不錯。

看了半天，我並未看到任何畫面，這時我就問她，她男朋友是否知道她已懷孕？她跟我講她還未跟他說，我就問她為什麼不跟她男友說？她就跟我表示，她想回到國外再說，在電話中講不清楚，我一聽我就說，她是不敢告訴她男友，她怕男友不承認，她一聽我這樣分析，她哭得更傷心了，她還告訴我，原本她打算從她媽媽那把護照偷回來，然後不告而別，我就勸她，這樣她母親會非常傷心，而且她父親過世後，她母親就很孤單，還要幫忙照顧孫子以及父親生前的一個好友，事實上是很辛苦的。

秀宜就表示，只要給她媽媽錢就好了，她覺得她媽媽很計較錢，我就告訴她，她母親很計較錢，最終都是用在兒女身上，事實上她母親都很省，秀宜聽了，想一想，也認同我的分析。我繼續用卦象跟秀宜解釋，即使她回到她男朋友待的國家，她男朋友也不會要她，因為坎坎卦，兩個都是阻礙卦，完全沒有希望，我坦白地跟秀宜講，她從國外回來約不到三十天，她男友就已經變心了，即使她回去她男友身邊，她男友也會要她將小孩子拿掉，我說，最終她都要因為拿掉小孩而造一些業，另外，如果她覺得造殺業不好，就將孩子生下來送給不能生的人收養，她一聽就告訴我，還沒把孩子生下來，她可能就已經被她媽媽打死了，她表示她母親雖然書讀得不多，但是對於女德很重視，因此連她交男朋友，她母親都不認同她交這個又換那個的做法。

不過，我還是特別強調，如果她要再到國外去，除非她是想要到國外好好發展，否則她現在回去，一定會想要把她男友給殺了，因為她看到她男友變心，她會很生氣，她聽我這樣說，她表示，光聽我這樣分析她都已經很受不了，哭得很傷心了。即使如此，她還是問我，卦象會不會錯了，她要重新卜一次，我就說不行，但她還是不斷要求我，我想一想就答應她了，前後隔不到二十分鐘，第二度卜出來，依然是坎坎卦，而且六個銅板灑下去的跳法居然是一模一樣，連她自己看了都愣住，我就跟她說，要她打電話到國外給她男友，跟她男友說她懷孕了，同時跟她男友表示，因為懷孕，她要回去跟他結婚，並把孩子生下來，看她男友的反應。

情愛之樂的幻象　認不清男友的為人

於是她就按照我的方式去做，後來她打電話告訴我，她男友聽到她懷孕的第一句話是：「怎麼會？」她就反問她男友：「怎麼不會？」接著她男友就在電話另一頭哭起來跟她說，她回來先工作、先賺錢，不要考慮生小孩的事，也不要考慮結婚，因為他們還年輕。秀宜在電話中很傷心地跟我說，對於這段關係她還想要試試看，她不能明白，她才回來沒多久，為何對方會變心這麼快？我就勸她不要再試了，我告訴她，她男友還有其他的朋友，但是她還是跟我說，她和男友在一起一年多，很相愛也很快樂，她實在不能相信她男友變心了，我就在電話這頭解釋設法讓她明白，一個人可以在短暫時間內變心，對於多相愛都要打上一個問號的。

我又問她，當她要回來的時候，是否有跟她男友表示她還會再回去？她告訴我有，我就跟她說，她男友都已經跟她講了，還年輕，先賺錢，不適合有小孩，還有這個男的還用妳的錢。她聽到這裡，就替她男友解釋，其實她是她自己願意，而且她男友錢賺得比她多，我說，既然他賺得比較多，她家又在台灣，照理說她男友多少會願意幫助她在台灣的家庭，他有沒有想過她要寄錢回家，幫助家裡？秀宜就告訴我，沒有，甚至有一次她要去匯款回台灣，她男友還問她幹嘛要匯錢回家？他不斷地罵她，說不需要如此做，我就告訴秀宜，她男友覺得她會照顧自己，不需要他照顧，因此覺得跟秀宜交往不麻煩，而勉強跟她在一起，這個愛很不穩固，因此秀宜回來沒多久，她男友就變了。

這通電話結束後，再過了一星期，秀宜又打電話給我，電話一通，她就在電話那頭不斷地哭，哭完了之後，她就告訴我，她男友真的有了別的女友，我就安慰她，也不需要責怪她男友，只能說是她自己沒有看清楚她男友的性格與為人，況且若是她真的回到她男友身邊把小孩生下來，也太危險了，我就在電話中問她，她現在要怎麼辦？她就告訴我她已自己去醫院將孩子拿掉了。

粉紅光芒熱戀中　性格不合斷戀情

我就勸她還年輕，可以再去讀書，於是接著二年，她就專心在台灣工作，之後，我到高雄去，她都會很熱心地到機場來接我，有一次她來機場接我的時候，我看到她的左右兩邊都有粉紅色的色彩，這是談戀愛很快樂的色彩，我就對秀宜說：「喔，談戀愛了。」她有些害羞地回答我：「老師，好討厭喔！」我就很關心地問她是什麼樣的男生？她就告訴我，只是剛認識，是公司的同事，比她小一歲，當時秀宜是在做跟人力資源相關的工作，她就要我幫她對新的這段感情卜個卦，卜出的結果，我看了卦象是「小序卦」，我就跟她講不是一段適合她的情感，而且還有女禍，阻礙的是女生，我就問她：「妳是否去過他家？」她說：「沒有。」我就建議她最近找機會去那個男同事家看看狀況，我告訴她，這個女禍應該是這個男的媽媽，還有她要去看一看之前的女朋友斷了沒有，我才一說到這，她就以十足肯定的口吻跟我說：「沒。」我一聽就反問她，「沒？那你們怎麼拍拖？」她說：「可是他不喜歡他女朋友了啊！」

我說：「不能這樣。」她問我：「這樣也有罪嗎？」我說：「可是他沒有斷啊！」她說：「他在努力地斷。」我說：「那妳要不要等他斷完之後，再跟他交往？不然他那個女朋友會想不開。」她問我：「真的嗎？真的會想不開嗎？」我說，「這個女生和妳男友交往很久了。」

又隔了兩個禮拜之後，我又去高雄，這次秀宜沒有來機場接我，我就主動打電話給她，她就在電話中告訴我，她失戀了，她真的去男方家拜訪，因為男方的父母及弟弟很反對，覺得她的外型很「大隻」，也非男方家理想的對象，男方的媽媽也趁男的不在場時，跟秀宜表示，覺得自己的兒子應該要跟交往很久的女朋友結婚，並跟秀宜說：「那個交那麼久，可憐啊！」似乎在暗示秀宜不應該介入，秀宜聽了很難過，我就問她這次是怎麼談分手的，秀宜就告訴我這次有智慧了，以平常心處理，她就很認真工作，男的再約她，她都不再有回應了，她還跟那個男的說，他應該回去找他女朋友，秀宜跟那個男的說，她不想要做第三者，除非他跟女朋友分手，但秀宜也堅定地表示，她覺得彼此不合適，因為最終她自己還是想要到國外發展。沒多久，那個男的就離職了，後來秀宜告訴我，她覺得那個男的還滿喜歡她的。

她表示，最後會看開的主因，是因為我要她去男方家看一看，她去男方家後發現，男方家彼此的感情冷淡，都不交談，而秀宜是生長在一個想什麼，就說什麼話的家庭，她覺得處在這種什麼話都不說的家庭，自己一定會悶死，她還強調：「我是一秒鐘不講會死，我媽是半秒鐘不講會死。」

兩相看愈對眼　大紅光芒喜事近

到了民國八十八年，秀宜又找我卜讀書的卦，但我一看卦的結果，我就跟她說，她並未準備好要去念書，一直到了民國八十九年，她才開始讀夜間部，白天念書。

有一次她特別從高雄到台北來找我，她表示，因為從未來過我台北的家，所以想來探望我，並看看我台北的家，但我聽她這麼說，覺得奇怪，我就直接問她：「不會是為了找男人，順便來看我的吧？」她就說：「老師，妳好壞，對啦！」她交了一個男朋友在台北，我就問她，她不會是要嫁來台北吧？她說不會，那個男的是高雄人，在台北工作，姓陸。我一聽，我就跟她開玩笑說：「妳的感情，真的是來得快，去得也快。」她說：「老師，哪有？我中間已經停了很久沒有交男朋友。」

當她與我面對面坐在我的辦公桌前，說要卜個卦，我就說，不用卜了，可以嫁了啦，因為我已經看到粉紅色變成大紅色的光芒，我就跟她說：「可以結婚了。」她問我：「真的嗎？他沒有錢呢！」我說：「妳跟我認識到現在，我從未跟妳說過，妳會嫁給很有錢的，但這個人很上進，滿認真的。」她說：「是啦，可是我很胖ㄟ。」我說：「他就喜歡胖的，他真的很愛妳。」她不太相信地問我：「真的嗎？」我說：「真的。不過，妳不要再胖下去，稍微瘦一點比較好。」結果，交往半年，陸先生就調回高雄，她真的跟這位陸先生結婚，生了兩個女兒，秀宜在懷孕生產的前後，體重都高達一百一十公斤左右。

她結婚後，我到高雄還去她的家看過，這也是我第一次看到秀宜的先生，長得不僅帥，而且對她真的很好，可是我還是勸秀宜，要節制，不要再胖了，秀宜就對我說：「老師，妳講我胖，我都不會生氣……」講到這，就瞄瞄她身旁的先生接著說：「誰講我胖，我就會很生氣。」這時她先生就對著她說：「不會，妳好可愛，妳好可愛喔！」我看陸先生這樣的反應，我體會到他真的對秀宜很寵愛。

浪漫幻想玩男人　玩心一起不顧家

我私底下跟秀宜說：「妳不能變心喔！」她聽我這樣說，不解地反問我：「老師，會嗎？是我會變心嗎？不會吧，我怕他變心。」我說：「不會，是妳會變心，妳要記得我這句話。」我會這樣提醒她，是因為從第一次她來找我卜卦，從她的八字中，可以看出她的個性愛幻想，又愛胡思亂想，並且還很固執，同時又懶又沒自信，例如她想去逛街，常到了路途的一半，就覺得很累，不想去了，因此我曾因為她太懶的性格而跟她說，怪不得她會胖。她又很浪漫，如果她先生沒辦法符合她浪漫的期望與需求，這樣就容易心往外發展而走錯路。

去年，生完老二之後，秀宜就繼續上夜校將未完的學業完成，晚上下課後，其他的同學都還可以相約去玩，秀宜發現自己已是兩個孩子的媽，就覺得有些不平衡，玩心也因而又被勾起，所以就為了和同學一起去玩，常常和先生爭吵。秀宜的母親阿蒂就打電話跟我說這樣的情形，我看了我電話旁的羅盤，就看到秀宜跟她的先生之外，還有另外一個男的，另外那個男的色調，是有些灰藍的色調，我就跟阿蒂說：「不是玩心呢，是玩男人呢！」阿蒂在電話那頭一聽，就劈哩啪啦地說：「要死，這個女孩要死了，老師，妳看清楚一點，真的嗎？」我說：「真的。」阿蒂就在電話那頭邊罵要死了、要死了，邊哭了起來，說：「怎麼可以做這種事？」我說：「妳叫秀宜打電話給我。」阿蒂說：「她不敢啦，老師妳幫幫我啦，她已是兩個小孩的媽了，老師，其實她先生和婆婆都對她很好，怎麼會這樣？到時候被抓到就很慘，一定會被踢出家門啦，她命也不錯，砰砰結婚，砰砰生了兩個孩子，砰砰買了房子，秀宜就是不愛帶孩子，也玩到三更半夜不回家，唉，怎麼會這樣？」我就聽她在電話那頭講個不停，在她停頓空檔，我說：「是妳女兒的錯。」後來我就請秀宜的姐姐要秀宜打給我。

已婚想過未婚生活　不滿之心自找煩惱

一個星期之後，秀宜才打給我，在電話中先繞了彎聊生活的近況後，我才問她：「妳好不好？」她說：「老師，妳說呢？」我說：「妳不乖喔！」她說：「唉，老師，妳看到了。」我說：「對，妳有男朋友了，幾年次的？」她說：「比我小很多。」我說：「妳都愛幼齒的喔？」她說：「老師，妳不要這樣講啦，我也不知怎麼會這樣啦，老師，妳一定會罵我。」我說：「我當然會罵妳，之前我就跟妳講，妳不准變心，妳還說是妳先生會變心，結果，是妳變心。」當我這樣講時，她就說：「是我先生每天嫌我，跟我吵架、罵我，我才故意的。」我說：「怎麼樣故意？故意不回家是不是？」她說：「對啦！」

我說：「那妳媽媽知不知道？」她表示，她母親只知道他們夫妻倆常吵架，我就跟她說，她活到現在，過去一直因感情而辛苦，既然已經嫁個好老公，就要安分守己才對，她說：「老師，我覺得我太早結婚了。」我就說：「已經結婚，就不能講這樣的話。」她還跟我抱怨，找她先生去看電影，她先生不想去，找她先生出去玩，她先生表示要帶小孩一起去，她說：「我就不想要帶小孩一起去啊！」我就跟她講：「這就是妳的問題。小孩生了，妳又不想要帶小孩，妳就想要浪漫嘛，妳晚上想要出去唱歌，他累得要死，他當然不想去啦！這不是有小孩的人要過的生活，偶爾可以，而且他已經做到偶爾了。」她說：「也是啦！」我說：「妳看，真的是妳很壞，妳不僅要求每個禮拜六、禮拜天，甚至妳還要求禮拜五要出去玩。」

但，她還是要我幫她卜個卦，是她先生比較好，還是她現在這個男朋友比較好？她對於自己這樣的要求，問我：「老師，我這樣是不是很丟臉？」我說：「之前，我已提醒妳會變心了，既然已發生了，如果妳真的跟另外這個男的有緣，那也沒辦法，妳明天下午再打給我。」

只是玩玩為性愛　回頭柔情挽夫心

隔天下午，她真的很準時地打給我，我從她的行為，就明白她真的很在意要知道答案的，我跟她說：「還是妳先生比較好。」她問：「真的嗎？」我說：「妳新交的朋友，只是因為沒有玩過，覺得很好玩，是好玩而已，也不會真心。」我還跟她解釋卜到的是「水雷卦」，我說，又遇到水，又遇到雷，會被雷公打死，我跟她說，男人找女人，一般世俗的說法，是覺得這個男的很有辦法，但相反的，女人找男人，話就很難聽了，就說這個女人「討客兄」。

後來她真的發現，那個男的晚上找她之前，中午已先去找過別的女人了，由於秀宜疑心很重，後來她還跟蹤這個男的兩次，終於證實那個男的和班上的一個女同學早已是性伴侶了。因而，她終於了解到我所說的，這個男的只是玩玩，是需求，而非愛意，她也發現自己錯了，要回頭了。

但當她要回頭時，她卻告訴我，因為她有時候沒有回家，她先生就把家門的感應卡換了，造成她進不了家門；她先生不讓她回家，我就跟她說，妳先生知道他被戴綠帽子了，怎麼會讓妳回家？

沒想到，隔兩個禮拜後，她打電話告訴我，她先生在外面有女朋友了，都不回家，我一聽，我說：「那不叫女朋友。」她不滿地問：「老師，妳為什麼都護著他？」我說：「我沒有護著他，他故意報仇，報復啦，他上網交友。」她說：「他不是上網，他是上床了。」我說：「沒有感情啦，他是下半身思考。」她說：「老師，他有那個女生家裡的鑰匙了。」我說：「妳錯在先，他錯在後，妳要把他拉回來，妳就要把家裡弄乾淨，把小孩帶好。」同時，我也教她，不要提外面女生的事，不論先生給她什麼臉色，都要先忍耐，並且使出她最大的魅力，挽回她先生的心，讓她先生覺得還是家裡比較好。她問我：「有用嗎？」我說：「有用，是妳錯在先，萬一妳先生追問妳，妳也不要承認。」

關於她先生外面的那個女朋友，是有一天，她先生自己跟她說，那個女生不只有他一個男朋友，她鑰匙給很多人，她聽她先生這樣說，她只是安靜地聽，也不敢接話。

後來，她跟她先生的感情漸漸轉好，但我聽她母親說，她婆婆卻對她唸東唸西的，於是我就主動打電話給秀宜，提醒她，她睡得晚，又起得晚，也不煮飯，不認真帶小孩，因為太懶，她婆婆難免看不慣要唸她，她一聽我這樣說，就說：「老師，都被妳看到了喔？」我說：「對啊，所以妳要改變。」而秀宜也接受我的建議逐漸地改變，她的婚姻漸漸恢復到過往甜蜜安穩的生活。

人雖然年齡增長了，身型也變成大人了，卻依然像個小孩，在自我的喜好習慣中任性著，只要自己親密的伴侶不符合自我喜好習慣的框架，就發脾氣，就不滿意，就失望，就指責對方錯了，然而，當親密愛人一直配合自己喜好習慣的框架，時間一久，對方就會覺得自己是喜好習慣下的影子，終究會受不了扮演沒有個人意志與情感的影子，而選擇離去。

怪罪誘惑 Chapter 2

當對眼前的愛人期望落空，誘惑就搭著不滿的情緒，佔據心房，點燃慾望，讓人以為誘惑會帶領生命，通往幸福的終站，結果卻發現沒有終站，只是另一個「累」與「淚」的重覆之旅……

6 搭擋跑業務 寂寞而生情

因為寂寞，想找個人依靠，卻看不到他人的心，結果雙方都想找人依靠，終究落空而哭泣。

李海蘭民國八十四年來找我是為了問工作，但我看到她的子宮有個東西，我就提醒她要去檢查，她告訴我，她確實肚子常痛得不得了，她一直以為她的肚子痛，是源自於緊張的個性，後來她聽了我的建議去檢查，才檢查出她的卵巢長了巧克力囊腫，醫生要她開刀，但她因為未婚，想要結婚生小孩，因此暫不打算開刀。

到了七月的時候，她突然打電話給我，在電話那頭哭哭啼啼的，我要她過來我這裡一趟；她一來，就邊哭邊說，她為何不能去愛人家？她沒頭也沒尾的，我實在聽不懂到底怎麼回事？原來，她任職的保險公司另一個單位的同事，是從軍人退下來轉職的，和老婆有一個小孩，目前正懷著第二個孩子，因為那個男同事覺得案子都跑不進來，便邀海蘭搭檔，一男一女搭檔或許成交的機率會比較大，接著就一起跑了兩個月，兩個人一起到醫院以及學校發ＤＭ，有些案子還談得不錯。就在她來找我的前一天中午，因為天氣很熱，跑得很累，因此男的就提議，吃完中飯，回家拿東西順便休息，這位男同事有一個房子隔了一半出租，但留了一個房間給自己，可以在中午的時候，回去睡午覺及休息；因為租的人剛好搬走，她的男同事想利用中午回去整理房子，順便休息，海蘭也沒多想什麼，就和她的男同事一起回他的公寓去了，那個男的要海蘭在其中一個房間休息，他則到另一個房間，海蘭把房門關上在房間休息，但隔沒多久，她的男同事就到她的房間來找她聊天，然後突然問海蘭，會不會喜歡他？

她一聽他這樣問，覺得有些怪異，但是那天海蘭剛好月經來，並坦白告訴她的同事，但是男同事卻開始用手撫摸她，身體不斷地與海蘭蹭來蹭去，我聽到這裡，就看了羅盤一眼，然後跟她說：「海蘭，妳不應該把牛仔褲脫下來。」她聽我這樣說，先愣了一下，然後就趴在桌上邊哭邊說：「為何我都碰不到我愛的人，我喜歡的卻是有老婆的？」我說：「他有老婆，而且他老婆正大肚子，要生第二個孩子了，然後呢？」

進入三角關係　老婆鬧到公司去

結果，就這麼巧，男同事的老婆幾乎很少來這個公寓，大概是聽老公說，租房子的人搬走了，就帶著掃把及畚箕，以及小孩要來打掃公寓，她進屋內時，海蘭跟她的男同事都沒有聽到開門的聲音，因為他們在進門後裡面的第二個房間，當他的老婆一開房門進來，就看到自己的老公和海蘭沒有穿褲子，躺在床上，而且自己的老公已經有生理反應。

我跟海蘭說，這是她的錯。她自己回想，當男同事跟她表白時，她還沒什麼感覺，但是又想想覺得自己滿需要別人愛的，我聽到她這樣說，我又再度地提醒她，這是不對的，他有老婆，當時小孩沒有看到，男同事的老婆非常生氣地帶著小孩離開，但她在樓下等海蘭下樓，一看到海蘭就抓著海蘭說：「妳跟他是同事，做出這麼不要臉的事，我一定要到公司去講。」海蘭就說：「我們沒有做什麼。」男同事的老婆就說：「沒做什麼？一男一女，躺在床上，只穿內褲，那我晚一點進來，你們不就做了？」海蘭在我面前也一直解釋，他們沒有做什麼，而且她月經又來了，我聽她這樣解釋，我就跟她說：「妳不能這麼說，他太太講的是對的，今天如果妳月經沒來，妳是否一下子就忘記他是有婦之夫了？」

結果男同事的太太真的打電話給保險公司，找海蘭的主管把事情講開了，男同事的太太還寫信傳真到公司，她還不斷地打電話到公司罵海蘭，因此海蘭來我這裡時不斷地對著我說，她自己沒有錯，以及很傷心自己為何沒有遇到愛的人，愛的人卻有老婆，同時她也覺得自己很孤單寂寞，應該要有個伴侶，我聽了跟她說，她真的錯了，然而她還很手足無措地表示，事情鬧成這樣，她不知該如何去上班，覺得自己臉都丟透了。

金錢常助弟弟　住不好心自憐

我勸她，依然去上班交成交的案子，若有人問她，都以沉默回應就好了，但是她還是覺得很丟臉，邊哭邊說，乾脆死了算了。

接著她連著兩天沒有去公司，我因為擔心她想不開，便打電話給她，問她在哪裡，她告訴我她都窩在家裡哭，這兩天她看到有鬼在家裡走動，並且有人在敲窗戶，我問她這是不是她的幻覺，並問她有沒有吃東西，她告訴我她都沒有吃東西，我就問她是不是要餓死在房子裡？她表示，也沒有什麼不好，這通電話因為我剛好有另一通電話進來，因此就先掛斷，到了下午，她主動打給我，告訴我這件事未發生前，她一直想請我去看她現在住的房子，是否適合居住？我聽了便說，頂樓加蓋的沒什麼好看的吧，她告訴我，想找我去看，是想知道床位要怎麼睡，以及這裡若不錯，要怎樣才可以賺很多錢，我想想也是，再加上我擔心她想不開，於是我就跟我先生騎了摩托車去她租屋處。到了那邊我一看，就發現她睡錯方向了，她的門是面向水塔，她躺下來的右手邊，是小書桌，腳是向著門外的水塔，我發現她人躺下來時，她的肚子旁邊有一個很小的窗戶，腳邊有兩個窗戶，整個房子不大，但是就有一個嗚嗚的聲音。

而且這個房子是坐東朝西，早上可以曬到太陽，下午也會被西曬，但是被旁邊的房子擋住的關係，頂樓加蓋又內縮，因此都照不到太陽，雖然窗戶多，光線還算很亮，但是濕濕的，我又研究了一下，照理說，七月份頂樓會很熱，但為何有潮濕的感覺？而且窗戶關起來就有一種人在呼吸時發出的聲音，後來我發現，頂樓的窗戶不是鐵窗，是木頭窗，做得又不是很密合，因此風一吹，就會經由窗戶的縫隙摩擦產生如人的呼氣聲，海蘭告訴我，晚上的聲音更大，因此到了晚上，她就會用布塞住縫隙，並用櫃子擋住，我聽她這樣說，不解地問她：「妳的經濟能力也不差，為何把自己搞得如此窮酸？」她一聽我這樣問，就忍不住哽咽，邊哭邊告訴我，她有個弟弟，每隔一段時間，就會搞出一筆債來，她就要幫忙，她表示，媽媽過世得早，爸爸年紀大，跟姐姐住在美國，沒辦法照顧弟弟，台灣還有一個姐姐，做衣服的生意，她曾經去幫忙一段時間，但因為跟姐夫處不來，最後鬧翻了。她有些抱怨地跟我說，她已經有點年紀，這麼辛苦，也還沒嫁掉。

誠心開口道歉　愛上不該愛的人

我建議她把床換個方向睡，並用高的櫃子擋住一些窗戶，並把電視放在進門那邊，書桌則放在原處不動。我和我先生立刻幫忙移動，一搬完，我們坐在那裡，發現不僅那種像人一樣的呼吸聲變小了，人也變得比較安定了，心情好很多，於是我就邀她一起到我們家吃飯，但因為這樣的邀請，她就在我家住了一星期，我出去看風水，她也跟著我去，因此一星期她都沒有出去跑案子。在這個期間，我跟她說，如果她男同事的太太打電話來，要跟對方道歉，剛開始，她還說不要，但我跟她說，業是她造的，再罵回去的話，業會更大，她問我她該怎麼說，我就教她：「某某太太，真抱歉，我一時糊塗，真的剛開始沒有那種想法，我年紀大了，太孤單了，還好沒有做錯事，妳是否可以原諒我？」她聽我這樣說，就問我：「有效嗎？」我很肯定地回答，有效，因為女人都會同情女人。

我幫她弄完風水後，跟她說，七天內應該就會有改善，結果到了第五天，在我家吃飯時，她的手機就響了，我就聽到她電話那頭，一個女的以很高昂的聲音罵她：「不要臉的女生，妳現在想怎麼樣？」那她愣在電話這頭，我就用手替她搧風，她說：「某某太太，我知道我錯了，妳可不可以原諒我……」那個女的依然以高八度的聲音說：「妳不要假了！」海蘭就繼續說：「我自己一個人，我不想活了，要不是這個老師幫我，我真的不想活了，我知道我做錯事，傷害到你們，其實我一開始沒有任何的遐想，不知是怎麼了，還好妳來的是時候，我沒做錯事，妳先生也沒做錯事，錯的是，我不應該把長褲脫掉，我真的要跟妳道歉。」當海蘭這樣講時，電話另一頭的女的，變得很安靜地聽海蘭講話，接著我就看海蘭拿著電話聽對方說話，邊聽邊嗯，掛了電話時，我就問海蘭怎麼樣了，她告訴我，男人都是狗屎。

她原以為她的男同事多純情（在我幫她弄完她住的房子的第二天，她還想要打卦問，她和她男同事的姻緣，但當時我就跟她說，以那個男的名字及其生肖，這個男的應該不是第一次做這樣的事，當時她還不相信我說的話，而且當時我還看到一個男的，身旁有三個女生，三個女生的表情都是很恨，很生氣）結果，海蘭告訴我，男同事的太太說她很笨，類似這樣的事，已發生第三次了，之前還有一個是學生，第二個是賣房子的業務，第二個鬧得很離譜，鬧到做業務的老公都要來砍人了，也是男同事的太太出面找做業務的女生談，要那個做業務的女生，不要再繼續下去，免得害她的小孩沒有爸爸，男同事的太太要那個做業務的女生，好好地做自己，過好自己的生活，但談完之後，做業務的老公仍一直來找麻煩，還是男同事的太太出面，跟做業務的老公表示，一切的事情她都清楚，並強調自己的老公非常的好，要對方管好自己的老婆；第三個就是海蘭，男同事的太太在電話中，除了讓海蘭明白男同事的狀況，同時也一直表示，海蘭真的很笨，並且她要生老二了，海蘭不應該來搶她老公，同是女人，海蘭頭腦要清醒一些，要有些智慧，這樣的男人，到底哪一點值得海蘭去愛？男同事的太太強調，自己是沒有辦法，她已經有小孩了。

改名擺粉晶七星盤　財運順愛情來

當海蘭在電話中跟男同事的太太道歉時，我體會到她是真心地說抱歉，之前她跟我進進出出五天，她都依然在思考，到底要不要去追這個愛情？不過，我也跟海蘭表示，她一定會結婚，而且婚姻還不錯，這是我因為看到她散發粉紅色的色彩，而且還看到她身旁有一個很不錯男生的畫面，我告訴她，未來對象不是外國人，就是拿外國護照的。

後來，我幫海蘭改了名字，改成晨雲，因為她自己覺得這個名字唸快了，好像是「害人」的意思，當初我幫海蘭將名字改成晨雲時，我就跟她說，名字改了之後，半年內，她的事業、財富、愛情全都會來了，結果，果然如我所說，一年內她的案子一個接一個來，賺了很多錢，在這期間，海蘭又來問她的愛情到底會出現在哪裡，我就以我看到的方式，幫她擺了一個粉晶的七星陣（木頭的七星盤上擺了粉紅色的雲石，我在幫她擺七星盤的前幾天晚上，我就夢到這樣的擺法，在夢中，大家都在放煙火，我手上端了兩個粉紅色的七星盤，上面放了粉紅色的石頭以及紫水晶，夢完隔兩天她就來求愛情了），當時我還告訴她，紫水晶可以增加智慧，粉晶可以增加氣氛，結果她放了一星期後，一堆男的追求她，不久她就去了美國，半年後她就和一個擁有綠卡、小她三歲的大陸男生結婚。

但不知為何，海蘭拿了七星盤到美國前，海蘭告訴唸佛會的同學，說我會巫術，要大家不要把八字留在我這兒，但一個海蘭介紹來的宜蘭小姐，並不相信，她在回宜蘭時，告訴我海蘭在我的背後跟大家說我會巫術，八字留在我這裡是很危險的事；海蘭說，她會繼續來唸佛會，是因為八字在我這兒，她很害怕，不得不來唸佛會，但唸得很痛苦，她在我背後說的這些話，張小姐以及兩三個人都受到影響，而不再來我這裡。

介紹海蘭認識我的宣香，還到美國當她的結婚攝影，在婚宴拍照的過程，宣香就跟海蘭表示，當初我跟海蘭說會結婚，如今她真的結婚了，宣香就很含蓄地要海蘭要懂得想，當初她不好過的時候，都是我陪她度過的。事後，我聽宣香如此轉述，我就很懷疑地問宣香：「她聽得懂嗎？」

男女受情慾的蠱動，隨著情慾的激流被沖昏了頭，但回到現實中，卻為了維護自己的形象，硬是以「需要愛」來自我合理化，認為自己沒有做錯，卻沒想到堅持自己沒有錯，卻為自己以及自己愛的人，惹來更多的傷害。

7 鐵齒貴婦一夕破產，放下身段自力更生

民國一百年，論緣堂還在中山北路的舊址時，小娟為了陪她妹妹來問事，而來到論緣堂。小娟完全不信神佛，她覺得所有神佛都是騙人的，是個非常鐵齒的人，因為她的媽媽和外婆都是靈媒（外婆起乩、媽媽問事），但她在媽媽和外婆身上並沒有看見神佛顯靈，而是看到為了賺錢而藉神佛之名騙人的行為，因此她打死不信世界上有神佛這種事。

既然不相信神佛之說，那又怎麼會帶著妹妹來找我呢？原來是小娟某天經過書局，無聊進去閒晃之餘，在書架上看到我的第一本書《望穿前世今生》，看到有人有陰陽眼、還出書，她嗤之以鼻地想：「又是一個騙子，改天有機會一定要看看這個女人長什麼樣！」

後來她和妹妹來台灣旅遊，剛好想起了這件事，於是就帶著妹妹來「踢館」，看看這騙子的廬山真面目。初見小娟，她臉上滿是高傲的神情、全身精品名牌、手上還提了個限量名牌包，才進了論緣堂，她妹妹剛坐下，小娟看了我一眼，嘴角撇了撇然後對妹妹說：「妳先坐囉，我走先。」

因為她說話帶著馬來西亞口音，我一時沒聽清楚，以為她說的是台語「恁祖先」，還以為她是在「問候」我祖先來自哪裡，雖然覺得這問題莫名其妙，但我也還是乖乖地回答「我祖籍河北保定

啊！」」，整個呈現牛頭不對馬嘴的情況。

當時我坐在辦公椅上，她站著，我抬頭問她：「妳們是馬來西亞人啊？」她一副不屑的表情回我一句：「對囉。」接著說：「我不相信這個，所以她算就好，我去附近逛逛。」然後就拿出菸準備要抽，我跟她說：「不好意思，裡面不能抽菸。」她聽完露出一副厭煩的表情，從鼻孔裡哼了一聲，態度很跩、氣焰囂張。

家中突生意外，一語命中道玄機

當她妹妹準備要坐下時，我立刻跟她妹妹說：「妳不用坐了，趕快趕去機場買機票飛回馬來西亞吧！妳老公出車禍了！」

小娟一聽到就立刻氣憤地回我說：「妳這什麼女人啊！講那什麼話，我們才剛到台灣就叫我們回去，還說什麼她老公出車禍，妳知道她老公是誰嗎？拿督耶，馬來西亞的拿督耶！有沒有搞錯。」

我平靜地看著她怒氣沖沖地講完那一大段話，她氣都還來不及喘上一口，她妹妹的手機響了，妹妹從包包裡找出手機一看，是婆婆從馬來西亞打越洋電話過來的！

妹妹趕緊接起來，婆婆第一句話便是問：「妳人在哪裡？」因為妹妹這趟來台灣玩樂是秘密進行的，根本沒告知家人，所以妹妹趕緊打模糊仗、隨便回答應付過去。婆婆說：「不管妳在哪，趕快回家，妳老公出了嚴重的車禍，快死了！」

一掛掉電話，站在旁邊的小娟忍不住說了：「哇，猴賽雷啊！」（小娟雖是馬來西亞人，但也會講廣東話）然後看了我一眼。

妹妹卻說：「我不要回去，那種人死了就死了，跟我無關，我們感情不好。他是拿督，那也是他的拿督又不是我的，又驕傲又有錢，整天就在外面玩女人。他死了干我什麼事。」

我聽了她這段話後冷靜地說：「來啦，小姐，我勸妳吼，人都要死了，就算再不甘願、再不高興都要回去，就算假哭也沒關係。」

才一說完，這兩個女生眼睛都亮了，大概是覺得我說話的頻率跟她們很接近吧。我接著說：「今天買得到票就今天趕快飛回去，就算假情假意也好，妳現在還是人家的媳婦，就得要盡媳婦的本分，而且妳婆婆都直接打電話給妳了，是該回去一趟。」

兩姊妹聽了我這樣說，想想也覺得有道理，不回去白白落了人家口實，對自己也沒有好處，因此準備要離開我的辦公室，前往機場。

在她們離開前，我對著小娟說：「人要懂得惜福、要懂得報恩，然後錢要省一點花。」

小娟聽了我句話後，想了想便決定坐下，請我幫她算算看。

她一開口就直接問：「我去得了美國嗎？」

我算了算回答她：「不可能。」

她瞪圓了眼說：「不可能？妳知道我在那裡有十台遊覽車在幫我賺錢，我有的是錢，怎麼不可能?!算了，我不問了！」於是氣呼呼地拉著她妹妹離開了。

一夕破產，貴婦都成跪婦了

事隔四年後，某天我到馬來西亞演講，那時她已經發生事情了，走投無路時想到了我，卻沒有我的聯繫方式，她急中生智地打電話到台灣給出版社，請出版社提供我的聯絡電話，也因此她便聯繫到我的助理，從助理口中得知我來到馬來西亞演講。

她再三地請求助理告訴她我住在哪個飯店，希望我能撥出一個空檔讓她問事。助理本來不願意提供我飯店的資訊，但小娟口氣誠懇地請求，並說她之前來過台灣找我問過事，她有很緊急的事情必須儘快見到我，她只會在約定的時間出現，不會在其他時間出現來打擾我。助理徵得我的同意，於是我們約好在飯店、我的房間碰面。

我們約定好下午四點見面，但她兩點多就先打了電話給我，這次她口氣和緩地自我介紹，我聽完就回她：「女人，妳來囉！時間到我會Call妳，妳隨時注意手機訊息。」（從此之後，「女人」就是我稱呼她的方式。）

她一進門，身上散發的氣勢跟以前完全不同了，之前那種光鮮亮麗、驕傲得不可一世的氣焰完全沒了，整個人變得憔悴、挫敗。

或許是因為我看過太多人了，這樣的改變在我眼中很明顯，但對於一般人來說，她頂多是看起來有心事、心情煩悶而已。不過相較於之前她全身精心打扮的樣子，她現在的裝扮的確是「差很大」。

「恭喜妳一無所有！」拋去過往，重新來過的契機

她進門才剛坐下，我立刻對著她大聲說：「恭喜妳唷，恭喜妳一無所有！」她一聽到我這句話，感到五雷轟頂，立刻哭得唏哩嘩啦，一邊哭還不忘一邊罵我：「妳真的很壞心腸，我現在連五百塊馬幣都沒有了，還特地跟人家借錢、千里迢迢跑來這裡找妳卜卦，妳居然說恭喜我一無所有！我都要死了，都要去跳樓了！」

我一貫冷靜地回答她：「我不是早在四年前就跟妳說了嘛，妳就不聽啊！現在不就是一無所有了嗎？我有說錯嗎？」

她一聽，淚流不止，語帶憤恨地說：「妳不是很厲害嗎？那妳看看我為什麼會一無所有？」

我立刻回她：「不就是賭嗎？所有錢都被妳賭光了啊！」

她聽了後，更加痛哭流涕。

我忍不住開玩笑地說：「小姐，妳知道妳的時間是計時收費的嗎？這樣一直哭的話很貴的喔。」

她邊哭邊說：「妳這人怎麼這樣！這樣愛錢！先讓我哭一哭再說嘛，我已經不知道該怎麼辦才好了……」

我回她：「妳當初去台北找我的時候，我就已經跟妳說了，要惜福、要感恩、錢要省著花，這個男

人對妳這麼好，妳有聽進去嗎？」

她聽到我說了「這個男人」，便將眼淚擦擦，開始跟我述說她跟「恩公」的情緣。

小娟的背景複雜，從小媽媽就灌輸她一個觀念：「一定要找有錢男人養妳。」因此她十七八歲時，便被一個開工程公司的富商包養，兩人相差二十幾歲。恩公很疼愛她，對她非常大方，給她的錢多到花不完，因此她買東西從來不看價錢，奢華、誇張到某次在巴黎逛街時，她無法選擇要哪些包包，於是直接全部買下。

恩公拿錢養她，她轉手就拿錢在美國養小鮮肉，並且也在那投資了遊覽車事業，由小鮮肉幫忙管理，也因此，她四年前到台灣時問我她能不能去美國，就是想移民到美國去，和小鮮肉雙宿雙飛。

經濟不虞匱乏的她卻怎樣也沒想到，錢多到沒地方花的問題是讓她因此養成賭博的習性。「賭」這件事真是太可怕了，可以轉眼間輸掉所有，不只所有的錢都沒了，也輸掉了美好的未來，還背了一屁股債。

沒臉見恩公、也不敢把事情告訴恩公的小娟，原本還想說可以投靠美國的小鮮肉，沒想到美國的男友也翻臉不認人，捲款潛逃，拋下負債累累、幾乎活不下去的她。

從來沒有工作過、沒有吃過苦的她，未來要怎麼養活自己？要怎麼償還那大筆的賭債？小娟已經不敢想未來自己該怎麼活下去了，在萬念俱灰的時候，她腦袋忽然閃過我的臉。

「還是去找邢渲老師吧！她一定有辦法可以幫我的！」小娟努力地幫自己打氣。她用盡方法、千辛萬苦的找到了我，於是有了這次的會面。

等她情緒平穩下來，我告訴她接下來該如何解決的方法，第一，就是跑路，離「阿龍」（馬來話，指的是討債的人）遠遠的，千萬不要被他們遇見，因為妳現在完全沒辦法還他們錢。第二，把現在住的房子賣了，拿著那筆錢過日子。

小娟一聽我叫她把房子賣了，眼睛瞪大的說：「賣房子？不可以啦！那是恩公買給我的！怎麼能賣？」

我回她：「不賣房子的話妳哪來的錢過生活？妳自己回去想想，好好考慮考慮。」於是我們結束了這次的會面，她答應我會回去好好想想，做出決定。

到了隔天早上，她又打電話來拜託我跟她見一面，她說她好痛苦、好難過，需要找我聊聊才可以，不然她準備要上飯店頂樓跳樓了！

我開玩笑地說：「妳決定要去跳樓的話，那就先把卜卦的紙單還我，不然妳帶著我卜卦的紙去跳樓，萬一被發現的話，人家還以為是我叫妳去跳的呢！」

結果小娟一聽我講完這番話，居然笑出來，她說我這人真的跟別人很不一樣。於是我叫她到飯店房間來找我。

她一進門又是一陣哭泣，她說她回到自己的飯店房間後，一邊喝著酒一邊想著之後該怎麼辦？想到後來乾脆一了百了吧，跳樓去吧！但又想到如果跳樓，掉下來臉歪嘴斜、肢體殘破、裙子衣服掀開，身體都被看光光了……非常愛美的她光是想到這個場景就立刻打消跳樓的念頭。

再次鐵口神算，機會即將來臨

終於等到小娟哭夠了，我開口說：「我幫妳算過了，不用太擔心，再撐三天，三天後會有人來找妳開酒吧。」

小娟一聽，連忙搖頭說不可能！她完全沒錢了，現在都得靠朋友借錢給她才能過下去，連住宿和來找我的交通費、卜卦費都是跟人借來的！她哪還有錢跟人合夥開酒吧？

我跟她說：「所以才叫妳把房子賣啦！重點是妳要願意改變，要把以前的壞習慣和脾氣都改掉。妳先回去吧，靜待消息，然後這三天要小心，離阿龍遠遠的。」

三天後，果然有人來邀約小娟合夥開酒吧，對方出資，交由年輕貌美、會打扮、口條伶俐的小娟來經營。至此之後，小娟便對我深信不疑，從開店選址、店內風水……等等事項，都要問過我後才安心，我也跟她說，開酒吧只是讓她人生重新起步，一年後她會再有別的生意機會。

整整一年過後，酒吧果真收掉了，但小娟也因此存到了一筆小錢。此時我又跟她說，她接下來適合做吃的，小娟聽了下巴都要掉下來了，她以前手不動三寶的，完全沒下過廚，怎麼做吃的?!

雖然心裡懷疑，但小娟還是跟著我的話，找到了大街旁的店面，開了第二家酒吧並兼賣餐點。當時我也跟小娟說，別擔心，第二家店選在大街旁，只是為了讓妳拓展名氣，不是讓妳賺大錢的，頂多開個一年，一年之後也會收起來的。

為了教小娟煮菜，我還跟吳師兄一起從台灣搬了一堆鍋碗瓢盆和醬菜、豆腐乳等台灣特產過去馬來西亞，一道菜一道菜地教她，現在她店裡的砂鍋魚頭可是名菜，連香港食神也特地到店裡品嘗呢！

不過第二家店也如我所說，只是讓小娟的店賺得名氣，並不是最後賺錢的依歸，因此一年一個月後便收起來了。

中間這幾年，小娟陸續開了第四家和第五家店。

在尋覓第五家店時，小娟也是拜託我幫忙看，當走到現在這家店的店址時，我立刻跟小娟說：「已經好多年沒看過羅盤排列得這麼漂亮的，就是這裡了！」我們詢問了租金，當時屋主開價八千馬幣，我算了算便轉頭告訴小娟，她應該在什麼日子和時間點去找屋主談，用六千馬幣就可以談到了。後來小娟告訴我，她按照我所說的日期和時間去找屋主談，還真的用六千塊就把那店租下來了！

第五家店的一樓賣餐點、二樓做酒吧，奇怪的是，第五家店開張後，很奇怪地完全沒有客人上門在一樓用餐點，但二樓酒吧的生意卻非常好，於是小娟又請我到店裡幫她看看，一進門，我就知道問題出在哪裡了。我看見一個灰灰的老婆婆，一直在店裡走來走去，難怪沒客人敢上門了！於是我又在店裡做了一場法事，把老婆婆送走，這家店的生意才開始越來越好。

直到現在，她的店在馬來西亞的名聲越來越響亮，而且來店裡的客人就如同我之前跟小娟說的，幾乎都是大官、貴族、名人來捧場，甚至吸引了香港食神到店裡品嘗呢！

原本必須依附著男人生活、面臨瞬間跌到谷底的人生，心灰意冷到差點要走上絕路的她，因為願意徹頭徹尾地改變自己，決心褪下華服、改穿圍裙；放下名牌包、拿起鍋鏟，一杓一杓地煮出另一段完全不同的人生，而且是獨立自主的人生，活出嶄新的滋味。

8 受男友之誘惑　染上吸毒惡習

有人說，女人一談戀愛，就像發瘋般失了理智，但，十九歲年輕少女的戀愛，卻導致命喪黃泉。

林大姐帶著她弟弟的小孩林家雯來找我時，她才十九歲，很年輕（林大姐的弟弟，整天都在收藏古董，但對於古董的定義就是舊東西，沒有用心研究，因此花滿多冤枉錢，也沒有固定的工作），長得也很漂亮，我看著她愣了一下，因為她身邊產生出來的顏色是黑色還泛著光，林大姐跟我說，她跟家人處不來，不愛讀書，每天精神恍惚，不知道是怎麼回事，我聽林大姐敘述完之後，就請林大姐先到外面坐一下，我想跟林家雯單獨談，林大姐覺得我這樣的做法有些怪，就問我，她不能聽嗎？我向她解釋，可以聽的時候，我會請她進來，林大姐就只好到外面去坐著等。

我對林家雯直接說：「妳吸毒。」林家雯愣了一下，沒有說話，我繼續問：「妳的毒品是從哪裡來的？」她說：「男朋友給我的。」我說：「妳知道抽菸有害健康，吸毒更危害健康，是好玩去嘗試的嗎？」她說：「剛開始是好玩，可是現在我完蛋了，會發呆，會流口水，會昏睡。」我說：「當然，已經傷到妳的腦了，妳要不要考慮戒毒？」她是以注射的方式來吸食海洛因，我還問她打針不是很痛苦嗎？她告訴我打的時候很快樂，現在很痛苦，林家雯問我，我會不會瞧不起她？我說，不會啦，我還問她，打的時候是什麼感覺，她告訴我有種飄飄欲仙、不存在的感覺，全身很輕，會想笑，但之後，會全身痛苦很想死。

我聽到這時便說，先打個卦看看，我要她問，她這一生會如何？結果，竟然丟了十七次，六個銅板都疊在一起，沒有一個卦是散開來，而且疊的方式，我看了都覺得毛骨悚然，六個銅板疊的方式，常是四個疊成垂直的一直線，另外兩個則是疊在一旁，她看了就問我：「老師，要丟到什麼時候？」我故作輕鬆狀地說：「以妳這樣的速度，要丟到明天早上，妳看妳的卦，從來都沒有人疊像妳這樣的卦。」接著我就拿掉三個銅板，我想六個太重了，要她拿三個卜，拋三次都是疊在一起，於是我教她將三個銅板往上面拋，把銅板拋開，結果以如此的方法，卜出來的是「蠱卦」，是毒蠱卦，表示有不好的習慣，偷竊、說謊、吸毒、運氣不好，在家庭上煩惱多，會家破人亡，我還將書上關於這個卦象的解釋，翻給她看，告訴她，她現在的愛情也不對，最好是一刀兩斷，這個卦象簡單地說，就是在各方面都不好，而且我還提醒她，她吸毒會造成內臟的損壞，以及得惡性腫瘤。

這時，我嘆了一口氣跟她說：「如果妳再這樣下去，活過八、九年都很難，這個男生，我勸妳分手，即使妳嫁給他，也是家破人亡，也是會離婚。」結果她問姻緣，卜出來的卦又是一個「否卦」，我就跟她講，她跟現在的男朋友是沒有姻緣的，而且再特別強調，今天，她應該不是要問姻緣，關鍵點是要把自己救回來，她如果嫁給現在的男朋友會死在他手上。

關老爺夢中出解方　無緣藉力度生死

這時我看到一個畫面，四件衣服前有一個香爐，我看是我家的香爐，我就跟她講要她拿四件衣服來，這時我就請林大姐進來，林大姐一進來，我就問林大姐：「她吸毒妳知不知道？」她說：「知道啊，才將她帶來這，很氣，我弟弟已不務正業了，女兒今天還淪落到吸毒。」我要林大姐拿家雯的衣服給我，我還跟林大姐講，如果她不戒毒，生命大概只剩八、九年。林大姐一聽我這樣說，很驚愕地問：「她現在很年輕，八、九年後不是才二十七歲？」但是林家雯的衣服都一直沒有拿來，因為林大姐老是碰不到家雯，家雯一出門，電話也聯絡不到，於是林大姐問我可不可以買新的，但我告訴她，一定是要家雯穿過的，屬於她的，用香來薰，否則很難，我想一想，就跟林大姐表示，我綁一個金剛結請喇嘛修法，並用她的八字綁一個銅風鈴，當天我就把銅風鈴及她的八字放在關老爺的桌上，然後一整晚就在夢關老爺教我怎麼綁家雯的銅風鈴，綁了一整晚，第二天起來，怕忘掉，我還趕快照著夢中所學，將家雯的銅風鈴綁好，結果這個銅風鈴一直在我這，而金剛結在林大姐那，也是因為一直碰不到家雯，而沒有拿給她。

過了一段時間之後，林大姐打電話來找我，一副發生不得了的事的語氣，她在電話那頭要我看她那個傻姪女發生什麼事，我就把林家雯的資料找出來看，再以林大姐問的時間，以及羅盤的佐證，一看是個喜卦，我就跟林大姐說，家雯懷孕了，要結婚了啦，不結也不行，因為肚子已五、六個月了，邊吸毒邊懷孕。當時，我還建議林大姐將家雯帶到鄉下生孩子，然後把孩子送給別人，再把家雯帶出國，我跟林大姐表示，家雯一定要離開目前她生活與住的地方，遠離目前的朋友，才會清醒，但是林大姐覺得以她們目前的生活環境與條件，國外也沒有朋友，除了她前夫在泰國之外，沒有其他可靠的關係可以幫忙照顧，所以無法出國。

當家雯生完孩子之後，林大姐就帶她去戒毒。八年後，林大姐告訴我，林家雯原本戒毒了，也跟當初的男友結婚生了一個小孩又離婚，跟她母親開美容院，經營得還不錯，結果就在今年的母親節前後，離婚的前夫又來找家雯，拿毒品給她，她就偷吸，吸完後昏迷，被家人發現送醫急救，救了回來，到六月十六日再度吸毒，導致心臟暴斃而死亡。

未滿二十歲的青春少女，對戀愛或許還存有些許浪漫的幻想，但是卻遇到以毒品相待的男友，這樣的關係若說是愛戀，又何其的難堪與變態，一個青春的生命，就好像從此坐上通往地獄的快速列車，在毒品短暫虛幻的快樂中，以及肉體與精神折磨的漩渦中輪迴，在青春未消失之前，生命就已隕落，是命運之神這隻黑手操縱的荒謬劇，年輕一時的好玩，一時的馬虎，從此就沒有機會，學會原來生命可以如此地美好。

9 不願為情人戒菸癮　自阻嫁金龜婿之路

是誰讓我心碎？是誰讓我擁抱不幸？無法甘願說「就是我自己」一手促成。

林潔琳是民國五十二年次，花蓮人，家中的老大，有一個弟弟、一個妹妹，她的父母批貨給餐廳，並且同時還經營民宿，母親是個爛好人，常幫助朋友，但錢常又被倒。潔琳很孝順，只要聽到母親發生這樣的事，都會拿出錢來幫母親還債，她跟妹妹的體型都是屬於嬌小型的，個兒約一百五十公分，瘦瘦的，她弟弟民國五十七年次屬猴，長得很帥，但臉型有幾分猴子的神情樣，朋友都叫他「猴哥」，她的弟弟喜歡耍帥，又喜歡嚼檳榔、飆車及打牌。

她在證券公司做得很不錯，後來因為股市開始走下坡，她想要換公司，但因為卜出來的卦是「否卦」，我就建議她不要換，待在原公司做會比較好，加上當時她的氣色很不好，我就提醒她將現有的客戶維持好是最重要的，但她還是選擇離開原公司。當時她跟一個大她五歲的男士在交往，她在跟這個男士交往的時候，由於她的男朋友不喜歡她抽菸，我就建議她要將菸戒掉，但是她很難改掉她的習性；她男朋友已是一個主管，家世人品各方面條件都不錯，因此我就常常提醒她，既然她男朋友不喜歡她抽菸，都開口要她改掉抽菸的習性，她就要設法改變，這樣才有機會跟她男友結婚，但是她卻回我說：「誰稀罕啊！」因為她覺得自己很會賺錢，當時，我心裡覺得她沒有好好把握這個男友，將會是一個錯誤的決定。後來她真的跟這個男友分手了，但她依然還是抽菸，她一直想嫁給豪門，因為她處在證券業，常看到很多有錢的大老闆，因此她曾問過我，她有沒有機會嫁入豪門，我也跟她說有，但是她要先改變她的形象，因為她抽菸的樣子很難看，我就跟她講她抽菸的樣子不改，會阻礙她嫁入豪門的機會，但她都無法聽進去。

愛賭習性相當　自造命運陷阱

而且她還很喜歡打牌，證券工作一結束，她就常去打牌。

民國八十六年她來卜卦時，我看到她的額頭上有一條粉紅色的線，我說：「妳戀愛了。」她說：「是啊！」原來是在打牌的時候，認識她弟弟的朋友，是民國五十九年次的，當她一說民國五十九年次的，整個額頭的線就變成灰色的，我覺得很奇怪，因此還很仔細地再看了一下，確實是兩條灰色的線，我就要她卜卦，結果卜到「小畜卦」，是阻礙卦，我就問她母親是不是反對，她告訴我，她母親覺得她已經很辛苦了，要嫁年紀大的來疼她，而不是嫁給年紀小的，這樣她反而還要照顧他，而且她周遭的朋友也都反對她跟這個小她七歲的男朋友在一起。我跟她說，我在她額頭上看到三條線，排列順序是：灰線，紅線，灰線，我告訴她：「真是『三條線』，我覺得妳會陷入陷阱，而且你們的習性又相當，兩個都愛賭，怎麼成家啊？」她的那個小男友更愛打牌，她聽我這樣說，就表示，她又不是第一次談戀愛，她還在考慮當中。

然而她是一個很固執的人，很難聽得進別人的建議，因為她跟我們認識很多年，這次連我先生都受不了而開口勸她，在喝茶的時候，我先生就跟她聊到他當兵時與一個大自己五歲的女生談戀愛，當時他母親非常反對，一直到他當完兵後，他女友考上公務人員，他們彼此之間能夠談的話題就愈來愈少，他才漸漸地發現彼此的生活與習性有很大的落差，形成溝通上的困難，很不快樂。

然而潔琳一聽完我先生這樣說，卻說：「但，我們習性相同，我們愛打牌，偶爾喝點小酒，愛唱歌，不是很快樂？」我先生聽了就說：「如果錢拿來打牌、喝酒輸光喝光了，你們拿什麼養小孩？拿酒養小孩嗎？」我跟潔琳說，如果習性好，一加一等於二，習性不好，他輸兩塊錢，她也輸兩塊錢，這叫欠四塊錢。

喜宴桌上人人為錢苦　音樂失聲預言婚姻斷

但，後來她還是跟小她七歲的小男朋友結婚，婚宴是辦在一個廟前的廣場，我和我先生還一起去參加她的婚禮，光是找她宴客的地點，我們就找半天才找到。整個婚禮的氣氛很奇怪，很不快樂，去的人好像是不去不好意思，來了呢，感覺大多數人都在趕時間，菜也出得很快，因為都是從事證券業的人，跟我們同桌坐的人，扣除我和先生兩個人，我感受到每一個人都很不快樂，坐在我身旁的女生，也來找我卜過卦，老公自己開公司負債，她自己因為做股票也輸了一堆錢，身上背了一堆債，老公卻堅持要跟她離婚，整天她都在籌錢；同桌的其他人有的邊吃東西邊講電話，講電話的內容卻是：「好啦，好啦，我等下就過去，你今天先給我五萬啦……」另外一對情侶的對話是：「今天股票下跌，心情很不好，根本不想要來吃。」我這桌的人，因為都在為錢而煩惱，所以即使臉上掛著笑容，嘴上說著恭喜的話，我都體會到一種在笑容之後苦撐的假象，結果到後來，這桌的人就將焦點轉向我說：「老師啊，閒著也是閒著，問一下，問一下……」被問到後來，我都想半途落跑。隔壁桌的是才出三樣菜，就已走了大半的人，婚宴的音樂放到一半，放音樂的機器就壞了，沒有音樂之後，整個婚宴場地更吵雜，我心裡就想音樂一半就沒了，這個婚禮大概走不完吧！

後來我講的這些話真的應驗了，潔琳為了父母加上弟弟捅的婁子，已欠兩塊錢了，她的小男友要開汽車美容，潔琳也拿錢出來，又等於再欠兩塊錢。

貧賤夫妻日日哀　三條黑線錯路行

潔琳結婚一年之後，她又來找我，她約我看她先生要做的汽車美容的點，但我卻忘掉了，到中壢去卜卦了，後來她又拿著汽車美容的平面圖來找我，我一看這圖，就跟她說：「妳不用花這個錢，不用做到三個月，妳老公就會做不下去。」她一聽就提高音量說：「不行ㄟ，我花了一百多萬，怎麼可以？」我就反問她：「他出多少錢？」她說：「沒有。」我說：「妳太寵他了。」她說：「可是怎麼辦？都已幫他了，又已經嫁他了。」我問她：「妳有沒有覺得很辛苦？」她說：「還好啦。」

接著，她又在股市賺到一些錢，但結婚滿第二年的時候，她就來到我的面前，一把鼻涕一把眼淚。原來汽車美容做了三個月就垮了，原因是一群朋友把汽車美容的點當作是一個聚會的點，在那裡喝酒，當客人來取車時，都沒有弄好，接著她先生打牌輸錢賒帳，別人就拿著賒帳的簽單來找她要錢，她看到欠帳的簽單氣到不行，然後她婆婆也到處去賭，賭輸了錢，就來找潔琳要錢去還錢。我聽了她這些苦水之後，就跟她說，賭的媽媽就養出賭的兒子，賭的兒子就娶賭的媳婦，我跟她說：「當初我跟妳說，喝酒還好，可喝多可喝少，但是一賭，賭輸了就死不甘心要爬起來，就要拚個你死我活。」

接下來一年她過得很辛苦，但都還可以維持下去，到了民國八十九年下半年，她老公不僅偶爾不回家，也常不知去向，她也懶得問，同時她婆婆也搞掉她很多錢，當她來找我時，她就跟我說：「我很後悔。」

到了民國九十年初春天她又來找我時，額頭上粉紅色的線也不見了，變成黑色的線，她問我：「老師，我怎麼樣？」我說：「三條黑線。一般在額頭上有黑線是偷，妳是不是做錯事了？」她就問我：「什麼事？」我說：「妳要快點停止妳的行為。」原來，她挪用了朋友的錢，她原本打算先挪用一下投資，但沒想到全都賠掉了，她又再挪用，前後共挪了八十萬，我看了她的狀況，就說：「我勸不了妳，妳還會更自食惡果喔！」她說：「不會啦，我現在為了那個八十萬已要借錢了，我為了那個『王八蛋』……唉，他也沒回來，兩人已如陌生人一樣了。」

我問：「怎麼會弄成這樣？」她說：「貧賤夫妻百事哀，就這麼簡單，我也累了。」我認識她的這些年，她從原本一個笑咪咪、很可愛的人，變成臉上流露出尖酸氣息、口中常罵髒話的人。她告訴我說：「我自己都管不了了，我還管他，去死好了，他死在路邊我都不會難過的啦！」我說：「妳不能這樣講。」她會這麼忿恨難平，是因為她先生做汽車美容之後，又跟人合作室內裝潢，沒做成還惹了一堆麻煩，接著又捅出其他的婁子，她表示，她自己的問題都搞不完了，所以也就不管她先生了。

為錢奔走憂鬱生　失去鬥志人消失

接著到了民國九十一年快過年時，她來卜卦，她告訴我她捅了一個很大的婁子，到底過不過得了關？結果，銅板一直丟，連續十七次，六個銅板就像疊羅漢一般，都疊在一起，卜不出來，我一看這個卦象，就跟她說：「老天，妳愈弄愈大了耶！」她跟我說，她媽媽再加上她自己，坑愈大，她就愈急，還找朋友幫忙，都是別人的錢，到處借錢，而且她來，我不讓她抽菸，她就會要我等她一下，到我家門口的樓梯間抽完菸才進來，我覺得她已經慌張到人都生病了，我跟她說：「妳可能要去看醫生，你要不要哭一哭啊？」她說：「我就是哭不出來，我變得很恨。」我就跟她說，當初我跟我先生勸她，她都不聽，她口口聲聲要找個有錢的，結果找一個小自己七歲的嫁，如今她已談好離婚的事，我就建議她把朋友借的錢先暫緩，把不該動的錢補回去，但她告訴我坑洞太大了，補不回去。

後來她就離開證券業，也搬離原來住的地方，搬去跟朋友住，連她妹妹都找不到她，一直到要過端午節時來找我，說她想要問財運，我問她在做什麼，她表示因為沒有本錢，只能做保險，但也沒有認真做，我又問她還做什麼，她就告訴我有一個朋友在幫她，我就問她：「有老婆對不對？」她承認，並說：「是以前的客戶。」我問：「那划得來嗎？睡一次要多少錢？」她說：「沒啦！」我說：「不要騙我，他是不是很小氣？」她說：「嗯。」我就告訴她：「在他身上得不到什麼錢，划不來。」她說：「喔，知道了。」我說：「妳真的要聽啦，像妳這樣，乾扁扁的，既沒胸，又沒身材……」接著我還是建議她把菸戒了，把頭髮燙一下，讓自己有點精神，我鼓勵她，很多人在保險上賺了很多錢，就是要靠自己努力啦，她告訴我，因為她欠證券行朋友很多錢，她媽媽在花蓮也弄得不好，親戚也沒辦法找了，說到這，她就開始哭了，我讓她哭，並跟她說哭一哭會比較好，她告訴我，她有去看醫生，醫生說她是憂鬱症，目前正在服藥，我問她目前住哪裡，她告訴我，隨便住。

到了八月份，她妹妹來卜卦，告訴我她姐姐離婚，曾搬到她那兒去住一小段時間，又搬走了。後來朋友介紹做女性健康內衣的生意，我就想到她，找她來一起做，但是潔琳連買產品的本錢都沒有，我就告訴她沒有關係，我可以先幫她一點忙，當她在試穿內衣時，我就到辦公室打一個卦，一看又是一個「坎坎卦」，我一看這個卦象就很頭痛，我又再卜一次，又卜到一個「大氾卦」，也就是河水聚不起來，我就清楚她不會做這個健康內衣的生意。

從這次之後到現在，她都沒有再出現在我面前了。每次我想到她，心裡都很掛念，也覺得很可惜，她是一個很聰明的女孩，但是愛情的失敗與欠錢，已將她的鬥志擊垮了，當人有動力和自信，人是不怕麻煩的，然而當動力消失了，自信也消失了，麻煩就會加上心煩，就擁有兩種煩惱了，人得志的時候，遇到困難就會想解決的方法，但人不得志的時候，遇到困難就會很煩躁地怨東怨西，一抱怨心就更煩。

就好像我常比喻「心結」很容易打開，但是「心心結」就解不開，心心結就是兩個重疊的死結，很難打開。

潔琳曾問我，這是不是她前世欠的？但我跟她說，這跟她的前世無關，這是她的個性，她的熱情與熱心用錯了方向。

「我想要嫁個金龜婿。」這是不少女人曾在心裡想過以及說過的話，但是就如這個故事中的女主角，並未朝著自己嘴巴所說的願望，真的如願嫁給金龜婿，不能如願就是不明白，成功的人之所以能如願達成目標，在於面對自己不喜歡的事時，若知道做了這件不喜歡的事，可以讓自己更有效地接近成功的目標，即使不喜歡，依然會去做；但是潔琳只是像很多生命中不能如願的人的思維模式，不願做自己不喜歡的事，因而反其道變成周遭人的「金主」，以金錢支援另一半，救援自己的母親與弟弟，陷入金錢追逐的陷阱中，被「錢」字旁的兩把利刃所傷，終究成了雙輸，兩敗俱傷，令自己的生命走入無法肯定自我價值的模式中。

10 同根同源姐妹花 氣質個性差異大

內在的貪心，讓自己在情感上的需求，向另一半無止境的索取，造成生命中的情傷。

我第一次遇到這麼囂張的客戶，是一位信任我的客戶王太太的姐姐。她要來的那天早上，我向關老爺上香，三枝香插上香爐都熄掉，我一看覺得很奇怪，我又將三枝香拿下來再點燃一次，確定點燃了，才又插回香爐，但一插回香爐又熄了，我心裡想：會是香的問題嗎？那再另外點三根好了。我邊點香的時候，就邊問關老爺：「您要不要告訴我，是有什麼事？」我發現關老爺的眉頭愈來愈皺，好像在搖頭，我心想：到底有什麼事？我又把新點的三枝香插上去。下午兩點約二十左右，王太太和她姐姐到了，坐下來，我就問王姐姐：「妳要問什麼？」王姐姐看了她妹妹一眼才說：「我要問婚姻。」我說：「妳要問婚姻喔！」王太太一聽就不解地問她姐姐：「妳幹嘛要問婚姻啊？」

王姐姐就當著她妹妹以及我的面前表示，她嫁了一個很沒有用的先生，所以要問她老公為何對她這麼不好，當王姐姐在敘述時，我就看著坐在我面前的這對姐妹花，長相氣質真是截然不同。王太太長得高壯胖胖的，看起來很有福相，王姐姐卻是兩頰凹陷，感覺臉上的輪廓有稜有角的，同時眉毛又紋得很粗，眼睛上的眼影，前半段是塗白色，後半段塗灰黑色，遠遠地看，會覺得眼睛好像只有一半，鼻梁上畫上很明顯的兩條黑線，我看著這兩條線，都很想伸手將這兩條看起來髒髒黑黑的鼻梁線擦乾淨，她講話的時候，還會不自覺地抽動鼻頭與鼻孔，感覺好像是猴子才會做出的動作。總而言之，她的臉與眼神傳達出很不友善的訊息。

當我在觀察這兩姐妹的氣質差異時，王姐姐又再度重覆地說：「我嫁這個男的就像沒嫁，這老公很沒有用，常對我大吼大叫，我要問，到底我欠他什麼？」我聽了就說：「妳欠他什麼，其實妳心裡知道。」我這樣一說完，王姐姐就不解地看著我，我就繼續說：「有因就有果啦！」王姐姐就問我：「妳講這樣，我聽不懂啦！」我說：「因為他知道妳的行為，他很生氣，所以不會給妳好臉色看。」王太太在一旁看著我，臉上的表情似乎是聽懂了，這時王姐姐就說：「妳要不要講明白一點？」我就說：「我覺得妳應該要把妳……」我說到這，停頓一下想找適當的言詞表達，接著我又說：「我覺得妳應該要把妳的朋友稍為理一理，而且那個朋友是不好的，不是真正愛妳的，到後來妳會身敗名裂。」我講到這裡，王太太非常驚愕，不能相信地看著我跟她姐姐說：「姐，妳怎麼可以做這種事情？原來是妳自己做不對，怪不得姐夫會這樣對妳。」

說破婚外情　惱怒要報復

我又跟王姐姐說：「其實妳先生滿認真工作，依然把錢交給妳管，所以問題在妳身上，不在他身上。」王太太聽我這樣說，就很直地跟她姐姐說：「對啊，姐夫很老實耶，而且妳比姐夫還兇。」王姐姐就對著王太太大聲地說：「妳閉嘴啦，不要講話啦！」我說：「王太太人也不錯，妳是她的姐姐，我也坦白跟妳說，妳應該把妳外面的朋友清一清。」（我在王姐姐的身旁，看到一個畫面，就是王姐姐的身旁有四個男生，然而礙於她妹妹王太太在一旁，我只能很含蓄地說是朋友），這時，王太太又對著她姐姐說：「妳怎麼可以做這種事？」當王太太一說完這句話，王姐姐就惱羞成怒，說：「妹，沒妳的事，妳不要講話！」然後對著我很生氣地吼起來：「妳亂講話，莫名其妙！」接著王姐姐就像抓狂一般，突然站了起來，快速地衝出我的辦公室，並把門用力地撞了一下，這時王太太就對我說：「老師，不好意思，原來是我姐自己做錯事，我姐一直跟我說，我姐夫多壞、多壞，但我看我姐夫明明就是個很老實的人。」

這時，王太太就起身要離開，才走到辦公室門口，就見王姐姐又折返回來，姐妹倆就在我的辦公室門口拉扯，我聽到王太太問她姐姐：「姐，妳要幹什麼？」王姐姐就很兇地大聲對王太太說：「妳讓開！」接著我看到王姐姐衝進來，一把將我手上的書搶走，我就問她：「妳要幹什麼？」王姐姐說：「我要把我的八字帶走，王八蛋！」我把我的書搶回來，對王姐姐說：「妳太不禮貌了，我會把妳的八字還給妳。」於是我就把寫著她八字的那一頁撕下來還給她，當我把撕下的那一頁紙還給她，她伸手來接時，還用力推了我一下，邊推我邊罵髒話，並說晚一點要來砸我的店。

當時，我先生看到王姐姐這樣憤恨地衝出我家，我先生就很擔心，再加上那時我女兒還小，我帶在身邊自己照顧，同時我還幫我小叔照顧他的女兒，我很怕會嚇到小孩，因此我就卜了一個卦，從卦象看出王姐姐一定會再回來找麻煩。

男壯丁守護　制止報復心

因此我跟我先生就找了身旁親近的好朋友——阿樹與阿宗晚上來我家泡茶，但是我當時覺得找這兩個男人來好像還不夠，因此我就打電話，找一位我曾救過他的命的地方有力人士，我在電話上跟他說明我遭遇的狀況，那位有力的大哥聽了我的敘述，就跟我表示，王姐姐這樣無理取鬧的個性，一定會找人來砸店，於是他就找了其他可以幫得上忙的壯丁開著車來，總共來了八輛車，停滿了我家的巷子。

那位有力人士來我家上香之後，就留了幾個男壯丁守在我家附近，由於這些男壯丁既高大又壯，引起鄰居的注意而報警，結果跟我們家很熟的管區警員就來了，沒想到其中一個男壯丁和警員是舊識，彼此就聊了起來，聊到十點時，那幾個男壯丁就和警員要從我家離開，才走到門口，就看到一個長得矮小、神態鬼祟的男子出現在我家門口，跟正要離開的那幾個男壯丁以及管區警員撞個正著，身高的比例兩相比較，好像是大人跟小孩。我看著那個矮小的男子問：「你找誰？」那個矮小的男子看著那幾個高壯的男子以及警員，猶豫了一下就說：「走錯了。」但是那幾個男壯丁立刻就抓住那個矮小的男子說：「這個地方還要爬樓梯，你會走錯地方？如果你是來砸老師的店，那你真是不知好歹！」結果，經由那幾個男壯丁以及警員的協助，發現這個矮小的男子確實是在車子後座，載了十幾塊的紅磚塊，以及一桶十公升的汽油要來砸我的店。

搶別人老公　罵他人老婆

結果，隔兩天之後，王太太打電話跟我說，她姐姐被撞了，王太太去看她姐姐時，王姐姐還跟她說，一定是我做的法，她才會被撞，王姐姐就託王太太來求我，要我不要做法。王姐姐告訴王太太，她已經知道我不僅有有力人士保護，連管區的警員也對我很好，還跟王太太表示，雖然載了汽油去，但是並沒有做出危害我的事，當王太太聽她姐姐這樣說之後，氣得很想打她姐姐一頓，並不能理解地質問她姐姐：「帶汽油去幹什麼？妳要放火燒人啊？」後來王太太打電話來邊哭邊跟我道歉，並在電話中跟我說，她不知道她姐姐是這麼瘋狂的人，我就在電話中跟王太太表示，撞她姐姐的人跟我無關，但是撞她姐姐的人，一定跟她姐姐是有因果關係的，同時我也請王太太勸她姐姐回到老公身邊，我跟王太太說，最後對她姐姐最好的，還是她姐夫。

後來，終於搞清楚，撞王姐姐的是王姐姐外遇對象的老婆，對方是抱著要跟王姐姐同歸於盡的心情，去撞王姐姐的車的，王姐姐臉受傷，骨頭也斷了，但是撞王姐姐的人，卻只有一點皮肉之傷而已。後來王太太才知道，自己的姐姐除了搶人家老公之外，還每天打二十通電話去罵對方的老婆，鬧得對方的老婆都不想活。

王姐姐就是要那個男的離婚，但是要那個男的離婚，王姐姐卻不會離婚，當初王姐姐來找我，真正的目的是希望我能幫她做法，讓她外遇的對象離婚。我就問王太太，王姐姐要那個男的離婚，王姐姐自己為何不離婚？王太太跟我說，她姐姐不願離婚的原因，是因為她姐夫的父母若過世，可以分到很多財產，她姐姐是不會放棄這些財產的，可是她姐姐又不愛自己的老公，於是就到外面偷吃。王太太因為她姐姐這樣的行徑，她覺得很難過，也覺得對我很過意不去。

車禍撞醒迷途人　道歉回家皈依佛

後來，王姐姐經過這樣被撞受傷的事件後，就跟她老公很含蓄地道歉，表示過往常在外，沒有專心把家照顧好，而王姐姐的先生，雖然心裡清楚發生的事，但也沒說破，依然接納王姐姐。後來王姐姐也因自己的父親中風，而開始唸佛、吃素，還打電話詢問我，如何正確地學習佛法，我就在電話中跟王姐姐說，要她在住家附近找出家的師父先皈依，後來她不僅皈依，還帶父皈依，因為王姐姐覺得自己做錯事的果，報應在自己父親身上。王姐姐在父親中風後，才跟王太太說，父親勸王姐姐好幾次，一直跟王姐姐說，做個女人一定要有女德，但是當時父親跟王姐姐這樣說時，王姐姐不僅不承認自己做的錯事，還對父親態度不佳，王姐姐還曾對父親說過「老死不相往來」的話。

後來，王太太來找我，告訴我她姐姐這幾年唸佛、吃素之後，臉相以及神情都變了，變得慈眉善目，親和多了。

這兩姐妹各自的婚姻狀態，令我有許多的感觸。妹妹王太太在先生很潦倒失意的時候，就捲起袖子賣水餃與麵食，先生不幫忙，不願意做，王太太也依然開開心心地拚命做，並且還不斷地鼓勵先生；而王姐姐的先生人好老實，賺的錢也交給王姐姐打理，但只因為王姐姐的不滿足與不滿意，傷害了自己以及周遭人，不過，那不幸中的大幸的車禍，以及父親的生病，就好像無形的棒喝，將王姐姐敲醒了，對自己的迷失有所警覺，重新回到家中，並分擔起照顧生病父親的責任。

「情」這個字的左邊，就是「心」之意，當彼此用真心相待，兩人的世界就呈現海闊天空般的天藍「青」色，然而當一貪心，用錯心，就成了「悲」劇，因為貪心，造成對另一半不滿意，形成三角關係而引起憤怒，引來尊嚴盡失的身心傷害，同時也讓自己的家人在擔憂受怕中，飽受煎熬。

親密共舞 Chapter 3

親密關係，從拉丁文的字根探討，就是「內在」與「深奧」，獻身於彼此的成長與學習，也就是願意和所愛的另一半，以及與他或她的家人、朋友，打開心胸，真誠地溝通，聯繫在一起，分享內在的一切。

11 昨天分手今天說愛　姻緣註定敢要才成

愛非名詞，愛是動詞，去行動、去創造、去分享。

潔美交了一個男朋友，但男朋友的父母一直很反對，潔美的男朋友家中非常有錢，而她和她男友從學生時代就認識，中間分開過一段時間，後來又再一起。潔美來找我的時候，又面臨兩人要分手的狀況，但是我看到潔美的額頭上，有像十字架的交叉紅線，我就跟她說：「不會啊，你們要結婚了。」潔美一聽，就哭了起來，說：「不可能，我們不會結婚，他媽媽很討厭我，我怎麼可能嫁給他？他如果娶我，他媽媽說就要去死。」潔美哭哭啼啼地說她和她男朋友已講好要分手了，我就說：「不是談分手，你們是去談公證。」她以根本不相信的口吻跟我說：「他沒那個膽啦，他怎麼可能跟我公證？」我就問：「那妳愛不愛他？」她說：「當然愛，我們交往了很多年，當然是愛的。」我說：「愛就好，就可以去公證啊！」我問潔美，兩人說分手之後，她男朋友還有沒有去找她？她就跟我說：「有，前天講分手，昨天又跟我說他愛我。」我就說：「那就對了，那今天呢？」她就又很嬌羞地跟我說：「今天才剛講完電話沒多久。」我問：「那講什麼？」她說：「他說，我們大概有緣無分吧！」我一聽就說：

「嗯，無分？妳去跟他說，我們有名有分，我們就結婚吧！」她還是不相信地問：「老師，有可能嗎？」我說，「絕對有可能，相信我，現在是看妳敢不敢、要不要的問題，妳不用害羞，妳就去跟他講『老師說，我們是有姻緣的』。」她說：「他不會聽的啦，他很鐵齒，怎麼會聽？」我說：「會，妳跟他講，這輩子就是嫁給你就對啦，妳再跟他講，你這輩子不娶我，你也娶不到別人了，妳講的時候要很有自信。」她說：「老師，妳講錯了，不是他娶不到人，是我嫁不到人耶！」

當她這樣講時，我看著她，她雖然身材很嬌小，但是她長得真的是很美，我就說：「亂講，什麼叫嫁不到人？那麼沒自信。」她說：「我這麼矮小，好不容易找到一個矮個子的可以嫁。」我說：「那只有妳，人家都是矮個子要找高個子，要換種，妳都不換品種。」她告訴我，以前有交往過一個一百七十二公分的男朋友，她覺得脖子好痠，好像在看長頸鹿，我說：「反正我幫妳挑好日子，妳就去跟他講，如果他不跟妳結婚，就不要再打電話了，沒有什麼前天說分手、昨天說愛妳這樣的狀況。」她以很擔心的語氣問我：「有效嗎？」我說：「非常有效，相信我，妳就這麼做。」她說：「我不敢耶！」我說：「妳不敢，那就沒辦法，妳不敢，那要我怎麼教妳嘛？」我就以鼓勵她的語氣說，「敢啦，敢啦，就去做就對了啦，最重要的是妳要去談，我也不能幫妳去談啊，他一定很鐵齒。」她說：「他也是拜拜的啦，但是不算命是真的。」最後，她跟我說，她會去試試看。

下定決心甩開困局　男友終於開口求婚

過了一個星期，潔美還是像平日一般跟她男友通電話，她還是壓根兒不敢跟她男友提這個事，也覺得他們的關係還是在原地打轉，到了星期五，那天潔美因為工作上的事情被老闆罵，剛好她男友打電話來約她出去吃飯，潔美因被罵非常的憤怒，因而當她男友打來時，她就很生氣地跟她男友說：「沒什麼好吃的！再這樣下去，也是沒什麼結果，浪費我的時間，我有去找一個老師，她說我會嫁給你，但是我也不太敢相信，不能嫁給你就算了……不過，有一個方式，就是註定姻緣也不用等你父母親同意，我們去公證結婚。」她講到這裡，以為她男友把電話掛了，因為另一頭一直都沒聲音，她一直喂喂喂，終於她男友在電話那頭發出聲音說：「我有在聽。」於是她又繼續說：「那你回去想想看，想好的話，再打電話給我，沒有想好的話，也不用再打電話給我了。」

結果潔美一掛了電話，就趴在辦公桌上大哭，老闆看她哭得那麼傷心，就走到她辦公桌前，問她：「妳為什麼哭得那麼慘？」她老闆想，可能是剛剛罵她的關係，就跟她道歉，說不是有意要把她罵得那麼慘，潔美就哭著說：「不是，我是為失戀在哭啦！」

這通電話講完之後，接著星期六、星期天，她男友都沒有來電話，潔美就想，完了，是死棋了，沒想到星期一，她男友就約她出去談判，她在電話中問他：「有什麼好談的？」她男友就說：「妳講得對，婚姻是要自己把握的，我也想好了，我們就結婚吧！」潔美在電話這頭聽到她男友這樣說，她驚訝得手中的電話都掉到地上，她男友在電話那頭大聲地喂喂，她趕緊把電話從地上撿起來，說：「沒事，只是電話掉到地上了。」她男友又繼續說，「妳很不相信對不對？」她說：「也不是不相信，如果你想清楚了，當然我們就這樣做，我們去找那個老師看日期，看什麼時候公證結婚。」她男友說：「可是，我還是回家跟我媽講一下。」她就說：「好啊，你要講，就去講啊！」

兒子決定結婚　父母火氣上升

她男友真的鼓起勇氣去跟自己的母親說，他要跟潔美結婚，當他母親說不行時，她男友依然很堅定地跟母親表示，他就是要跟潔美結婚，他母親就說：「如果你堅持要跟這個女的結婚，就搬出去，也不要想分到財產，你們兩個就去窮一輩子。」她男友的父親則在一旁說：「你母親就不喜歡她，你還是要跟她結婚，你是要怎樣？你是故意要把我們兩個老的氣死嗎？」她男友就跟他父親說：「我就覺得很奇怪，她也沒有什麼地方做錯，為什麼你們這麼討厭她？我覺得有點離譜，而且我們在交往的時候，你們也都沒有阻止啊，你們只是不高興。」她男友的父親就說：「我們怎麼阻止？我們想你們只是玩一玩而已，怎麼知道你們交這麼久，還要談到結婚？」她男友就不解地問他父親：「你那時候，是只想把媽媽玩一玩，還是要結婚？」她男友的父親說：「我們那個年代，交往就是要結婚的，哪可以只是玩一玩？」她男友看著他母親，他母親就看著他父親說：「當時，我也不是很願意，是他硬要娶我。」他父親就對著他母親說：「妳說什麼？是我硬要娶？」她男友就看著父母鬥起嘴來了，她男友等他父母親鬥完嘴，還是堅定地跟父母表示，他要跟潔美結婚，他母親就說，隨便他，要結就去結啊！

接著潔美就帶著她男友來找我選日子，我第一次看到潔美的男友，長得很秀氣，我就問他：「你不怕父母真的不把財產留給你嗎？」他說：「沒有就沒有啊，反正我可以自己賺。」我問他：「你為什麼決定要娶潔美？」他說：「她沒有不良習慣，她姐姐會抽菸，但她不會，而且她很喜歡小孩，她曾做過幼稚園的工作，我相信她以後會把小孩帶得很好。」我一聽，說：「嗯，我覺得你有眼光。」他繼續說：「所以應該要跟她結婚，而且交往這麼久了，不結婚好像對不起潔美，而且也沒有想要分手。」他們從我這裡看完日子之後，她男友的父母一星期都沒有跟她男友講話。

父母開條件　包生兒住家中

到了第二個星期，他父親就問他：「真的要跟潔美結婚嗎？」他父親這句話，重覆問了兩遍，她男友都很堅定地回答：「是。」她男友的父親就說，他母親氣得每天都在哭，她男友又再問他父親，他們到底認為潔美哪裡不好？經過一個月之後，她男友的父親又問她男友：「你是不是存心要把我氣死？」她男友就說，他沒有那個意思，她男友又再度請他父親答應他們的婚事，這次她男友的父親居然就順著他兒子的話改口說：「可以啊，結婚的條件就是要住在家裡，你去問那個女的要不要跟我們住在一起，現在就打電話問。」她男友就打電話問潔美：「我爸爸問我們結婚之後，要不要住在家裡？如果一定要住在家裡怎麼辦？」潔美聽了就答：「那就住啊，跟老人家住很好啊！」她男友就拿著電話跟在身旁的父親說：「她說好呢！」她男友的父親又跟她男友說：「如果第一胎沒有生男的，就給我搬出去，不能當我們家的媳婦。」潔美就在電話另一頭，聽到她男友跟他父親說：「爸，這太難了吧！」她男友的父親堅持要他問潔美這個問題，還在電話這頭說：「她看起來這麼嬌小，生得出小孩嗎？」她男友就跟他父親說：「爸爸，我也不高啊！」但，潔美就跟她男友表示，她會努力的，她家表哥、表弟結婚都生兒子，她想她也會生兒子。

潔美一掛完電話，就立刻打電話問我：「老師，我會生兒子嗎？」我說：「妳跟妳男友結婚，應該會生兩個兒子。」她又問我：「問題是我第一胎是兒子嗎？」我說：「保證是兒子。」

公婆大聲陪笑臉　為家和諧做羹湯

潔美結婚之後，剛開始，公婆要求她在烹飪上要有餐廳的水準，她就去買食譜照著做，剛開始鹽跟味素都搞不清楚，如今她已做得一手好菜。她懂得展現女性溫婉的那一面，公婆大聲，她就小聲，公婆不高興，她就陪笑臉，當然，有時候她會躲回房間裡偷哭，到她大肚子，她婆婆還看著她的肚子，不停地說是生女兒，不可能生男的，一直到生出來，她婆婆知道是男孩，高興地直說：「是男的，是男的，真好。」滿月的油飯她婆婆就發了兩百多份。當她生了兩個小孩，小孩都上幼稚園之後，她就從會計轉成做保險工作，因為時間的安排可以很有彈性，她都跟客戶說明，因為她跟公婆住，所以下午四點半就要回到家，晚上不能談保險的案子，如果案子被別人拿走，潔美覺得那是她自己沒有福氣。因為她很懂得老人家的心，所以常跟她住的社區的歐巴桑、歐吉桑聊天，這些老人家也很喜歡她，因此這些老人家都會幫她介紹保險的案子。

潔美每次來看我，都很滿足笑咪咪地跟我說：「我老公對我很好耶，我好快樂，我公公說我煮的菜很好吃。」

人的內心常有兩種聲音在對話，一種聲音是「我可以」，另一種聲音就是「我不可以」，就好像是內在的黑天使與白天使，會在我們的生命中隨時出現，面對自己想要的幸福，是要被黑天使、白天使哪一邊的聲音所主宰呢？還是就像Nike的廣告，廣告中的球員，聆聽內心的熱情與渴望，不願意成為恐懼黑天使的奴僕，於是就跟黑天使說：「我不理你了，你不去，我自己去！」當潔美在心中肯定自己所要的幸福，也影響了猶豫不決的男友，終於脫離父母的制約與恐懼，共創幸福的家庭。

12 交久了就應結婚　男友無心許婚約

若是期望對方先跨出溝通那一步，那真是會等到天荒又地老，願意先打開心門，親密就在門外。

黃瑞香是民國九十二年八月底九月初來找我的，因為她想不開，她的同事就介紹她來找我，想不開的原因是因為她和男友交往十二年，但男友卻不想結婚。我就要她先卜個卦，第一個卜出來是「井卦」，我就告訴她，我覺得她嫁給她現在的男友很可惜，她聽我這樣說，就用沮喪的音調回應說：「不會吧？」我問她：「妳愛他什麼，妳知道嗎？」她重覆我說的話一遍後說：「交往久了，就要結婚。」我一聽就問她：「交往久了，就要結婚，那結婚久了，是不是就要離婚？」她一聽我這樣說，愣在那不知該如何反應，我看她這樣子，我就說，那就再卜一個卦，看她男友到底會不會娶她？結果卜出來是「否卦」，我就告訴她，她男友不會娶她，她就哭得很傷心，介紹她來的同事陳小姐坐在一旁安慰她說：「不要哭啦，老師講沒有用啊？其實不用找老師卜，我看也覺得不可能，因為妳跟他講過好幾次要結婚，他都不理不睬。老師，再跟她開導、開導啦！」

我說：「我已經講了啊，妳嫁給他很可惜，而且他不會娶妳，妳不要再等了。」同時我也根據卦象告訴她，在接著的十月與十一月，會出現兩個人，她就用不相信的語氣問我：「真的嗎？」我答：「真的，這兩個人，就是妳結婚的對象。」她就問我：「那要嫁給誰？」我說：「當然妳不會兩個都嫁，但第一個妳就會決定了，就會覺得不錯。」她還問我是怎麼認識的，我就告訴她，是人家介紹的。因為她是很戀家的人，工作之外，就是回家，也不會主動去認識朋友，所以我特別提醒她，只要是人家介紹，她一定要去赴約認識。

結束十二年的情感　速配之人來求婚

即使我這樣告訴她了，瑞香依然還是哭哭啼啼的，我就一直安慰她，不用哭了。但是因為她的同事陳小姐很相信我，雖然她很傷心，但她受陳小姐的影響，也就對我的話全然地信任，因此從我這離開之後，她就開始整理自己的心情，並準備好跟這段十二年的情感說再見。當瑞香不主動跟她男友聯絡後，她發現她男友也不主動找她，這段感情就這樣地淡化遠離了。

就在十月，出現了一個梨先生，這位梨先生是她表姐夫的同事，剛開始看，她也不覺得喜歡，但是事後她自己冷靜地想一想，並且想我告訴她的話——她來找我時，我就跟她講，認識一個男的，先要了解對方的家庭與個性，以及工作的穩定性，若是一個工作可以做三年以上就及格，表示這個男的有耐性。因此她從表姐夫的口中側面了解，梨先生的家庭關係是相處融洽的，父母是知書達理的讀書人，於是就開始跟梨先生約會，就在一年之後結婚了，她也跟公婆一起住。

她覺得與梨先生彼此是有共鳴的，她先生很疼愛她，她要做什麼事，她先生都願意陪伴她，而且她先生都了解她要的是什麼，那種相愛陪伴相隨的感受，令她覺得很幸福。她告訴我，之前的男友，一起去看電影時，她若說，爆米花很好吃，她前男友就會說，那沒什麼好吃的，不要買；而她先生若聽她這麼說，就會立刻去買給她吃，一個聽到覺得不需要去做，一個是聽到會馬上去做，她發現兩人的差距真的很大。

在戀愛的交往互動過程中，人常處在「自以為是」、「理所當然」對方應該就要明白我說的，對方跟我就應該要有這樣的默契，對方不應該做這樣的事，因為這不是我喜歡的……就這樣在「自以為是」、「理所當然」的應該與不應該中，聽不到對方的心意，更無法了解對方的性格，當遇到重大的選擇與衝突時，才驚訝地發現，原來對方不是自己心中所想的那個樣子，或是指稱對方對自己不夠坦白，感嘆自己愛上不該愛的人，但卻不明白，「自以為是」與「理所當然」的習性，讓自己選擇性地「聽不到」，選擇性地「看不見」，才導致兩個人花了很長的時間相處，卻無親密可言。

13 灰黑的臉色露恐懼 時時擔心厄運來

恐懼分離，擔心失去，親密之門自動關閉。

劉玲文來找我的時候，化了一點淡妝，嘴唇也上了一點口紅，但臉色是灰黑色，那種感覺好像臉沒有洗乾淨，我看了心裡就在想，這個女人皮膚怎麼會是這個顏色？她來找我是因為，第一她覺得她的人緣不是很好，第二她也覺得自己的上司緣不好，她的主管常聽不懂她在講什麼，第三她認為自己的工作機會不好。我聽了心裡想，她的臉色這樣，人緣不太可能會好吧！她的穿著很整齊，很日本傳統女人的穿法，典雅而保守，但她整個人的臉色與表情，還有她在和我講話時，眼神常會飄忽，不會專注地注視著我，除了讓人感覺她不禮貌與很跩之外，還會讓人覺得她很不快樂，這種氣息會讓人不想要接近她，但，她在舉止行為上是很禮貌與客氣，不過她才跟我交談沒多久，我就覺得她在溝通上有問題，給人一種不清楚的感受。她告訴我，在溝通時，別人常會不耐地跟她說：「麻煩妳講重點！」我就跟她解釋，因為她講話常繞著彎講，講太長了，不簡單直接。我發現劉玲文是一個很沒有安全感的人，她一直都覺得她周遭的事物會離她遠去，她常恐懼明天起來，可能就死掉了，明天她不會過得比今天好，是一個很悲觀的人。

她工作機會不好，是因為她以自己力求完美的標準，去處理上司交代的工作，做得很仔細也很辛苦，但老闆卻覺得瑣碎沒有切中事情的關鍵點，老闆覺得叫一個小妹來做還比她有效率多了。

她一直覺得她目前住的地方不太好，她有一個妹妹跟她住，常會語無倫次地講話，講的話別人也聽不懂，她覺得她妹妹處於要瘋的狀態，同時她也覺得和老公之間沒有什麼交集，彼此沒有什麼話可以談，她的婚姻可能也不保啦！我先幫她的工作打卦，打出來的卦是個「謙卦」，謙卦的意思就是謙虛認真學習，認真地請教，並透過自我的肯定就可以有成，同時謙卦表示再用心一點，就有升官的機會，關鍵就在於自己是否要去打造了。因此我就跟她說，她不用換工作，她表示，她喜歡寫東西，我聽了，就跟她說，她可以寫東西，可以在寫作的領域發揮，但是要寫得讓人看得懂。

活在自我的感覺中　感受不到先生的喜好

於是，我就跟她約了五天之後，到她住的玫瑰中國城去看她的住家，一到她家，我發現她家潮濕有霉味，非常暗，而且空氣不足，住在這樣的環境下，人絕對會不建康，因為空氣不足就會缺氧，缺氧就會產生幻象、會心悸，她住在山裡，照理應該沒有車水馬龍所造成的灰塵，但是我在她家，卻老是聞到灰塵很多在空氣中，我才在她家待不到十分鐘，我就覺得我的頭很脹，因為她家的窗戶都關起來，將窗簾拉下來。我建議她要把窗戶打開，讓山中樹林散發的芬多精進到屋內，但是她覺得窗戶打開，小偷會進來，她跟我解釋會有霉味，是因為牆壁有壁癌造成的，潮濕是因為住在山中之故；我又建議她潮濕可以用除濕機，她又說曾經試過用除濕機，但是她在外工作一整天，會沒有安全感，她覺得家裡會跳電、會走火，會被火燒掉。我就告訴她，她若這麼害怕，房子可以用斷電系統，遇到電源超量，它會自動關電，不會有安全之虞，我在跟她這樣說明時，她不斷地告訴我，她看電視新聞，洗衣機洗一洗也會燒掉，熱水器也會爆炸……她在我面前這樣叨叨述說，這些新聞讓她更害怕，更沒有安全感，但我仔細看完她的房子之後，我覺得她的不安全感就是房子缺乏空氣，她只需要把窗戶打開，並讓陽光照進屋內，她就會慢慢變得比較快樂。

看完房子，她就問我她的婚姻狀況，她一直覺得她跟她老公不夠相愛，她不是她老公的愛人，她和她老公不太能溝通，我就跟她說：「妳很愛他，但是不要求太大的溝通，感情是需要默契的，例如他現在需要可樂，妳就不要拿麵線給他吃，要投其所好，要知道他在想什麼，不要他正在苦惱某件事，妳卻硬去提他正苦惱的事，只會增加他的痛苦。」我在跟她談她的婚姻時，要很謹慎地用詞，若是我不小心提到「離婚」兩個字，她就會用雙手很緊張地去抓她那一頭老是梳不整齊、看起來亂亂的長髮。

她會對自己的婚姻有這麼多擔心，就是溝通不夠，再加上沒有很親密的肢體關係。我就跟她提到，曾有一個女的來找我，她一坐下來，我就看到她跟她先生很恩愛的畫面，但是顏色是米白色的（米白色的色調是很恩愛但是沒有性生活，一般有性生活，是粉紅色、桃紅色及大紅色，結婚就是大紅色的色調，那種大紅色的色彩，散發一種很可愛的喜氣，懷孕也是桃紅色與大紅色），我舉這個女的例子讓她了解，她的老公是個很藝術的人，喜歡看山、看水、聊天喝茶，但她又不知道投其所好，不知她老公要的是什麼，所以她一直在恐懼害怕，一直覺得她的婚姻不保。

但我看劉玲文的婚姻，並不會有離婚的狀況，主要還是因為她在婚姻中要的感覺很多，但是又不主動用心了解她先生，培養雙方的默契，只是不斷地活在自以為的感覺與恐懼中，這就跟她在工作上一樣，一直處在自以為的想法與標準中，反而讓同儕與上司覺得她不好溝通，事情都沒有說到重點，處理到關鍵點上。

她家有不少不錯的藝術品與佛像，但是她東擺一點，西擺一點，家中又顯得很雜亂，而她那自以為如何才是好的個性，讓跟她住的妹妹也常被她搞得覺得束縛很多，常常都受不了，她妹妹在私下跟我說，她跟她姐夫還算有話可以聊，可以溝通，但是她跟她姐姐就沒有話聊。

恐懼就好像在黑暗中背後有一盞燈，映照自我的背影，將自我的影子投射放大到牆面上，而自我卻被牆面上自己的影子嚇壞了，而無法動彈，並且認為牆上的自我的影子就是恐懼的來源，因此在親密關係上，不斷地以恐懼為由，要對方配合自己，然而對方一旦不予理會這種自己嚇自己的恐懼，又會進入孤立的自憐自哀，想要獲得對方的憐愛，卻沒想到反而更將自己的心，與對方的心，用一扇恐懼孤立的無形之門阻隔。

14 不明為何常嘆氣　擺攤相識來問卜

愛的承諾，是拆除過往傷痛的防衛之牆，超越年齡的差距。

在民國八十一年，我懷老二五個月時，我還在三重的萬姓宮擺攤子，那裡是個公園，那時候大家樂風行，很多人都會來這裡卜明牌。我的攤位是在人潮比較少的路口的尾端，在我擺攤的斜對面，有一賣玉的攤子，是個女的在賣，她的玉很便宜，最貴的也不過是兩三千元，我因為常看到她吃醃芭樂，而忍不住想吃，猛吞口水，但我去逛了一圈，一包要一百元，又捨不得買，因此心想算了，不要吃了。由於這個賣玉的女老闆的攤子，就在我攤子的斜對面，我就常看到她在嘆氣與發呆，這個賣玉的女老闆個子與我差不多，但是瘦瘦的，臉較尖，剪了個學生頭，都會有個長得滿壯的男生送便當來給她吃，我覺得這個送便當的男的對她很好。

有一天，來找過我卜卦的客人來逛這個夜市看到我，好像也認識這個賣玉的女老闆，於是就跟她介紹了我，沒多久，賣玉的女老闆就來找我，跟我要了名片，我才知這位女老闆姓林。她不解地問我，為何不在夜市也擺算命攤，幹嘛賣佛珠以及小沙彌？我就表示，我只看有緣人。我跟她說，我看到她老是在嘆氣，她聽我這樣說，也只是沉默沒多說什麼。

隔了大約兩三天的中午，她來找我，當時我還在三重開香鋪店，她來之前，我就看到有一個梳著髮髻的老婆婆在我的店門口走來走去，看起來像是土地婆婆，接著她就穿過洗衣店的牆內，我就站起來走到門口看清楚，就在門口看到賣玉的林小姐剛好來到。

父親作主出嫁　丈夫賭輸錢產

她就告訴我她要問感情，她是民國四十五年次的，已經離婚很久了，大約有十年。她小孩讀小學一年級的時候，她老公帶女人回家睡覺，還叫她站在床邊看，不准她出去。她嫁給她老公時，她娘家還幫助她老公創業，但是她老公一直覺得林小姐瞧不起他，同時她老公愛好喝酒，很好賭。她爸爸資助她先生創業，是民國七十幾年左右，她父親前後各拿了五百萬給她老公創業，但都被她老公虧光了，她在婚前幫父親做會計帳務的工作，婚後依然是在父親的公司做會計，但是她老公生意失敗後，就不准她繼續在娘家幫忙，要她在家帶小孩。這個婚姻，也是林小姐的爸爸作主的，因為她爸爸和她先生的爸爸一起做生意，雙方父親就覺得要結親家。她嫁給她先生的隔年，她公公就過世，再過一年，她爸爸也過世了，所以她先生就覺得她是一個掃把星。

然而她告訴我，第一年，她父親就給她先生五百萬做生意，第二年她父親又給她先生五百萬做生意，就在兩年內她先生就虧光了她父親給的一千萬元，原因是她先生完全沒有心做生意，他先生是拿一百萬做生意，四百萬去賭輸了。

她父親過世後，她得到父親的遺產，但騙她先生她只拿到兩百萬，她先生要她把兩百萬拿出來，然後就在兩年內因為玩女人與賭博，將錢全花光了。她跟她先生結婚之後，八年內只親熱三次，就生了兩個小孩，結婚一個星期做第一次，一個月後做第二次，就懷了老大，又隔了三年，做第三次就懷了老二，接著三年內，她和她先生都是沒有性生活的。而當她離婚的時候，她還背負了五百萬的債，每個月還要給小孩生活費兩萬元，當時離婚的時候，她對自己很沒有信心，回想對於爸爸安排這樣的婚姻，自己也很難明白當初為何會答應，其實她覺得她的公公是個很好的人，但是她先生以及她的小姑都把自己過得一塌糊塗，小姑因為做人家的第三者而被毀容，眼睛都瞎了，嘴巴都歪了，而她自己的弟弟，太太跑掉了，而她自己也是落到帶著負債離婚了。因此她和她弟弟都不敢再結婚。

離婚後，她當上班族一年，也是擔任會計的工作，之後，她任職的公司倒閉，後來她到市場看到一個賣玉的攤子，她就停在那個攤子看，順手拿了一塊鴛鴦的玉石，當時賣玉的歐巴桑就跟她說，這個鴛鴦對夫妻會很好，她一聽就立刻把鴛鴦放回去，賣玉的歐巴桑就問她，離婚了？夫妻不合？接著歐巴桑就跟她表示，男人都不是好東西，賺錢是最好的，歐巴桑表示她也是被男人拋棄的，然後告訴她，因為賣玉，現在有好幾間樓房，歐巴桑就告訴她雖然一百元一百元的賣，但是存錢的速度也相當快，歐巴桑就很熱心地教她有關賣玉的相關管道以及如何賣的訣竅。

於是林小姐就開始賣玉的生涯，她賣的玉最貴不會超過一千元，經過八年，她都沒動用到她父親留給她的遺產，就把五百萬的債還掉了。

女人四十一枝花　害羞尷尬問情事

送便當給她的男生，現在是她的男友。因為家中負債，他除了在家具公司工作，還去搬家公司兼差，因為太累得了急性肝炎住院，住院之後出來，就逛到她的賣玉攤位，跟她買玉的過程中，兩人發現彼此相當談得來，那個男的就開始追求她，林小姐告訴我，她實在不會看人，她表示當初她也覺得她前夫很好，因此她父親要她嫁給她，她就嫁了，嫁了才知道她前夫是個賭徒。

而她認識她現在的男友，她三十八歲，她以為她男友是四十歲左右，一交往之後，覺得這個男的成熟穩重，有一雙大翅膀，讓她很窩心，就接受他，她跟我講，她跟他有親密關係之後，才知道他的真實年齡。我聽她這樣講，就問：「妳跟他親熱之後，才知道他的年紀？」她說：「老師，我三十八歲，他看起來四十歲。」我問：「他到底幾歲？」她就看著我，很尷尬又很害羞地嚥著口水，我看她這個表情，以及如小女孩的嬌羞狀，我忍不住開起她的玩笑，說：「睡得很開心是不是？」她用手弄著上衣的拉鍊，然後小聲地說：「我們倆差很多，老師，妳不要笑。」我問：「多少？」她小聲地說：「十七歲。」我說：「什麼？幾歲？」她又小聲地講一遍十七歲，我用計算機算了一下，就說：「他二十一歲。」她表示，應該是二十一歲或是二十二歲，接著她又很不好意思地告訴我，她的老大都快要十八歲了，要當兵了，我就跟她說：「那有什麼關係？」她問：「沒有關係喔？」

她還告訴我，當他告訴她他的年齡之後，她一聽完就覺得全身痠痛，我就跟她講，那是因為他們太激烈了，她就很不好意思地說：「老師，妳怎麼這麼講？」她也很坦然地告訴我，離婚十年，她都沒有再交往過任何的男朋友，她覺得沒有一個男的是好人，當現在這個年輕的男友跟她示愛的時候，她再度有戀愛的感覺，怎麼開始的她也說不清楚，但是兩人就是覺得很甜蜜。

男方父母不同意　年齡差距成障礙

我就跟她表示，年齡的差距不是重點，她還告訴我，她的男友跟她說不顧一切要跟她結婚，就在他們交往半年後，她就跟她男友回到他的家鄉雲林麥寮，她男友的媽媽一直問她幾歲，但她男友一直用腳踢她坐的椅子，要她不要說，並且跟自己的母親說：「她幾歲，妳問我就好了，她大我三歲。」他母親聽了差三歲就說：「差三歲好嗎？」她男友又立刻說：「如果講生肖是差四歲。」她男友就跟自己的母親表示，他們是非常相愛的。

但，沒想到她男友的母親依然覺得不妥，於是她男友的母親就請了她男友的兩個舅舅、兩個姑媽，以及爸爸，總共是六個人，將她男友從台北押回雲林，將他所有的東西都放到卡車上，要他不要再與林小姐聯絡，在她男友被押回雲林之前，她男友要她一起去殉情，但是她跟她男友表示，她還有兩個小孩，她不會做這樣的事。

因此當她男友回雲林後，他們兩個月都沒有聯絡，但接著她男友就帶著一個小包包，連衣服都沒有帶，又找機會從雲林回到台北找她，當他們又再度見面之後，相互抱著痛哭了一晚，接著隔天林小姐與她男友，為了怕他父母找到，於是就迅速搬家，他們就搬到仰德大道附近的一間古厝裡住，我還去看過她住的這個地方。

雙方為愛公證結婚　高齡生子為小丈夫

她周遭的朋友，都認為這個年輕的男生，是因為知道她小有資產才跟她在一起，但當時她卻告訴她年輕的男友，她是負債的，靠賣玉為生，而且每個月固定要付她兩個小孩的生活與教育費。在這個過程，她也觀察這個男的，在家具店工作，常扛很重的貨物，但很認分，有一次林小姐一口氣賣掉一大批的貨，她就分五萬塊給她年輕的男友，但她男友卻告訴她，他不需要錢，他覺得她太辛苦了；而她帶男友一起去吃日本料理，花了二千多元，她男友就跟她表示，賺錢不容易，花二千太奢侈，也不好吃，她男友還跟她說，自己的家就住在海邊，一條魚才三十元，以後不要再來這樣的地方吃東西了。

這一天她來找我，是要透過卜卦，看是要進還是退，結果她卜到一個「晉卦」，我就以很肯定的語氣跟她說，要她「進」，只要她敢追，就能成功，同時我也告訴她，這個男的很孝順，很有責任感，做人不貪財踏實努力，她聽我這樣說，問我：「老師，妳不覺得很離譜嗎？」我說：「不會，去公證。」他們公證的那一天，跟林小姐的兒子當兵是同一天，我還當他們結婚的公證人。

他們公證結婚後，非常相愛，林小姐因為這個男的是獨子，林小姐就想要為這個男的生個孩子，她也為了生小孩的事來找我，因為她很擔心，她覺得自己好像是要到更年期了，有時候月經有來，有時候又沒有來，但她一卜出來是個喜卦，而且我已看到一個男娃的影像，因此我就跟她表示，她一定生得出來，林小姐就在四十一歲，為她的年輕丈夫生了一個兒子，她的兒子非常可愛。

她的一兒一女，為了支持自己的母親，都叫自己的母親為大姐，並且稱呼林小姐年輕的丈夫為姐夫，主要是為了不要讓她年輕的丈夫的母親，真的知道年齡差距，又橫生出不必要的煩惱與阻礙。

後來這對夫婦找到玉石的大盤與源頭在大陸，於是他們移民到大陸，全心地做玉石的大盤生意。

當兩人願意卸下自我形象的面具，敞開心胸，真誠地分享內在的脆弱，以同理心相互了解與接納，生命的共鳴與交流才有機會開始，彼此的關係才會充滿了活生生、創造力的熱情，同時也才能明白：幸福，是超越世俗社會定義的「應該」的價值標準。

廝守歲月 Chapter 4

耳鬢廝磨的婚姻關係，不是從想像中、浪漫的愛情劇中能夠領會，需要在一段真實的日日相見、夜夜相守的日子中，才能漸漸領會與學習，關係中的自私封閉，關係中的相互交融，關係中的低潮與高潮……

15 夫妻賺錢忙工作　關係卻已亮警燈

內在心念不起，外在事情不來，舉頭三尺若有神，神明慈眼看眾生。

賣女裝的張小姐來找我，我發現她的背後有兩條深藍的顏色，橫的兩條深咖啡色，感覺像兩條毒蟲，我就問她，她老公在做什麼，她就告訴我她老公在賣汽車，我又問，她對她先生很了解嗎？她表示，她跟她先生都還好啊，她跟她先生都專心地忙工作。當時她工作的服裝店就開在某個知名戲院的附近，她是幫人家賣，來我這除了問父親的身體狀況，還要問她是否能夠自己創業，我就跟她說，她可以自己做，因此後來她自己開店，我還幫她看了服裝店的風水。張小姐是個好媳婦，跟公婆住在一起，婆婆對她還好，公公對她不好，公公覺得女人就是要能幹去賺錢，不要在家當米蟲。

後來她又來找我時，我發現她身後的深藍色與咖啡色，好像色紙沾到水，顏色變得更不清楚，好像糊掉了，只能用一場糊塗來形容，我就又再問她：「妳都怎麼上班？」她就告訴我，她先生都會送她到服裝店的門口，她先生再去上班，我又問她：「那妳老公幾點下班啊？」她就問我：「老師，妳是不是有事要跟我講？」我就說：「我不知道我看的對不對，一個顏色跟另一個顏色重疊，妳要注意妳先生的交友狀況。」她說：「他有很多朋友，他對朋友很好。」我說：「我講的是女生朋友。」她聽了就愣在我面前說：「老師，我心臟不太好，妳不要嚇我。」

結果，事情就發生在她跟我談過後的半個月。有一天，她先生載她到服裝店門口，她下車，打開後車箱將衣服拿進店裡，突然，她透過服裝店的玻璃窗看到一個女的衝到車旁，對她駕駛座的先生大聲說：「你為什麼不接我的電話，非要弄到我跳出來才可以嗎？」這時張小姐就從店裡走出來，她發現她先生變得很緊張，她就問她先生：「什麼事？」那個女的就對著張小姐問：「妳是他太太嗎？」張小姐就回答：「我是他太太，怎麼了？」她先生這時就很緊張地插口說：「沒有啦，小姐妳不要這樣，我們好好講。」她先生對那個女的講完後，就小聲地跟張小姐解釋，因為這位小姐買車有一些狀況，張小姐聽了就提醒她先生要把事情處理妥當，接著她先生就把那位小姐一起載走。

先生與陌生女子熱絡　心情直直向下低落

但是，張小姐一整個下午都在發呆，想到我說她身後的顏色，覺得事情沒那麼簡單，於是她就一直call她先生，但她先生都沒有回，結婚這麼多年，小孩都已經要八歲了，八年來從未發生她call她先生，她先生不回電話的情形；一直等到下午六點，她終於跟她先生聯絡上了，她就問她先生早上的事處理得如何，她先生以輕鬆的語氣跟她說，處理好了，沒事了。

到了隔天的早上，她突然有個想法，就跟她先生表示，她不想去店裡，想出去走一走，因此提議她先生也請假，兩人可以一起出去走一走，但她先生聽了有些為難地說，他今天公司有很多事情；張小姐聽她先生這樣說，就表示，很多事情，不方便嗎？張小姐又另提議，跟她先生一起去公司，但從她先生公司那裡改搭車到新店找朋友，於是她就在她先生的公司下車，並且故意走得很快，走到她先生公司前面的紅綠燈路口，就躲在轉彎處，因張小姐直覺地認為她先生有別的事。她躲在那大約半小時，就看到她先生從公司的大門走出來，看到她先生抽著菸，狀似在等人，而她從未看過她先生抽菸，她先生等了十分鐘，就看到一個女的從計程車下來，接著張小姐就看到她先生和這個女的很親密地手牽手過馬路，張小姐看到這一幕時，有股想衝到馬路中央撞車的衝動，於是她就打電話給她先生問：「你有沒有在樓上？有沒有在辦公室？」她先生回說：「有。」她就說：「我大概十分鐘後上去拿個東西。」她先生立刻說：「十分鐘不行，我五分鐘後就要出去了。」她就問她先生：「你要去哪裡？」她先生說：「我突然要去拜訪一個客戶。」她聽她先生這樣說，就確定她先生對她說謊，她就在路邊找個地方坐下來，哭得很傷心，到了下午也沒心情開店，又沒地方去，就來找我。

斬斷桃花除惡緣　謙卦指引白頭偕老

我問她：「妳看到的是同一個人嗎？」我指的是她前一天看到衝到車旁的女生，她說是，我問她，她現在有什麼想法，她告訴我，她想離婚，我說：「不好吧！」於是她想卜個卦，看她可不可以離婚，結果卜出來，是一個「謙卦」，意思就是努力可以白頭偕老，不要去把它打破，張小姐問我該怎麼做？

我就跟她說：「再等一等看看。」說完這句話，我也搞不懂自己為何這樣告訴她。

接著我就要她拿兩件衣服來，我告訴她，她會和她先生白頭偕老，應該要斬她先生的桃花，斷她先生的惡緣，她告訴我想把店收掉，我就勸她店的生意這麼好，不要收，但張小姐感慨地跟我說：「我這麼努力，他搞這種飛機。」我告訴她：「不是因為妳開店才發生，應是開店之前就發生了，只是發生在什麼時候要去探討，再等等看，看他怎麼說。」張小姐就問我：「他會說嗎？」我說：「即使不說，也會有事情發生，再等一天看看。」接著張小姐當天馬上坐計程車回去把衣服拿來，我將衣服正面對正面，並拿了紅線，要張小姐將兩件衣服的袖子綁起來，邊綁邊觀想這兩件衣服是她老公的，她老公會坦誠地面對自己，他們夫妻恩愛，感情非常好，這輩子會白頭偕老，不會分手，也不會大打出手。張小姐聽我這樣說，就說：「老師，妳好好笑，說不會分手，還說不會大打出手。」我說：「不會分手，一天到晚大打出手也不好啊！」

接著，我就把衣服放在關老爺面前，這時，我看到關老爺的眉毛已呈一字型，還因為皺眉，一字眉因而呈現了三波段的波浪，我就跟關老爺說：「不好意思，幫忙一下。」接著我就請張小姐跟關老爺上個香，請張小姐跟著我唸：「弟子某某某，祈求丈夫所做的錯都過去了，好的結果就從今天開始。」當我講到這裡，張小姐一直哭，並跟我說：「我都不覺得我老公這麼好，被妳一這麼講，我老公好像很不錯。」這時我老公剛好打完鮮果汁，倒了兩杯從廚房走出來，一杯給我，一杯是要給張小姐，張小姐就對著我說：「妳老公好好喔！」

兩女對立街頭　太太說愛不放棄

隔天早上，一如往常，她先生載她去店裡，但是她卻跟先生表示，她想散步，到先生公司門口就下車，再散步到店裡去，車子才一到她先生的公司門口，那個女的又突然衝到車旁對她先生吼：「你到底想怎麼樣？」張小姐就看著她先生以及那個女的問：「現在到底怎麼回事？」那個女的又繼續吼：「你到底想怎麼樣？給我講清楚！」張小姐這時開口說：「我應該離開，讓你們談一談，我在這裡很尷尬。」那個女的聽張小姐這樣說，也沒理張小姐，張小姐走離十幾步後，想一想，又走回去對著那個女的說：「我很愛我的老公，我們兩個會白頭偕老，妳要搞清楚，我不會放棄喔，妳聽清楚，我不會放棄的！」張小姐講這句話時，沒有看她先生一眼，她覺得自己是用盡所有力氣講這句話的，是用吼叫的，她也聽不到路上的車聲與喇叭聲，張小姐就一路走回店裡，把自己關在店裡，想哭也哭不出來，心想我跟她講會有事發生，但才過了一天就發生這樣的事，可能會做個了斷吧！張小姐就在店裡把衣服整理整理，才過了一個小時，她先生就打電話給她，問她在哪裡，張小姐就反問：「我在哪裡很重要嗎？」她先生就說：「我要跟妳解釋。」她說：「你要跟我解釋，這樣解釋就好了。」她先生就說：「我們出來談一談。」她說：「不需要談啊，你講得不清楚，我今天開始就不回家，我不會再回那個家，我自認很孝順，也很認真，一直把家庭安排得好好的，我沒有錯，你要解釋就解釋。」

但她先生跟她表示，在電話中講不清楚，她先生問清楚她在哪裡，就來店裡接她，於是張小姐就和她先生回到他們初認識談戀愛的場所——天母的麥當勞去談，先生跟她解釋了事情的經過。這個女生是做汽車保險的，因為工作業務上的往來，這個小姐就跟她先生示愛，但她先生沒有什麼興趣，但兩人一起出去兩次，她先生跟她表示，真的沒有發生肌膚之親，是那個女的自己認為，兩人應該會繼續發展下去，但她先生已要踩煞車了，可是那個女的不放手，就一直找她先生鬧。她先生發誓真的是如此，她就問她先生，敢不敢到我面前發誓？她就打電話說她先生要來我家發誓，我聽了就說好，她還在電話那頭問我，她先生來我這，我一定可以看出她先生到底有沒有做什麼對不起她的事，對不對？我就說，對啊！

點香面對關老爺　真誠說出心中誓

掛了電話，我就到關老爺面前跟關老爺說：「關老爺，等一下是您的事，您待會兒眼睛一定要看清楚喔，我現在很緊張，因為等一下有人要來跟您發誓。」我就看到關老爺的一字眉呈波浪狀，四十五分鐘後，他們夫婦就來了。

她先生看到我，就跟我表示：「有女生喜歡我，但我真的沒有做什麼，因為我老婆很相信妳，只要妳講一句話，我就得救了，我可不可以來這裡發誓？」我拿了三枝香給她先生，她不解地問我：「不是一枝香就可以了嗎？」我說：「發誓要三枝香。」接著她先生問我：「要怎麼說？」我告訴他，他要怎麼說就怎麼說，接著就聽她先生對著關老爺說：「關公在上，我沒有做對不起我老婆的事，大家不相信我，所以我來這邊發誓，請老師告訴我老婆。就這樣子嗎？」我說，就這樣，張小姐卻說：「不行，他要說，如果做了會怎樣？」我說：「不用，如果他真的做了，香一插上去，就要拉屎了，馬上應驗。」我會這樣說，是因為曾有人來我這發誓，結果香一插上去，放個屁，屎立刻就拉在褲子上。她先生在插香時，張小姐就盯著她先生的屁股看，我就拉拉張小姐，暗示她不要這樣，香一插上去，她先生就轉頭問我：「老師，妳相信我嗎？」我說：「我當然相信你，因為關老爺跟我說，你沒有做，沒有錯。」她先生就說：「謝謝妳。」我說：「你老婆真的很愛你，她真的是個好太太。」她先生就說：「其實我也很可憐，我被那個女的折磨得很辛苦。」我說：「你不應該跟人家去吃飯，不應該跟人家去看電影，回去好好地和老婆相愛。」

接著就兩天都沒有他們夫婦倆的消息，我這裡就是如此，發生事情人才會出現，但是事情解決了，就一切寂靜無聲。到了第三天，張小姐打電話來，我就在電話這頭開玩笑地說：「你們睡在床上兩天。」她就不好意思地跟我說，她跟她先生到台中梨山去玩了兩天，玩的過程中，那個女的還打電話來，張小姐就把電話搶過來，跟那個女的說：「我告訴妳，妳不可以再打電話來，妳再打來，我就到妳公司去鬧到不可開交。」

在婚姻關係中，日子一久，彼此生活的模式以及互動說的話，都進入加工廠的規格化狀態，日復一日，彼此在共創的模式中習慣生活，然後就被這樣的模式所主宰，之後心中開始覺得無趣與無聊，想改變，但人性習於習慣，懶於改變，因此又繼續如工廠規格化的生活，於是就想要透過買一件自己喜愛的名品，一趟旅遊，刺激一下因規格化而感覺遲鈍的感官，若刺激的強度不夠，那麼自以為無傷大雅的出軌念頭就會進入心中，醞釀到一個程度，就開始付諸行動，在關係中不信任的傷害與影響就開始發生。

16 懷孕搞不清誰是爸 一盆水解開爸是誰

想要被愛，在關係中一昧地要對方付出，但一直付出愛的一方，也有累的一天。

林大姐的女兒貴暘是民國六十九年次，很不愛讀書，民國九十年的時候，林大姐為了她女兒的事，帶著她來找我，原因是貴暘交男朋友且懷孕了，但麻煩的是，她女兒交了兩個男朋友，其中一個姓解，跟解男友住在一起，愛得要命，又吵得要死，解男友的家境不錯，是做運輸業的，男友的父母家人也對林大姐的女兒很好，但林大姐的女兒又另外交了一個男友，是公司的同事，姓陳。

林大姐的女兒比較愛公司的同事，想要跟解男友分手，於是到泰國去找自己的父親，想以距離沖淡彼此感情，解男友為了挽回，就追到泰國去找貴暘，但貴暘一回到台灣卻發現自己懷孕了，但卻搞不清楚是懷誰的小孩。

林大姐來問我時，不斷地哀嘆說：「丟臉丟死了，也不能說給別人聽，老師，妳人很好，只好來說給妳聽，妳看該怎麼辦啦？」那時，我轉過頭看著貴暘，她的表情是覺得她母親幹嘛如此緊張，反正她肚子裡的孩子終究會是其中一個男友的，當我看著貴暘的時候，我腦海中出現一盆水，我就請我先生拿一個鍋子裝滿自來水，放在我的辦公桌上，這時我就跟貴暘說：「現在這邊有一盆水，妳的左手是解先生的手，右手是陳先生的手，妳想一下，但不能把兩隻手都放進去，妳看著這盆水，有沒有很渴的感覺？」她點頭說有，我說：「但妳不能喝，妳想妳最愛誰，或是妳想要把哪一隻手放進去？」接著她就把她的左手放進去，她的手一放進去，水中就出現粉粉的粉紅顏色，連林大姐看了都說：「怎麼這麼漂亮？」我說：「孩子應該是解先生的。」貴暘聽我這樣說，就表示，算排卵期應該也是解先生。但貴暘卻表示想嫁給陳先生，她說陳先生表示願意當作自己的小孩養，但當時貴暘是想要把小孩拿掉嫁給陳先生，我問她：「解先生要不要這個小孩？」她表示，解先生當然要，因為解先生想要跟她結婚。

知女兒莫若母　女兒幸福母關心

我聽她這樣說，我就請她先坐到外面去，她不解地問我：「我不能聽喔？」我就告訴她，我想單獨先跟她媽媽講一些話，她一出我的辦公室，我就問林大姐：「妳什麼想法？」林大姐說：「這個孩子是來討債的，很會花錢，自己賺的錢都不夠用，每個月解先生還幫她還信用卡的錢。」我說：「解先生比較愛她，姓陳的只是一時好玩，若是嫁給姓陳的，很快就會離婚，姓解的娶妳女兒，是姓解的倒楣。」林大姐就說：「不論誰娶到我女兒都倒楣啦！」林大姐很知道自己女兒的個性，說到這，我又看到一個畫面，就是她女兒以前也跟女生談戀愛，我問林大姐時，她就突然放低音量說：「真的搞不清她是怎麼回事，交女的、交男的都可以，搞不清她到底在幹嘛！」之前林大姐都不敢講，只覺得她們很怪，有一天晚上林大姐要找東西，進貴暘的房間，就看到兩個女生光溜溜地躺在床上抱在一起睡著了。我問林大姐：「妳希望她結婚？」林大姐覺得解先生人不錯，說到這，我就叫貴暘進來，我跟她說，這個孩子是解先生的，要她把孩子生下來，不要拿小孩造業，但是我告訴貴暘不論任何時候，她都會想要離婚，她聽我這樣說，便問：「那幹嘛要結？」我說：「妳結婚後，學習怎麼做媽媽，學習如何好好過日子，把習性慢慢地改掉。」我的意思是，因為有孩子，孩子什麼都要花錢，因此她會慢慢地改掉亂花錢、亂交朋友、看人看不準的習性，她聽我這樣說，就勉為其難地表示，她回去好好地想想看。

過了兩個禮拜，她就自己來找我卜卦，問我：「我真的跟陳先生沒緣嗎？」我就說：「從我的卦象看起來，妳跟他的卦是大阻礙卦，現在他很愛妳，但未來不會，可是，妳真的很愛他嗎？」她就用手指不斷地彈我的辦公桌面，說：「好像不是那麼愛，愛要怎麼分辨？」我問她：「妳跟解先生親熱比較快樂，還是跟陳先親熱妳比較願意？」她說：「跟解先生比較自然，可能很久了，我比較願意讓他碰，跟姓陳的我都沒有感覺。」她又告訴我，解先生很小氣很愛唸她，我卻跟她解釋，解先生不是小氣，他一個月幫她還掉卡債四、五萬元，再加上貴暘的爸爸又常跟她要錢，他也幫忙她出錢，這時我就跟她說，我看到她交男生又交女生的畫面，我告訴她既然她可以談世俗所認定的正常感情，她嚮往有男朋友，又嚮往有性生活，又嚮往有錢，這都是解先生才可以給她的，也是解先生願意給她的，我就要她好好把握解先生，好好過日子，我又再度地提醒她，結婚後生下小孩，要把小孩帶在身邊。

失去自由鬧離婚　放下女兒離家去

貴暘在民國九十一年初結婚，剛結婚時還滿開心的，但剛好遇到她先生去念夜間部，有時候有些聚會，例如在KTV，大家都抽菸，這種煙霧瀰漫的場合，她先生覺得她挺個肚子，對她及小孩的健康不好，就不讓她去，但不跟她先生去，不鎮日黏著先生，她會覺得很無聊。民國九十一年底她生下一個小女孩，貴暘自己帶了兩個星期，就不耐煩，丟給她媽媽林大姐帶，民國九十二年我還幫她改了名字，想藉由名字的助運，讓她可以穩定一些，名字剛改的時候，她的狀況確實好了一陣子，但是沒多久，她就外出工作，但她做的工作要常出差，她先生就很反對，覺得已有小孩了，工作還要常出差，怎麼照顧小孩？而且她是跟她主管一起出差。

林大姐因為覺得她常跟她的主管出差很奇怪，於是就單獨來找我卜卦，結果一卜出來是個「井卦」，我一看卦象，就跟林大姐說，這個卦象顯現，貴暘已陷入漩渦，自己困住自己了。貴暘的先生也在懷疑她跟主管有不當的關係，也為此跟貴暘吵了好幾次，要她辭掉這個工作，她先生認為貴暘已結婚，上班就好了，不准她出差，貴暘覺得先生限制她，就生氣搬走，大家都不知她搬到哪去了，但之前她跟一個女孩很好，林大姐就請那個女孩聯絡貴暘，要那個女孩轉達要貴暘回家的心意。

有一天，林大姐就跟自己的女婿解先生去貴暘工作的公司等貴暘，卻等不到，林大姐跟貴暘的主管表示，女兒在這工作，人卻不見了，要報警找警察處理，但主管表示，貴暘沒有來上班，他也沒辦法。

於是我就打電話給那個女孩，跟那個女孩表示，要貴暘跟我聯絡，問我她下一步路該怎麼走，如果她對這個婚姻不滿意，要離婚，她也要自己出面。結果我的話就真的帶到了，貴暘就回我電話，在電話那頭邊哭邊跟我說，她失去自由，她想要有錢，但跟她先生拿錢，她先生都會唸個不停，我就在電話中跟她說，她的婚姻是欠溝通，她要跟她先生拿錢，她先生不會不給，他先生婚前就不斷地幫她還信用卡的錢，也給她很多錢，對她並沒有不好，我直接在電話中，建議她換一個工作，這個工作不好的地方就是一直跟男主管出差，我雖直說但也不點破，她心裡有數，知道自己做了什麼，我要她回頭，除非她不愛她先生了，也要想一想如果離婚，小孩子要歸誰，我要她想一想，小孩子歸她，她養得起嗎？

她卻告訴我，她要離婚，她要小孩，從此與小孩、媽媽相依為命，我聽到這，我就要她來找我，但是她沒來找我，卻回家了，我也打電話給她先生，提醒她先生貴暘回家後，就不要再多問些什麼了。

因為太愛害怕失去　關係失衡說不通

貴暘一回家，就跟她先生談離婚的事，因為貴暘怪她先生在她離家這段時間，到她公司去鬧，到處打電話找她，同時還說，我是站在她先生這邊的，但是她先生一直解釋，他只是一心要找到她，要她回家，但是貴暘卻又拿出她公婆的問題為理由，表示一定要離婚（解先生的父親因為外遇，造成解先生的母親精神與身體狀況都不佳，每次解先生的父親從外地回家，父母親都會起很大的爭執，真的是鬧到雞犬不寧），我便勸她，她要嫁給解先生前，就已知道她先生的家庭狀況，她先生很孝順，但也不能偏向父親或母親，父母的這種狀況也是令解先生常年很為難，但貴暘就緊抓著這個原因不放要離婚，於是我就建議她先搬回媽媽家住一段時間。

但搬回媽媽家，貴暘想不能沒有工作，就找那個女孩一起合夥做滷菜，攤子都租好了，做了生意不好，就跟那個女孩一起來問我。她告訴我，第一個禮拜還不錯，但到了第二個禮拜就生意下滑，我就跟她說，因為第一個禮拜還是在春天涼爽的氣候，但到了第二個禮拜，就進入夏季了，滷菜就變得不好賣，所以我建議她，要搭配一些涼品一起賣。由於她跟那個女孩很易起爭執，連在我面前卜卦，都還會吵起來，我就問她們，她們在做生意時也是這樣常吵嗎？她們表示確實如此，我就說，客人會被她們嚇得都不敢來買了，這時我就直說，要她們把攤子收起來，因為生意要再做起來真的不容易。

這期間，我曾請林大姐將貴暘的衣服拿來，替他們夫婦倆祈福，但只好了一個星期。貴暘的個性就是要去哪就去哪，而她先生也不敢管她，由於她先生在婚姻關係中，沒有跟貴暘約法三章，導致貴暘任性的個性更變本加厲，婚姻要以理智去談，去處理，但是解先生因為太愛貴暘，怕失去她，而不敢跟她談，因此解先生很痛苦，變得常來找我，過去貴暘偶爾還會聽我的，但由於知道她先生跟她媽媽都常來找我，她就覺得我說的，都是站在她先生以及她母親的立場，是事先套好招的，我替她母親和她先生說出他們想說的話。

山睽卦預言父親之災　婚姻撥雲五年見日

解先生曾來找我卜卦，一卜出來，我就問解先生他剛在卜卦的時候，心裡是怎麼問的？他告訴我他問的是家庭與婚姻。他卜到的是「山睽卦」，我就解釋這個卦象顯現的是，他自己的父母有些狀況，他一聽我這樣說，就告訴我，他母親最近又不斷地要他去盯他父親，因為他母親聽別人說，又看到他父親在街上帶著女人，他母親為了這件事，又跟他父親在電話裡激烈爭吵，弄得他都快瘋了。我聽他這樣說，就說，這個卦象並非是女禍卦，接著我就變得有些支吾地跟他說：「你們家運的貨，是什麼貨？」他聽我這樣問，雖有些疑惑，但依然回答我：「就是小三通，什麼貨都運啊！」我問：「有沒有運一些不該運的貨？」他說：「沒有。」我會這樣問，是因為這個卦象顯現不明白的卦，有不能說的現象，有種要探測，但探不到底的感覺，同時我看到畫面，有人在盯他們家的貨。這時我就直說，要他留意不要運不該運的貨，例如菸這類的貨品，也就是不合法的貨。

講完才一個月，他父親帶著一個女生到大陸去玩，才一進大陸，他父親就被抓了。解先生很擔心他父親，因為他父親有糖尿病，目前已被判刑十年。

至於解先生問他跟貴暘的關係，他卜到的是「坤離卦」，意思就是怎麼做都不得要領，會被欺騙、被阻礙，有官司、火災、盜災，他聽我這樣解釋，就告訴我，之前他家莫名的一場小火，差點沒把家燒光了。這個卦同時也顯現，要撥雲見日，不是要花五個月，就是要花五年的功夫，因此我告訴他，這個婚姻他至少要等五年，但因為發生父親的事，他也沒太多心思放在自己婚姻上，只全心地將家中的生意做好，並且想辦法救自己的父親。

在婚姻關係中，因為害怕失去，害怕被拋棄，就不斷地討好與配合對方的需要，以為如此做，對方就會在關係中尊重與看重自己的付出，但是沒有想到，卻換得對方情緒上與行為上的張狂與驕縱，不僅索取無度，只要稍一不滿其意，不順從其需要，立刻上演出走、移情別戀的行為，害怕失去與被拋棄的一方，就一次又一次地滿足對方索求無度的虐人行為，最終雙方都覺不滿足，產生心碎與對幸福的絕望。

17 憂鬱藍色生活遇瓶頸　心生懷疑精神不濟

猜疑與自私，築起關係中的心牆，從此關係進入冷漠與疏離的冬天中……

廖小姐打電話跟我約時間的時候，我發現她講話常講不清楚，光是約個時間，就約了很久。她帶著她幼稚園中班的小女兒來，她來的時候，是帶著深藍色的色調進來的，我看著她以及這樣的色調，我覺得她很不快樂，而且很憂鬱，她的雙眼有黑眼圈，臉頰凹陷，頭髮亂亂的，我都很想幫她把頭髮梳一梳，她頭髮夾了很多夾子，我覺得她很沒安全感，想把自己弄美一點，但愈弄愈糟糕。她在來找我之前，已找了十個風水地理師去她家弄風水，花了很多錢。

她主要是要卜事業與婚姻，關於她的事業，我覺得她已經遇到一個瓶頸了，她卜卦的時候，六個銅板總共重疊了十二次，但是因為事業是她先生的，所以我就要她卜公司運，卜出來是一個「井卦」，我就問她：「這個井，不僅是妳的生活是井卦，連妳的事業也是井卦，妳到底有什麼不快樂的事，要不要問一問？」她聽完我這樣問，就哭了起來，她告訴我，她生完老大之後，因為她跟她先生拚命地為事業打拚，她先生也覺得不一定要生很多小孩，老二是隔了很多年之後不小心懷孕生的，生下來又是一個女兒，她覺得自己是因為沒有生兒子，所以她先生對她不好。她表示，她要問她先生有沒有外遇，當她講到這裡，我就看到藍色、紫色、粉紅色，我已看到答案，我就問她：「妳怎麼知道？」她告訴我，她先生以前都很正常，但是這兩年來都很晚回家，她先生為了印刷的業務，因而參加獅子會與扶輪社，事情是發生在半年前，她老公常為了開會，弄到半夜兩三點才回家，有時甚至她先生幾點回家她都不知道。

而半年前，她先生告訴她要跟獅子會到泰國去玩，就那麼湊巧，她出去收款，就遇到獅子會的劉先生，她就問劉先生為何沒有去泰國，但劉先生卻告訴她，獅子會是要去新加坡，但還未決定，她一聽就覺得不對勁，而她先生一出國後，手機就關機，完全聯絡不到人。

熱情通話分享玩樂　井水用田生機盎然

等她先生回來之後，她問她先生：「你們獅子會是要去新加坡，也還沒決定，你為什麼告訴我要去泰國？」她先生聽她這樣質問，就跟她起了很激烈的爭吵，大聲地問她：「妳為什麼查我的行蹤？」她就解釋，她只是湊巧遇到獅子會的劉先生，她先生就跟她說，他去泰國是去談生意。對於她先生的解釋，她聽了心裡很難過，她就想要查個清楚，但她也不知要怎麼查。

平日她是睡在三樓，她先生睡在四樓，有一天她想要打電話，電話一拿起來，才發現她先生正在講電話，對方是個女的，兩人有說有笑，她聽了半小時，他們都沒有發現另一頭有人正在聽。電話的內容是：「上一次去玩，很好玩，相片還未洗出來。」隔天她就按電話重撥，結果就是那個女生接的，一聽發現很耳熟，一時想不起來，原本她想以打錯電話為由掛斷，沒想到對方卻問她：「妳是不是吳太太？我是某保險公司的某某。」廖小姐只好說，她是要打電話，不小心按到重撥，做保險的那個女的就說：「我昨天晚上跟妳先生聊天聊很久，都在談保險的事，我覺得你們要多保一些人壽險、意外險。」廖小姐就如此意外得知，原來跟她先生一起去泰國的是做保險的陳小姐。

但是她在敘述這段過程時，我發現她的眼神非常的不定，好像兩隻眼睛會分開，無法一起聚焦，但也不是鬥雞眼，我就想是因為她的心神不寧，加上內心的痛苦，以及她深藍的顏色，結果就造成眼神無法聚焦。

她告訴我，他們的生意一直不是很好，當時她先生用住家一樓半當辦公室，做彩色的名片印刷，紙是撕不破的，但一直都沒有推廣，她想問的是這種類型的名片是否市場看好，我就跟她解釋，井卦同時也是顯現他們沒有「井水用田」，好好地去加工，沒有專心去推展這項業務，她聽了就告訴我，公司有四個業務員，但都專心在印刷業務，其中一個是負責這項名片的業務，卻總是有一搭沒一搭的。

因為吃素先生不滿　臥房供佛夫妻分房

她來找我的隔天，剛好是周末假日，她表示她先生假日活動多，不會在家，她要我偷偷去她家，幫她看風水。

我看完她家四層樓之後，第一個我發現她家到處都不整齊，感覺很髒，整個家東一樣東西，西一樣東西，例如二樓有兩棵樹，看起來要死不活的，螞蟻蚊蟲一堆；二樓有一尊彌勒佛，彌勒佛附近又放飲水機，二樓後半段是廁所，廁所的垃圾筒也很久沒清理，所以氣味很不好聞；到了三樓，有個房間，床上掛著蚊帳，棉被也沒有折，衣服滿堆都沒有整理，看起來很凌亂，這是她大女兒睡的。有時候大女兒會去四樓後面的房間睡，她先生是睡在四樓前面的房間，但是房門是鎖的，根本沒辦法進去看，我心裡想，同是一家人，為何要鎖門？她自己是睡在三樓，但她的床旁邊放了一個矮的佛桌，佛桌上有兩個蓮花燈，也不開窗，窗簾又拉起來，房間看起來很暗。而且樓上樓下，地上還可以看到垃圾。我看完這又當家又當辦公室的四層樓，我心裡想，家這麼亂，這麼不乾淨，先生怎麼會愛回家呢？

而且她還把佛堂弄到臥房裡，怎麼跟先生有親密關係啊？我就問她：「妳先生會來妳三樓的臥房睡嗎？」她說：「幾乎沒有。」我就問她，為何把佛堂設在臥房裡？

她告訴我，說來話長，她之前是一貫道的道清，因為她要吃素，也堅持她的小孩要吃素，有一次有人請她女兒吃麥當勞的薯條，她把她女兒打得很慘，結果她先生也因此跟她吵了起來，她先生覺得只不過是薯條，但是她表示，跟葷的是同一鍋油炸的，她先生非常不高興，就再也不在家吃飯，她先生跟她表明，除非她開伙做葷菜，否則不會在家吃飯，她的大女兒也不願意吃素，就常在外面吃完才回家。我一聽，便跟她說，因為她堅持要吃素，讓她的先生很痛苦，俗話不是說「要抓住男人的心，要先抓住男人的胃」，若是一個男人在家吃飯很快樂，一下班就歸心似箭，趕著回家吃飯了。我就跟她說，她先生晚上獅子會、扶輪社的聚會很多，她又不弄早餐與中餐，她先生當然很不快樂，但是她說，她先生又不肯吃素，我就跟她說，她自己吃素，但要煮葷食給她先生吃，但是她覺得煮那些葷食很痛苦，我跟她說這樣學佛就不對了。

女主人無心整住家　既不通風又有霉味

後來她覺得學一貫道很不快樂，家裡也愈來愈亂，於是又跟一個朋友去皈依了另外一個師父，她覺得自己業障很深，於是就把地藏王菩薩，兩個蓮花燈，一個香爐放到臥房。我就問她，她到底在拜什麼？而且她的臥房也不開窗，一點香，空氣不流通，整個房間都是香灰，灰灰霧霧的，她的家又是長方型的房子，前面有窗，後面有窗，但她又把後面的窗戶關起來，廁所的窗也不開，整個房子前後空氣沒有產生對流，因此整間房子都是發霉的味道，襪子的臭味，廁所的臭味。這個家，我看了之後，我就跟她說，第一她不應把佛堂放在臥房裡，第二她的房子要通風，房子要乾淨。

我坦白跟她講：「妳真是不及格，我是妳剛認識的朋友，我從來都沒有看過這麼髒的家，蓮花燈一個有亮，一個沒亮，香灰掉滿床，哪一天火燒房子，妳都不知道。」她聽了，還是問我，她先生在外面有沒有別人，我就告訴她，她先生應該有很多獅子會、扶輪社男男女女的朋友，她執意要問她先生去泰國，是單獨去還是全體去，我就跟她說，我看到的是團體去，她先生是要去談生意，但是那個女的硬是要跟去。她又問我，她先生是否跟那個女的住同一個房間，我說，應該各人有各人的房間，但我要她不要往那個方向去想，我建議她要把她的家整一整，把臥房的佛桌移走，小孩的房間上方弄一排氣窗通風，她先生的房間挪下來和她睡在一起，她就告訴我，原本去年她和她先生住在同一房間，但後來她先生就搬到四樓，然後就把房門鎖起來，我聽了就跟她說，她的小女兒也大了，要讓她獨立睡，這樣她和她先生還是睡在三樓的臥房。

她先生是佛教徒，曾一直跟她說，想弄一個佛堂，後來我就建議她將她先生一樓半的辦公室調整一下，弄個小的佛堂，並且將她先生的辦公桌調整，讓她先生座位的坐向是人的左手邊向大馬路，而非原來的背向大馬路，所謂左龍右虎，左邊就是龍騰飛躍，人也會變得較活躍，對於她先生去拓展生意業務也會有幫助，而右手就是她先生的佛堂。

當眾如乩童比手劃腳　先生失面子而沉默

在我幫她弄佛堂的前一天，因為老仁波切來我家講經，主題是為什麼要皈依佛法，於是我就邀請朋友一起來聽老仁波切講經，我也約她來，她就在電話中問我可不可以約她先生來，我就說可以啊！到了當天，第一排坐了五個人，第二排第三排第四排都是各坐六個人，她就坐在第二排面對老仁波切的右方，她的前面坐了一位王大哥，她先生坐在她的右手邊，因為人很多，我就站在後面，當老仁波切開始開示時，她就開始比手劃腳，比蓮花指，還用手勢比了一個虛擬的瓶子，她手的花樣好多，口中還發出「噓……噓……喝……」的聲音，其他人看了都很害怕，但她先生就閉著眼睛不動，依然聽老仁波切開示，我就走過去靠近她，叫她的名字說「好了」，並拍拍她的肩，她才停下來，這時她先生依然閉著眼，低著頭，一動也不動，她旁邊以及前面的人都跑光了，介紹她來找我的高小姐，悄悄地問我：「她在幹什麼？真的好丟臉，是神來上身嗎？」我就跟高小姐說，等下她就知道。

我只好要我的好朋友以及我自己去坐在前面還有她與她先生的旁邊，老仁波切開示後，我正忙著招呼大家時，她過來跟我說話，我就說：「妳剛剛比的那個不錯喔！」她說：「真的，我每次都會這樣，剛剛好像是觀世音菩薩來，我控制不了。」我說：「喔，妳知道是觀世音菩薩來，這麼厲害！」接著我就跟她說：「妳這樣做不好，妳很想引起妳先生的注意，可是妳這樣做，他會更討厭妳。」她問：「那我要怎麼做？」我說：「妳先生真的不錯，妳要好好跟妳先生學佛，然後把家裡整理好。他今天會往外面發展，是因為妳的關係，妳一天到晚弄神弄鬼，剛剛大家都被妳嚇死了，但仁波切一點都不為所動。」

她問：「老師，妳有看到什麼？」我說：「我沒有看到什麼，我只是看到妳的故意。」她聽我這樣講，就哭了，她告訴我，只要她先生在她身邊，一起參加任何佛法的場合，她就會想要全身抖動，想要發洩，我就跟她說：「妳可以控制啊，妳可以不要抖動，妳可以不要打嗝，我現在跟妳講話妳也沒有打嗝啊！」接著我就問她：「妳先生呢？」她說：「他去開車。」我說：「他怎麼好意思再待下來呢？如果人家問他你老婆怎麼了，他要怎麼回答？所以妳先生才不敢帶妳去參加任何佛教活動。」從這次我跟她講了之後，她就沒有再產生這樣的狀況。

一念之間差點出軌　願意溝通情感和諧

之後，就幫她選了一個日子，去幫她家弄佛堂，弄完之後，她先生非常高興，因而跟我聊了很多。他告訴我，他真的覺得他老婆不錯，但就是一天到晚疑神疑鬼，事實上他參加獅子會、扶輪社，是想多交一些朋友，同時也要拓展生意，我就直接說，他老婆認為他到泰國有帶女朋友去，他聽了就跟我說：「我有帶女朋友去，其實我真的差點走偏，但是我及時踩煞車，那個女的很生氣，我們沒有發生任何肌膚之親的事，今天我在佛堂講，我敢發誓。我覺得這個女生真的很好，但她也有老公，我怎麼敢做這樣的事？只是我覺得這個女生很積極很有動力，那時她的兩個朋友在泰國有工廠，她帶我去看看，當時真的差點擦槍走火，但我一直持地藏經，觀想菩薩，所以那天晚上我才沒有做錯事。」

他先生表示，之前他老婆找人看風水，一下家裡要挪動那，一下又要挪動這，又在房間燒香，還按時燒香，到了半夜還要燒，搞得他睡不好覺，小孩的鼻子也不斷過敏，因而讓他在這個家待不下去。他真的很感謝我帶他老婆學佛，改變家裡的風水，讓家變得整潔清爽。在佛堂原來放彌勒佛的地方，我建議他們放一對紫晶，可以產生能量的交流，紫晶就是人緣、和氣以及智慧，我就跟他們說，只要相信紫晶，就會產生互動，產生力量。他們夫婦之後的溝通確實也漸漸改善，情感慢慢轉好了。她後來就只誦地藏王菩薩本願經以及心經，經過半年後，我再看到她，她的臉相都變了，臉變飽滿了，眼睛也變得有神多了。

婚姻關係，就好像唇與齒的關係，若是強要唇變成齒，齒變成唇，婚姻就會變成面子的權力競技場，雙方的互動會常處在猜疑、抱怨、指責、評斷中，情感也會常處在冷漠、厭煩，為了孩子不得不在一起的疏離狀態中，只有當一方願意先問：「你想要的是什麼？」從婚姻生活中一些小地方開始著手，無私地為對方創造生活的小快樂與小滿足，雙方的溝通之門才有機會再度敞開。

18 不滿媳婦的手足 誤會媳婦有外遇

相愛結婚，相處卻又說性格不合，怎麼說，都是各自關起心房，「男」說對，「女」也說對，幸福聽了搖搖頭。

我會認識林登福，因為他姐姐，他姐姐先來問工作，隔了兩年，他的父親就來找我。他父親是福州人，我因為從小跟我舅舅相處，對於聽福州腔的國語，完全沒有困難，聽得懂，也聽得滿順耳的，因此他父親以半福州話、半國語跟我交談，對於我可以聽得懂他說的話，覺得很驚訝。林爸爸告訴我，大多數人都聽不懂他說的話，林爸爸來問的時候，林登福是開著車在樓下等他父親，等了快一個小時，他心裡就想，不知要花多少錢，擔心他父親身上的錢不夠，就打算去提款，正要去提款時，林爸爸就打電話給他，告訴他我要他上樓，他上來我就跟他說，請他付卜卦費，一聽我的費用，他嚇了一跳，我看他的反應，我就問他怎麼了？他告訴我，之前他去找其他人算命，談不到三十分鐘，他就付了三千多元，而他父親談了將近一小時，卻一千元還有找。

林爸爸來找我，是因為他覺得自己的媳婦有外遇，因此造成兒子不快樂，全家人的氣氛也變得很糟，事實上，林爸爸是藉題發揮，因為這個媳婦的大哥倒會跑路，二哥則跟林太太借錢，又沒遵守信用還錢，所以林太太覺得自己的大哥與二哥都是這種不成材的狀況，林太太心情很不好，林登福就想多少幫老婆一些忙。林登福是獨子，上有三個姐姐，林爸爸心疼兒子，覺得這個媳婦家人怎麼都在找麻煩，還把兒子也拖累。

但是我跟林爸爸肯定地表示，他媳婦沒有外遇，林爸爸還抱著懷疑的態度，再問我一遍：「老師，妳有沒有看錯？」我說：「阿伯，我不會看錯，有就是有，沒有我就會講沒有，萬一沒有講有，會死人的，事情會鬧得不可開交。我不會講謊話，你的媳婦沒有，外面沒有發生任何狀況，這個媳婦不錯，很孝順。」但林爸爸聽我這樣說，依然以濃重的福州腔跟我說：「我看沒有，她很糟糕。」林爸爸因為沒有聽到他想要聽的，就覺得我的費用是很貴的。

我會這樣說，是因為林爸爸左邊散發的光芒是大紅色的，右邊則是像咖啡色淋到雨褪色，變成花花醜醜的顏色，這是林爸爸想出來的顏色，是林爸爸因為不喜歡媳婦，而有意想要誤會媳婦，是林爸爸本身的顏色。林登福也不相信自己的太太會外遇，但林爸爸講得活靈活現的，也搞得林登福在心裡打了許多問號。

事後林登福告訴我，事情的經過是，林太太在學校當工友，中午回家上廁所，林爸爸就在媳婦上完廁所之後，去檢查媳婦用過的衛生紙，覺得衛生紙黏黏的，就用其他紙將衛生紙包起來，告訴他兒子：「你老婆回來上廁所，有這個東西。」林登福被他父親不斷地講，講到火氣也來了，林登福就拉著自己的太太到警察局去，到了警察局，就跟警察表示，要檢驗這張衛生紙，警察就說，要檢驗就要提出告訴，才有案底。當林登福跟我敘述這樣的過程時表示，他很後悔，覺得自己很無知，老爸已經這麼老了，糊塗了，他還跟著起這樣的鬨，但是我聽他這樣說時，我心想：人受家庭的影響很大，老爸一直強調這是真的，難免會讓兒子受不了跟著抓狂。

食療治好脂肪瘤　信任坦然吐舊事

結果，隔了一年，林登福因為覺得很不舒服，就來找我，告訴我他去檢查，發現肝血管上有個脂肪瘤，這個瘤要化驗才會知道是良性還是惡性，他聽了醫生的檢驗報告後，原本就瘦的他，變得更瘦，差點垮了，他去找中醫，但服藥後仍沒起色，人依然很累不舒服，他來找我一坐下來，還沒開口，我就說：「你肝上長了東西。」他一聽就很緊張地問我：「會不會怎樣？」我說：「還好，我教你食療法。」因為當時我看他頭上冒好幾條地瓜，而且地瓜是橫掛在小黃瓜上，小黃瓜看起來紅紅粉粉的，有點胡蘿蔔的感覺，那種畫面令他看起來像一個卡通人物，但他頭上的地瓜看起來濕濕的，因而我就跟他講他要用食療法，他問我怎麼吃，我就告訴他，早上吃二到三條，地瓜不要太胖，跟他的身材一樣瘦瘦長長的，皮洗乾淨，要用蒸的，連皮一起吃，還要生吃小黃瓜或是胡蘿蔔，如果他有習慣吃粥，就吃白米粥，不要再加任何東西，中午他可以隨便吃，晚上要多吃燙青菜，放一點健康鹽、健康醬油。我說：「你瘦瘦的，但你也有脂肪肝。」當我這樣說，他告訴我他真的有脂肪肝。

我提醒他，如此吃兩個星期後，再來找我，他回去後，真的按照我的方法，認真地用這種方式飲食，兩星期後他再去檢查，他的肝脂肪瘤不見了，肝脂肪數也下降正常了，他非常高興。

從此，他常來幫忙佛學院或是一些基金會的事，一直到五年後，我才將我心中的一個疑問問他，因為當時林爸爸來問時，我看到林登福是第二次結婚（因為我看到他身旁有兩個女人），我當時就在想，他的第一次婚姻，是否也是因為父母如此的性格與做法而離婚？

臉無笑容不快樂　性格差異不溝通

於是他才告訴我，他當兵的時候認識他的第一個老婆，當時他因為學佛，就常打坐，打坐的時候，都會看到一些畫面，他覺得那些畫面看起來是很不快樂的顏色，他就想或許他跟第一個老婆是沒有緣的，當時他的第一位老婆也跟他的連長相處得不錯，他常看到他們有說有笑的，連長也很喜歡他的第一任老婆，他的第一位老婆寫信給他，連長都會先看過信，並把信的內容抄在黑板上。

有一次他放假，依然待在營區，他的第一位老婆就來營區找他，於是兩人愛的火花又再度點燃，之後兩人就在民國七十五年結婚，民國七十六年生下兒子，一直到民國七十八年，他和他太太一直處在無法溝通的狀態，他回想是因為彼此不夠了解，年輕不懂事兩人就結婚，他的第一位老婆告訴他，她想要走修行的路，這是她的夢想，他們在民國七十七年就分居了，民國七十八年他的第一任婆就搬出去，到了民國八十年才正式離婚。林登福民國八十一年、八十二年都把自己封閉起來，覺得自己為何如此失敗，回想那段婚姻的失敗，他覺得可能是自己不快樂的性格造成的，他的臉都是沒有笑容的，因為他覺得沒什麼好笑的，他的第一位老婆是屬於有自己的信仰、天生比較樂觀的人，他覺得可能自己鎮日板著臉，讓第一任老婆和他相處起來，常覺得有種莫名的壓力，再加上兩人沒有什麼話講，因此這兩個主要因素，就造成他與第一位老婆日後離婚。在這兩年封閉自己的過程中，他發現自己對第一任老婆不夠關心，因而也少了照顧，少了歡樂，少了微笑。

開門七件事是：柴米油鹽醬醋茶，變成夫妻相處的七項要素則是：關心、照顧、歡樂、歡笑、溝通、興趣、默契，他發現在那段婚姻裡，他七項要素全無，因此才會走上離婚之途。

到了民國八十三年五月，他又再度結婚，他和第二任老婆是在民國八十年就因為朋友的關係，而有幾面之緣，但並沒有特別的印象，他自己覺得這是註定姻緣，人生轉了一圈，又遇到他的第二任老婆，他覺得有責任要照顧她，他第二任老婆是個很單純的女人，也剛好是林登福想要改變自己去照顧別人的時候，再加上兩人都很談得來，於是就在民國八十三年五月結婚了。

在婚姻中遭遇挫敗，並不等於學會懂得如何經營婚姻，除非能夠在挫敗中學會，原來自己的不快樂，來自於對自己的欠缺信心，造成自己難以感受到另一半的溫暖關愛，只要周遭的人散發猜疑的訊息，說出不信任的話，就引發內在沒自信的一面，因此對於另一半才會產生不信任，以及無法自然與自在地表達自己。

19 先生長得一般貌 鐵齒不信有婚變

當一個女人覺得自己條件差，會在婚姻關係中，創造何種景況？

許淑瑗來找我，是因為她跟兒子玩的時候，被兒子撞到胸部很痛，用手去揉的時候，就發現有個硬塊，因為很害怕，就來找我，問我：「是不是被兒子撞到瘀青？」我說：「不是瘀青，裡面有東西，而且是不好的東西。」我看到裡面有潰爛的現象，不是很完整，而且是褪色的水藍色，我就要她趕快去看醫生，於是她就去檢查，發現是乳癌第二期，於是她又來問我，我就告訴她趕快動手術，並將淋巴都切除，她第二次來問我的時候，我除了告訴她要趕快動手術之外，我還告訴她，她先生在兩年後會有外遇，但因為她是一個很鐵齒的人，壓根兒都沒有聽進去我說的話，她覺得她先生是個粗人，是在建築工地做灌水泥的工人，每天都很忙，長得一般般，沒錢，又沒人品，所以她認為她先生不可能會有外遇，雖然她表現出不相信我，但我還是提醒她。

她開完刀之後，接著就進入化療的療程，在這個過程，她都會打電話給我，我會在電話中，為她打氣。有時候，我也會主動打電話給她，另外若是有任何可以為她祈福的場合，我都會為她祝福。

公婆態度傷透心　只想離婚護兒子

化療結束時，一年也就這樣過了，接著再隔一年的年初，她先是發現她老公都半夜兩三點才回家，剛開始她老公跟她解釋，是因為工地加班，但接著她老公都沒有拿錢回來，到了這一年的中元普渡前，我就打電話給她，問她要不要幫她家三個人補運，她就回答我，只要她跟她兒子就好了，她先生就不用了，我在電話這頭很疑惑地問她為什麼，她就告訴我：「被妳說中了，我老公外遇了。」她老公外遇令她非常傷心，因為她才切除了乳癌細胞以及經歷了化療的過程。她老公有外遇這件事，她很客氣地告訴她的公婆，她先生常很晚回家，錢都不拿回家，以及都講謊話，而且她先生還常半夜三四點，起床偷偷打電話，也有女生打電話給她先生。但有一次，她打電話要跟她婆婆講一些事，就聽到她公公在電話那一頭大聲吼叫說：「有什麼關係？她癌症都要死了，都要死的人，幹嘛計較這麼多？」

因此她就想，這段婚姻真的沒救了，她老公以及他的父母水準真的超低，趕快離婚算了，但當她這樣想時，我剛好打電話給她，聽完她這樣說之後，我就直接問她：「那，妳怎麼沒來找我？」她不解地問我：「我老公外遇，幹嘛找妳？」我說：「當然找我，找我有效啊，我可以把他拉回來啊！」她問我：「老師，妳真的有辦法把他拉回來嗎？」我說：「對啊，妳跟他是正緣，且又有小孩。」我邊講電話，邊看著我桌上的羅盤，我又繼續說：「是在卡拉ＯＫ上班的小姐，很年輕。」她說：「不用了，我已想好了，離婚啦，算了。」

度母全身散金光　夢中工人贈桃木劍

我說：「不能，夫妻遇到困難，要想一想小孩，要想怎麼把事情處理掉，而不是遇到困難就逃跑。」她說：「我沒有遇到事情逃跑，我已經是半條命了，會不會再復發，我也不知道，我有一個小孩，小孩很可憐。」她的想法是，把兒子顧好就好了，然後趕快離婚，離開這個人，我就跟她說，不能離婚，女人離婚要再輪迴六次，男人離婚要再輪迴三次，在佛經上有指出，男人的業是二百五十年，女人的業是五百年，她問我：「如果他找我離婚呢？」我說：「他要再來輪迴三次，但他沒有要找妳離婚。」她就想了一下問我：「但事情都這樣了，還有救嗎？」我說：「有，妳來找我。」

我跟她通完電話的那天晚上，我例行地要做大禮拜，我面對度母做大禮拜時，拜到八十下，我就看到度母顯相，從供桌上走下來，盤腿坐在供桌前的長板凳上，度母很巨大，頭頂已到了我辦公室的天花板，全身散發金黃色的光，並且微笑著，度母的身旁有兩盆樹，樹幹很粗壯，這樣的畫面出現很短暫，然後度母就消失在一縷煙中，但我還是一直做大禮拜，做完一百一十下，但是我的眼淚，從我看到度母，就不斷地流，無法克制地不停地流。

做完大禮拜，洗完澡入睡，我做了一個夢，夢到一個工人，我在夢中，先看到他的背影，他就坐在我家的長板凳上刨一個東西，他身旁的花盆就是我在度母身旁看到的花盆，但是粗壯的樹幹已被拔起來了，他就在刨木頭，我就走近一點想看清楚，我走近時，這個在刨木頭的工人，就拿了一把劍給我，我問：「是要給我的嗎？」他說：「這是桃木劍，妳需要用到它。」接著我就醒來，一看時間才十二點半，我想，我好像已睡了很久，為何才十二點半？上完廁所之後，我又躺回去睡，入睡之後，又進入同樣一個夢境，又看到桃樹已被劈成兩半，於是我又走近，那個刨木頭的人又拿一把劍給我，我就問他：「ㄟ，你剛不是給我一把了？」他說：「對，還要給妳第二把，陸陸續續妳都會用到。」刨木頭的人，在跟我說這些話的時候穿著喇嘛的衣服（但我看不到他的頭，似乎是沒有頭的），肩膀很寬，手臂的肌肉就好像是一個武士的手臂。

空中現桃木金鎮罡　膠水神奇飛面前

當天下午剛好有一個空檔，我就跟我先生說，要去買八卦、十輪金剛，以及想去找羅盤，我就跟我先生去萬華龍山寺的一間佛具店，看到一個大羅盤，我覺得夠清楚也夠大，就買了，買完要走出這家店時，就看到靠近門口一個看起來古老的桶子裡，插著綁著銅錢的木劍，我聽到木頭相互撞擊的聲音，事實上，我是先聽到木頭撞擊的聲音，才注意到這個木劍的，我就走過去從木桶裡拿起一把木劍，一拿起來覺得溫度很熱略燙，這時已是十月，我還穿了一件薄外套，怎麼想這把劍也沒有道理有這麼高的溫度，那種熱燙的感覺，好像劍剛被烤過。

我就問老闆這是什麼，老闆就告訴我，這是桃木做的劍，我聽到答案的同時，我眼前的空中就出現了一張黃紙，寫了五個字：桃木金鎮罡，於是我就拿著手中的桃木劍想去切眼前的這張黃紙，結果，這張紙就跟著我手中桃木劍動的方向旋轉，怎麼樣都不會被我手中的木劍切中，但突然我就看到老闆用有些奇怪的眼光看著我，我就趕快將手中的劍插回木桶，劍一插回木桶，空中那張黃紙也跟著消失，但我往門口一看，十幾個灰灰的鬼魂，彼此似乎很激動的交談之後，就很快速地全不見了。這時我先生發現我的眼白變得有些偏綠色，就問我：「怎麼了？」我就說：「一堆灰灰的。」這時我又摸桶子裡的桃木劍，總共有五把，五把劍都是熱的，我就把這五把桃木劍都買回家。

桃木劍買回來的隔天早上，我一走進辦公室，就看到辦公桌上有一張紙，紙上畫著寬九公分，長十二公分的長方形，我就拿一張白紙，剪出這個尺寸大小，並在上面寫著「桃木金鎮罡」，才一寫完，就聽到一個男的聲音，好像從很遠的地方跟我小聲地說：「不對，用毛筆啦！」我一聽，我就跟我先生說，我要硯台與墨水，可是當我用毛筆寫一張時，我又聽到那個男的跟我說：「不對，要用硃砂寫啦！」我心裡想：怎麼這麼麻煩？於是我又請我先生幫我買五十元的硃砂，我先生不解地問我要幹嘛，我告訴他，我要用來寫字，他就問我要到哪裡買，我想一想就跟他說，文具店或是中藥店吧！結果我先生是在中藥店買到硃砂的，我就在硯台上和硃砂，但就是很難寫到紙上，突然，好像有人把我放在桌上的膠水，拿起來丟到我的面前，我一看，又把膠水放回我放的地方，又繼續要想辦法把硃砂和開，但膠水又再度地被丟到我的面前，我愣了一下，然後就把膠水倒一點在硃砂裡，跟硃砂和在一起，就可以寫在紙上了，我把那五個字寫在紙上，寫完之後，我心裡想：那再來呢？

耳中響起銅鑼聲　夢中編結綁桃木劍

我才一想完，那個男的聲音又說：「不是啦，硃砂寫在頭頂上啦！」，我心裡想，難道「桃」字是紅色，其他四個字都是黑色？我已不想寫了，但不知哪來的一陣風，將一張未寫的白紙吹飛到地上，我一看心想：一定要寫喔，好吧！我就彎身將紙撿起來，撿起來一看，我就看到像毛筆的臨帖一般，紙上已寫好五個字，但是浮在虛空中的，而「桃」的上方，是以硃砂打了三個勾，當我按照這樣的方式寫好之後，我就聽到我的耳邊響起了敲銅鑼的聲音，敲了大約有二三十下，我覺得我的耳膜快被這個「鏘鏘鏘」的聲音震破了，於是我就用雙手把耳朵摀起來，聲音停了之後，我就把寫好的紙晾乾，接著我又聽到那個男聲跟我說：「黃色的紙啦。」

到了那天晚上，我終於用黃色的紙，將尺寸改成寬三公分（因為我覺得寬十二公分太大了，況且我當時在佛具店虛空中看到的紙也沒那麼寬），長九公分，共寫了五張，我寫完之後，就覺得很得意，將寫好的紙放在關老爺的前面，接著晚上，我又做了一個夢，夢中我在編繩子，我還問夢中的人的八字，八字不同，繩子的編法還不同，這個繩結是要跟桃木劍綁在一起，要掛在床頭的牆上，並且劍尾要朝窗外，黃色長方形的紙是要貼在劍柄之處，我在夢中，去到不同的房子裡，我還在夢中，跟自己說，我會了。

淑瑗在中元節過後一個半月來找我，我問她，她是否很痛苦，她告訴我，她只是很氣而已，她真的沒想到她先生會外遇，當初我跟她講的時候，她真的不相信，因為她的個性是不迷信，也不相信算命，只是因為她妹妹不斷地告訴她，我很厲害，所以她才會來。

女色與貪心惹劫難　老公貪財禍臨頭

她來，我就問了她的八字，將繩結與桃木劍綁在一起，教她拿回家中如何掛，她就問我：「我老公會不會看到，不好啊？」我想了一下，就說，沒關係，我拿一張紅紙在上面寫著：防小人，防口角，防是非，防陰鬼，防氣煞，防盜賊，防血光，防災陷，防文書官司，防貪劫。我邊寫邊唸出聲，當我寫完之後，我還聽到有人鼓掌，我心裡想，我好像好幾輩子都在做這樣的工作，我好像愈來愈厲害了。我就要她將這寫字的紅紙貼在桃木劍旁，我還告訴她，她老公若是看到這張紙，她老公一定會覺得她很棒，我還告訴她，不寫防女色，寫防貪劫，是因為女色跟貪心有關，她一聽我這樣說，也覺得很不錯。她還問我真的有效嗎？我就很肯定地跟她說，最快十一天，最慢四個月內會有所改變，但我也不知為何自己會講出這樣的期限。

她回到家，就按照我的方式掛著，結果她告訴我真的很神奇，掛了之後，事情就像從泥土裡竄出地面冒長的竹筍一樣，一件又一件地冒出來。

第一個禮拜過後，她老公對她的態度變得比較好，似乎有種認錯的感覺，也沒有那麼晚回家，而且她老公還把手機關機，不接電話，不像以前將電話放在床頭，將電話鈴聲改成震動的，半夜起來偷接電話；到了第二個星期，她老公就跟她說，他覺得自己不應該這樣，過了一個月，她老公又跟她表示，他覺得自己很傻，把錢這樣花掉；一直到第四個月，爆發一件她覺得很離譜的事。

原來她老公偷公司的鐵去賣錢，她老公並帶外遇的對象去看房子，買了一個兩百萬的套房，但只付了訂金。會被抓到，是因為公司發現鐵短缺，便設置了攝影機，就將她老公偷鐵的過程全錄了下來，公司就與她老公對質，但她老公就哭哭啼啼地說，因為老婆得乳癌需要用錢。淑瑗事後很感慨地跟我表示，她的病，公公的態度是「人都要死了，還這麼會計較」，老公偷鐵卻說「老婆得乳癌」，她表示，癌症真好用，還可以做很多的文章。她覺得這段時間，她老公確實有些改變，因此當她老公偷鐵的事曝光之後，公司為了了解狀況，請淑瑗去說明，淑瑗還是幫了她老公一把，於是公司就跟她老公表明，如果有困難，就開口跟公司借，不要偷的，由於她老公不斷地道歉，表現誠懇的悔意，公司就沒有再追究了。

以往只想自己好　復合之後美滿增

到了民國九十年的五月，她帶她老公來問工作，這是我第一次看到她老公，她老公就是在工地做工的工人，曬得很黑，身材屬矮壯型，淑瑗雖然長得也矮小，但皮膚白皙，氣質看起來就是一個好媽媽及好老婆，兩人配在一起，我心裡覺得淑瑗是委屈了一些。（淑瑗當初會嫁給她老公，她告訴我是被她爸爸逼的，經由介紹而認識的老公，她並不喜歡，但是她父親覺得淑瑗的條件很差，她還要挑什麼，就催著她嫁給她老公，還跟淑瑗講，若她不把握這個機會，就沒有機會嫁了，所以她就結婚了，但我也勸她，她這一世註定要跟她先生在一起，因為他們也不是戀愛的，她父親說，這個就好，她這麼聽話，也就結婚了，我要她好好地把這段婚姻走完。她聽完我這樣說，也表示，她對男人的要求，就是固定把錢拿回家就好了。

遇到她老公外遇時，她心裡原本的打算是，反正她也不是很愛她老公，離婚算了，自己把小孩顧好帶好就好了，但是當我主動打電話給她，她從我勸她的一些話，反省到，她只是想到自己，沒有想到，萬一離婚了，她的病又復發，她兒子又該怎麼辦？以前，她不覺得夫妻一定要睡在一起，但是當外遇的事件落幕之後，她覺得夫妻睡在一起是滿美好的事，也會想，不論自己可以活多久，這就是自己的老公，要好好地照顧。）

他們會來問工作，是因為她老公的工作很不穩定，她擔心她老公快沒工作可做了，並當著她老公的面說：「不曉得會不會再去找女人？」我看她老公在一旁很不好意思，我就跟淑瑗使了個眼色說：「男人會犯錯，沒關係啦，男人會改過，比較可貴。」淑瑗就說：「我現在也不太管他，他自已過好就好了啦！」

由於她老公卜到的卦是「豐卦」，我就跟她老公表示，他的運不會不好，只要努力地工作，努力地存錢，凡事都有生機，可以去創造，這時淑瑗就問我，他們什麼時候買房子，我就告訴他們，今年就可以買了，但是淑瑗聽我這樣說，就很驚訝地說：「我怎麼都沒有感覺要買房子？」

到了九月，我再跟她聯絡時，她就告訴我她跟她先生已買了房子。從淑瑗之後，我就用桃木劍處理了將近五十個婚姻的案子，從破裂的邊緣又再度復合。

人性中有一種為了要證明自己是對的生存本性，因此當生活領域中的各個結果，不是如自己所期望地發生，就開始歸咎於他人，逃避該負起的責任，這種丈夫怪太太，太太怪丈夫，公公怪媳婦，媳婦怪婆婆總總的現象於是就發生，卻不知相互指責所產生的苛刻，讓彼此之間失了尊敬。處在令人心碎的情感關係中，硬是堅持「我是對的」，就如中國人說的一句俗話：「同在一個屋簷下，爭了理字，失了情感。」而家若不合，事業哪會興，財富又哪會旺呢？

20 先生生意失敗　太太靠手藝賺錢

福來，禍來，定則何在？舉頭問天，天不答，低頭自問，問自心。

王先生是新莊人，王太太是外省河南人，王先生是做五金貿易，後來自己又建工廠生產五金相關的產品，卻因此虧掉上千萬，兩夫妻就很刻苦耐勞，開水餃麵館賺錢。王太太因是外省人，擅長以手桿水餃皮，手腳很俐落，但是王先生卻因為生意失敗，就常常自怨自艾，覺得自己為何如此不得志。王先生的父親王爸爸也是白手起家，由於刻苦勤儉，年輕時從晚上看工地到隔早，回家睡一下，又去打散工，後來因為工地老闆很賞識王爸爸，就要王爸爸不要到別的地方打散工，專心跟著工地老闆做，王爸爸也因此學會蓋房子相關事宜，後來就自己出來幫人加蓋房子或是整修房子，結果好手藝的口碑傳開來，客戶愈來愈多，並且從加蓋整修房子，到蓋公寓，賺了很多錢，王先生做貿易與五金製造也是王爸爸拿錢出來資助的。

王先生、王太太來找我時，我看了王先生的八字，就跟他說，他從民國七十九年開始，連續三年都很慘，不僅所賺都賠光光，家裡拿出的五六百萬最後也都賠掉了，現在還有負債，而他的弟弟也跟王先生在差不多同一時間，因為投資以及被騙，也賠了很多錢，王先生的弟弟不僅事業毀了，同時也把婚姻弄垮了，他弟弟因為事業毀了，每天就藉酒澆愁，喝醉了就亂摔東西，把太太嚇壞了，因此太太覺得很沒希望，就帶著孩子離家出走，不知去向，音訊全無。

王先生會來找我，除了要問自己有沒有機會再發，同時也想要知道如何幫他弟弟。

賺慣大把鈔票　賺小錢難低頭

王先生會知道我，是因為有三個客人在他的店吃東西，邊吃邊講我的事，由於三個人講得口沫橫飛，因此王先生就忍不住去問那三個客人：「你們講的那個老師，真有這麼神嗎？」原本他是想要跟那三個客人要我的電話，卻沒想到其中一個客人就直接從口袋中掏出名片給了王先生。

那天預約，不是王先生本人打的電話，而是他太太打電話來預約的，王先生一來，就跟我說他現在很窮困潦倒，當他這樣說時，他太太就在一旁解釋，他們也不是窮困潦倒，目前經營的餃子麵店生意很好，每天一開張，到晚上打烊，都是客滿的，剛開始是路邊攤，現在已有店面了；王太太還告訴我，還是路邊攤時，王先生都不願意來幫忙，是看生意很好之後，王先生才幫忙剁菜，剁餃子餡，剛開始，王先生還覺得丟臉，因此屁股都朝著馬路，還戴個鴨舌帽，幾乎把半邊臉都遮住了，有人來點東西的時候，王先生還不願意回頭，生怕別人認出他來。王太太強調，王先生只是不滿足啦，我聽了王太太直刺刺的敘述之後，我就轉頭問王先生：「真的是這樣嗎？」王先生也誠實承認，他表示，他以前是賺大錢的，現在卻是兩塊錢、兩塊五毛錢地賺，要賺到哪一年啊？他也認同他太太說的，以餃子麵店的生意而言，他們的生意真的非常好，他老婆覺得很滿足，他只是想要來問一問，他到底能做什麼？

麵店發分店開　賣水餃送藥單

接著就打了卦，我看了卦象的結果，我就告訴他，多開一家分店，他一聽我這樣說，就露出不能置信的表情反問我：「什麼？多開一家分店，麵店嗎？」我很肯定地說：「對！」他說：「死了啊！」我看他喪氣的樣子，我就繼續跟他解釋：「其實，你做吃的是對的耶！」他反問我：「我不能東山再起嗎？」我一聽就說：「那叫東山水餃好了，東山餃子館。」這時他就有些沒好氣地跟我說：「我還叫山東呢！」我問他們的店有沒有名稱，他告訴我，沒有，還是路邊攤的時候，就用油漆寫賣的餃子、陽春麵及大滷麵的價錢，他說，其他滷菜也不用寫，用看的就知道是什麼了，現在雖然有店面，但沒有店名，說到這，王太太就跟王先生說：「我最想的就是把店擴大一點。」王太太才一說完，王先生就罵了王太太一句：「神經病！」

王太太就跟王先生說：「你怎麼這樣啊？我們都已經忙不過來了，擴大一點，可以多找幾個人手。」王先生更沒好氣地回王太太：「妳愛包，妳自己去包，我明天開始不幫妳包了。」我聽他們夫婦倆在我面前吵嘴，這時我就跟王先生說：「你真的可以做食品啦，我沒有騙你啦，你除了做食品，還可以做藥品，中藥，西藥，任何的藥品，草藥也可以。」王先生一聽，就說：「草藥？」他就告訴我，他的爺爺曾在青草店幫忙抓過草藥，也去山上採過草藥，後來他爺爺得肝病是自己醫好的，他自己家有一帖治肝病的藥帖，他不斷地給人家，治好很多人的肝病，他就說：「我們賣水餃，送藥單啦！」

老婆無怨無悔拚　先生看了重振作

後來，有來吃水餃的客人，他發現客人的臉色太黃，或是口氣很臭，王太太人又很豪爽，就會主動地跟這樣的客人攀談，然後得知客人確實是肝不太好，就會將藥單送給這類肝不好的客人，第一個給藥單的男客人，王太太形容那個人的臉色像地瓜一樣的黃，眼睛也是黃的，王太太在煮麵時，距離雖不近，但都可以聞到這個人的口臭，王太太就將藥單給這位客人，兩個半月後，這個客人帶著一盒水果來謝謝王太太，臉色已轉為粉嫩色。這位客人描述，拿了藥單，先去廟裡問神，問這個藥單可不可以服用，連續三個都是聖筊，這位客人才敢服用，但服用的第一天晚上，這位客人卻想要拿菜刀來砍王太太他們，原來他又吐又瀉，如此反反覆覆地吐與瀉，全身都虛脫了，結果是像暈死過去般地睡著，然而隔天早上不到十點就醒來，不像以前，不論幾點睡，他都要睡到下午或是黃昏才醒得過來，而且那天一醒來，這位客人就覺得好餓，已經很久沒有這種肚子好餓、想吃東西的飢餓感，長達一兩年之久，沒有覺得什麼東西是美味。因此那天就去喝了兩碗豆漿，吃了兩套燒餅，但吃完回家，又繼續吐，吐到不行，同時瀉到不行，如此反覆四天後，就好了。

我聽王太太活靈活現地形容完這個客人的狀況，我就建議王先生，可以賣，煮好的草藥水，當作養生保健的飲料，但，王先生聽完我講的這番話，回去一個星期，一點精神都沒有，一個星期只去店裡三天，看著自己的老婆無怨無悔地拚命做，而且還開開心心的，他看了心裡就想：這樣拚命要做到什麼時候？覺得很沒有希望，但是一個星期之後，他就決定拿一些草藥來熬，但是那天熬草藥是想先熬給自己喝，因為覺得自己快不行了，快重感冒了，沒想到才熬好，就有客人問他，是否有煮好的草藥水？於是，草藥水就這樣跟著餃子麵賣開來了，王先生真的賣起煮好的草藥水，一天光是賣這個草藥水，就可以賣五、六千元，而且他賣的很便宜，一包二十元，一天他就可以賣大鍋煮的草藥水，二十鍋左右。後來，真的如我所說，在新莊開了兩家店，在五股又開了一家店，隔了三年後，除了把負債還清，還買了一棟公寓。

先生失志染酒癮　妻離子散更失意

原本第一次來的時候，王先生還要問弟弟的婚姻狀況，但聽我那樣說，沮喪到忘了問，而是隔兩天之後，王太太趁生意午休時間的空檔，頂著大太陽，從新莊騎車到台北來問我，我就跟王太太說，不用找她小叔的太太，因為她小叔的太太，對自己的丈夫太灰心了，不要這個婚姻了，但是之後，她小叔會找到他太太和自己的小孩。結果在民國八十七年，因為孩子也到了入學的年齡，她小叔就到每個小學去查，因而找到自己的小孩。由於她小叔跟他哥哥一樣，都想要東山再起，但是我跟王太太說，她小叔只有幫人家打天下的命，因此幫人家做就好了，當時王太太聽了就跟我說：「怎麼可能？我小叔比我老公更鐵齒，更想要發財，所以一不得志，就酗酒。」我跟王太太說：「不會啦，妳跟他講，就講得通。」王太太懷疑地問我：「我跟他講？」我說：「全家人，他只聽妳的話。」王太太靜下心來想，發現確實，以前她小叔夫婦倆吵架，王先生愈勸就愈吵，公公去她小叔就把門關起來，但王太太去敲門，她小叔就會開門聽進王太太勸解的話。

夫妻本是同林鳥，大難來時各分飛，或是有機會一起並肩同飛，飛越難關，這中間決定性因素，不是所謂命與運的黑手，而是身為妻子的性格，也就是對生命的樂觀態度，對家人的熱情與寬厚，以及面對現實生活的韌性，感染了自己的丈夫，讓丈夫從自怨自艾的挫敗中，學會了面對，以及從小錢中學會腳踏實地，而有機會親手為自己的失敗翻盤，重新在人生的新舞台上重振士氣。

心碎分離 Chapter 5

因為相戀選擇相守，然而隨著時光的流轉，孩子的誕生，生活中各種跟錢，跟權力，跟價值觀各類顛簸的事件發生，親密的伴侶間產生更多的爭吵、歧見與失望，終於，雙方都受夠了，決定從關係中出走……

21 後母難為莫計較　計較之苦情難平

原本親密的兩人，因為計較，走向孤單與對立之路……

郭淑儀已婚，民國八十八年她來問工作與婚姻，我問她：「當初要結婚時，為何沒有考慮清楚？」她嫁的先生離過婚，還帶著一個小孩，我看了她的八字，我就跟她說，她是一個非常固執的人，她喜歡管教別人，我勸她，一個做後母的，要把管教放掉，因為小孩並非她生的，只能給予指導，但不能管教，因為她不是這個小孩的媽媽，我仔細地解釋：「因為妳不是他媽媽，妳管他，他會反彈，聽不進去。」郭淑儀聽我這樣解釋，不解地說：「小孩從小就要教啊！」但我還是提醒她，她的教，他先生前妻生的孩子一定會反彈，我還告訴她，她先生非常大男人主義，當初他先生離婚時，他的家人堅持他要自己帶孩子，才同意他離婚，然而在他先生的認知裡，卻覺得孩子跟著母親才幸福，但她先生的父母以死要脅，因此她先生才同意將孩子帶在身邊。

當時我還建議她不要生孩子，她很驚訝地告訴我，我跟她先生說的話是一樣的，她先生覺得帶小孩很辛苦，把自己過好最重要，但她還是堅持要有一個自己的小孩，因此民國八十九年就生了一個兒子。

在懷孕的過程，她常常哭泣，很不快樂，因為她一再計較她先生陪前妻孩子的時間比較多，陪她的時間較少，這期間她來找我哭訴這種計較後的苦與不開心時，我就跟她說：「戰爭要開始了，妳一定要聽我的勸，妳卜的卦，是大畜卦，是大阻礙卦，我覺得妳一直在阻礙自己。」而且她身旁的畫面，充滿著銀白色一條一條閃爍不定的線條，就好像下大雷雨時，打雷之後，電視失去訊號產生的畫面，這種畫面，讓我感受到她很暴躁。我看了這個畫面後，我跟她說：「妳是不是太過於急而暴躁？」她說：「小孩很難教，我就打他。」她會打這個孩子，是因為他不肯叫她媽媽，但她先生就覺得不得了了，我還是勸她：「後母難當啦，妳為什麼要當後母，當阿姨當姐姐不好嗎？」她說：「老師，妳不了解，那個小孩太壞了。」她一講完這句話，那個如閃電一般的畫面，又強烈地閃爍不定，而且好像還發出「ㄘㄧㄧㄘㄧㄧ」的聲音。

秤量愛不平衡　秤歪了爭吵無休

她懷孕七八個月的時候，又來找我，告訴我，她在猶疑要不要現在離婚算了，我就跟她說：「當初，我就說妳嫁錯人了，妳要快點加上快樂的種子，對於這個小孩給予適當的指導，妳對這個老公不要太要求，只要能把自己過好，就很ＯＫ了，老公只要能正常地工作，不要失業，不要寄望他發大財，他工作普通而已，妳就快樂地工作，因為妳的能力比較強。」她聽我這樣講，就告訴我，她先生很多事都要她去安排，我還是勸她，要她不要扛那麼重，只要把自己安排好就可以了，我還打比喻，一百分的女人就是會養育小孩，一百分的男人，就是會賺錢養小孩，一個會生，一個會養，如此就家庭和樂；然而現代的女性，不僅會生，還會小賺，如此就一百五十分，如果先生不僅會賺，還能事業有成就，這樣的家庭就是兩百分，我就告訴她，她現在的家庭是一百五十分，也就是她賺一百元，她先生賺五十元，我特別強調：「妳不要不平衡。」她卻覺得我說中她的心事，她就是因為這樣子不平衡，開始對著我嘮叨地算起來，她先生的車貸要她繳，她先生孩子的費用也要她繳，房子的、她自己的生活費、懷孕的營養費等都是她在出。

我就跟她說：「妳賺一百五，多花一點，那有什麼關係？妳多了計較生活會很不快樂。」她還是問我她要不要離婚，但是我告訴她，我看不到她之後的姻緣，我就要她不要離婚，我還勸她：「妳先生也沒有不好，只是覺得兒子沒有媽，多陪他一些時間，妳就不要去計較。」當我這樣勸她的時候，她卻跟我說：「我現在要生小孩了，他以後是不是也要多陪我的小孩？」我一聽就說：「光是妳孩子、我孩子，就扯不完，扯不清了，妳忍耐就可以白頭偕老。」她問我：「我為什麼要忍耐？」我說：「因為妳曾經愛過他。」她說：「但我現在不愛他。」我聽她這樣說，依然還是跟她說，很多女性會生又會賺，就自己養小孩，到後來就是自己可憐。

當初她要結婚時，全家人都很反對，分析了各種狀況讓淑儀了解，但是淑儀都表示，家人分析的狀況，她都知道，她都能忍耐，當婚後，如家人當初所料的各種狀況一一發生，淑儀也表示，她都知道，因此我就跟她說，既然婚前婚後各種狀況「她都知道」，那現在孩子都要生了，她應該「更知道」，更知道眼前對自己而言是麻煩事，那就用心設法解決，麻煩又心煩，不就變成煩上加煩，結果就更製造煩惱，我就跟她說：「不要變成，他的小孩沒有媽媽，妳的小孩沒有爸爸。」她就沒好氣地回答我：「不用啊，我的小孩有媽就好了，反正都是媽在養。」我就說：「妳會後悔。」

後悔當初看錯人　瞧不起先生婚姻毀

當她生下自己的孩子之後，她的家，正式掀起戰火，她真的選擇離婚。

民國九十二年，我在一個開幕的場合遇到她，她化妝化得很漂亮，穿著一雙細跟的高跟鞋，穿的衣服雖很美麗，但是傳遞出一種好像生活過得很不正常的訊息，我看她的顏色是灰藍色，是很不快樂的顏色，她從我身邊擦身而過，我聽到很小的哭泣聲，她似乎想當作沒有看到我，那天她帶著她的兒子，與朋友約在這個開幕的場合要一起去吃飯，我看她的兒子穿著一件並不合身的襯衫，看起來給人髒髒的感覺，她兒子很想要跟在會場的其他小朋友玩，但是又不知如何跟人交朋友，我看她孩子的狀態，又看看她的樣子，我就在心裡想，她也沒有花很多的心思好好教育孩子。

郭淑儀的狀態就是她的秤子無法容納別人的小孩，但是對自己這樣的個性與心量的大小，又不了解，卻又選擇一個這樣的婚姻，她的秤子是假若她賺一百五，她期望她的先生要賺一百八，若是她的先生賺五十，她就會從心底瞧不起這個人。我還記得我曾問過她，為何嫁給她先生，她以憤憤不平地語調告訴我，她以為她先生會很有錢，她很懊惱自己看錯人了，還罵她先生是個爛貨，當時我聽她如此地罵她先生，我愣在她面前，講不出一句話來。

當一心想要跟一個人在一起時，對方總是樣樣都好，怎麼看都順眼，旁人說的任何話，因為在熱戀的興頭上，全都充耳不聞，當一進入現實的生活時，卻又發現對方從大事到小事，都不能符合自己心中的那把尺，以及自己種種要求的標準，因此就開始樣樣不滿意，怎麼看都不順眼。要愛是自己，不要愛也是自己，自己成了自己生命中八點檔的導演與編劇卻渾然不覺，反而心生怨恨，讓孩子也跟著受罪。

22 為愛走異鄉　婚姻未受祝福

在柴米油鹽醬醋茶開門七件事，以及孩子、工作中來回奔忙，當二十幾年過後，驀然回首，愛人的心，已遠去他鄉了。

民國八十六年四月，清明節的前後，有一個女的從美國打電話來預約，她是經由別人輾轉介紹的，在她打電話前，我正在講一通電話，講得很快樂，她這通從美國來的電話，是插撥進來的，我在接她電話約短短五分鐘的過程，我的情緒從很高興，到不高興，到沮喪。我心裡想，她的婚姻是令她非常不快樂的，於是我就問她什麼時候從美國回來，她說過十天，十天後她就出現在我的辦公室，她長得很瘦小，一百五十三公分左右，約四十三公斤，長得普通，膚色偏黃，五官也一般般，她告訴了我她的故事。

她是南部地區有錢人家的女兒，在她念高中三年級的時候，遇到一位美國大兵，就跟他談起戀愛，到她念大二時，美軍要撤離台灣，當時她的父親因為她跟美國大兵談戀愛非常生氣，母親也很傷心，為了美國大兵的事，父親跟她斷絕了父女關係，母親拿了八千元的台幣給她（講到這她哭到不行，因為她說她母親很愛她），於是她就拿著這八千元，跟美國大兵回美國去了，也因為這樣她沒有完成她的大學學位。

她十年都沒有回來，生了兩個男的、一個女的，到了第十二年回來，是因為父親重病，回來看父親，她抱著期望，希望她父親給她祝福，因為當時她的婚姻狀況還不錯，接著又過了十二年，她先生卻變心了。

她先生過去都會按時回家，並且幫忙照顧小孩，但是在結婚第二十四年，她先生就常加班，她第一次發現，是他老公做夢喊出一個女的名字，隔天她就問她老公，她先生就跟她說，是因為工作壓力大，有一個女同事常幫他的忙，可能是在夢中謝謝他的同事；但是她是一個很敏感的人，聽她老公的解釋，她不是很相信，但又不想強行跟老公溝通，之後，她老公就偶爾會請這位女同事來家中吃飯，那位女同事都會問她「妳嫁給妳先生會不會後悔？」、「妳覺得妳老公的好處在哪裡？」這類她覺得很奇怪的問題，她覺得這位女同事很不友善。

想改變想再談戀愛　選擇分手搬離家

她是在會計師事務所工作，過了一年後，有一天她因為人不舒服，就在中午時回家休息，但是開家門時，發現家門沒鎖，一進門就愣在門邊，因為她聽到她老公跟一個女的在房間內翻雲覆雨發出的呻吟聲，但是房裡的人沒有發現有人開門進來，於是她又把門關上，回到自己車上等，等了大約兩個多小時，她老公和那個女的終於出來，他們很親熱地不斷接吻之後，那個女的才開車離去，她看著這一幕，全身不斷地發抖。她又在車上坐了一會兒，看她老公都沒有再出門，於是她就在車上坐到下班時間，才鼓起勇氣回家。進門，看到她老公，她就問她老公為何在家？她老公表示因為身體不舒服所以下午回家休息，她就問她老公：「現在是否比較舒服了？」她老公就說：「現在很舒服很快樂。」她哭了兩個晚上，但她不想把她看到的事攤開來講。

一直過了兩個星期，她老公就說要出差到另一個國家兩星期，她老公出差回來沒多久，就跟她說，他要調到國外去工作，她聽了就問她老公：「那我呢？」她老公就跟她說，他只是去工作而已，這時她就問她老公：「你是不是已經不愛我啦？你想離開這個家？」她老公就說：「也不全然，應該講是一半，我們分開生活看看會比較好，我應有權利過過自己的生活。」她就問：「你喜歡過什麼樣的生活？」她先生就說：「我喜歡喝下午茶，我喜歡跟人家聊聊天，我想要跟別人談情說愛，這個是妳不會接受的，可是我已想要這麼做，我們結婚已經很久了，我都沒談過情說過愛。」她就問：「我們不是很恩愛嗎？為何你會突然變了？」她老公說：「不是突然變了，是我不想要這樣的生活了。」她這時就求她老公：「你可不可以不要改變？因為我很需要你的愛。」她老公說：「我也會愛你，但我會搬離開。」

父母離婚兒女冷淡　陳年舊帳翻出重算

她老公離開三個月後，就寫了一封信給她，信的內容大意就是謝謝她二十幾年來的照顧與付出，並且表明他已無法再回到這個家，已找到他的愛，他要重新生活。她接到這封信，幾乎崩潰，之後兩個月她打電話給她老公，她老公的反應都是淡淡的，令她最難過的是，她問過她小孩，也將她老公想要離開這個家的選擇告訴孩子，她的大兒子就很輕鬆地跟她說：「妳就讓他去吧！」她因而覺得很後悔離開台灣，後悔離開父母，更後悔生下這三個小孩，她覺得怎麼愛護這三個小孩都不對了，她覺得她的孩子對於她跟她老公要離婚這個狀況，態度上都表現得很冷淡也很冷靜，又無情。她這樣講時，我就跟她說，她的三個孩子基本上是外國人，性格是比較冷靜，我們則是比較激動，她的小孩，兩個兒子都已離家獨立生活，大兒子的態度是「這沒有什麼」，女兒學藝術的，就跟她說：「他要離婚就跟他離啊，妳也可以去追求妳的愛情啊！」小兒子則說：「這是你們大人的事，不便發表意見。」要是沒有發生離婚事件，她還不知她的孩子是如此洋化，我就提醒她：「ㄟ，妳嫁的是洋人耶！」

當她與她先生談離婚的過程，她老公跟她說，她是一個很制式化的人，她總是在制式化下，要求兒女與老公「不能這樣，不能那樣」、「可以這樣，可以那樣」，她總是在她認同的模式中運轉，她老公覺得跟她生活很辛苦，她老公過著很中國的生活，下班就要去買菜，她還會叮嚀她老公要記得買小孩的哪些東西，或是買家中要的哪些日用品，她也不喜歡她老公去參加其他的活動，二十四年的婚姻生活下來，她老公覺得沒有什麼自己的生活，雖然她老公有曾邀請她一起去度個假，但是她都覺得小孩很小，所以沒人看為由而拒絕她老公的邀請。她老公覺得她很顧家，是個好女人，但覺得他們的婚姻既沒有得到女方家的祝福，男方的父母也不是很喜歡她，因為男方的父母有任何的家庭活動，她都甚少出席，她老公跟她溝通過這種狀況，但她也不覺得怎樣，因為她不去，她都會打電話跟她老公的父母說明，她老公的父母也表示，了解她很忙，沒有關係。因此當要談離婚時，她老公將這麼多年的不滿提出來，她很受傷，覺得她老公與她老公的父母都沒有講真話，事後再來怪罪她，當作離婚的理由之一。

傷痛何時能療癒　獨自一人對河泣

她來找我的時候，已是結婚經過二十六個年頭，已經五十二歲了。

當她在敘述這段二十六年的婚姻時，我一直看到一條河水在流，河水的顏色，就好像是淹完大水，混雜著黃泥的濁濁黃土灰色，我一直看到一條河從她身上不斷地流過，我體會到她的失落、她的懊悔、她的痛苦、她的失望、她的崩潰都在那條河水裡，我覺得那條河水也無法洗滌她內心的這些傷痛，我就問她，她有什麼想法，她說：「我聽說老師會幫助人家，我一直覺得我會白頭偕老，他什麼時候會回來？我會不會原諒他？」我說：「很難，妳的個性太求完美，即使他回來了，妳也不會原諒他，也沒有辦法維持夫妻關係，況且妳打的是否卦，妳怎麼努力都沒有辦法。」她聽了就說：「老師，妳不要這樣講，中國人就是要白頭偕老，不然，他有沒有可能跟那個女的斷了？他在國外生活，我就安排我自己。」她還告訴我，從結婚到現在，她所有的薪水都拿來養小孩，從來都沒有私房錢，再加上她老公賺的也不多，她老公喜歡偶爾買一點東西，過的生活只是中上，二十幾年下來，只有一棟房子，除了房子，也一無所有；兩個兒子都在外地，女兒目前跟她住，但也有她的愛情，她覺得女兒不久也會離開她，過自己的生活，大家都走了，只剩她一個人。

她來找我之後回美國，有打電話來，希望我到美國幫她看風水，我真的在她回去後兩個多月，我就帶著我母親以及小孩參加美西團去玩，我一大早從拉斯維加斯飛去休士頓，去她家看風水。要去休士頓的前一天晚上，我一直聽到河水聲、哭泣的聲音，以及風吹一陣又一陣的呼嘯聲，還有嘆氣的聲音，她來機場接我的時候，人更瘦了，臉頰都凹陷了。我在她的房間窗戶外，真的看到有一條河，她臥房外的窗邊有一棵很大的樹，大約有三百八十公分高，把窗外的景色遮掉一半，有一天她回家躺在床上哭（這一天是她老公加班三天都沒有回家，也是她看到她先生跟那個女的在家翻雲覆雨之後的日子），她突然發現這棵樹不見了，她往窗外一探，才發現這棵樹呈彎腰駝背狀死了，一星期後她先生就跟她提要離婚的事。由於她每天上班下班，生活很忙碌，也很少在社區活動，她根本不知道後面有一條河，她窗外的那棵樹，真的脫皮老死了，這還是我第一次看到一棵樹老死了。

兩張座椅顯示關係遠　情感如水潑地難收回

她家的格局是大門一進來就可直通她的臥房，中間只用了衣櫥隔起來，她一直覺得她家風水不好，她躺在臥房的床上，就可以看到從大門直通臥房的走道。

但，我覺得她住的房子，比較特別的是，在客廳坐著就可以看到廚房，也就是廚房的拉門不拉上，就可以直接看到爐火以及水，也就是直接見「火」與「水」，而且從主臥室的床還可以直接看到廚房一邊的火，我就說：「在妳的客廳可以看到水火，在妳的主臥室可以望到火，兩把火，就稱之為發『炎』，妳應該廚房的拉門不要拉開，在門邊放一棵樹，火木相生，妳的心情會比較好。」接著我就問她常坐客廳的哪裡，她就告訴我，她常坐在面大門的那張椅子上，她講這裡就哭了起來，因為她發現她先生離她很遠，因為她先生都坐在另外一張椅子上，跟她的椅子剛好呈九十度角，她先生椅子的左手邊剛好是大門，而且兩張椅子的距離很遠，我就問她，她住在這房子多久了，她說，剛好十二年。

我說：「照理這十二年，他已經不是很愛妳了，他已經對這個生活乏味了，他只是還沒有很好的機會跳開這樣的生活。」我就安慰她不要哭了，事情已經發生了，她問我要放什麼東西，她老公才會回來睡這張床，我就告訴她，她老公不會再回來，我會這麼肯定是因為我昨天晚上，不斷地聽到河水聲、哭泣聲，即使我站在她家客廳跟她說話，那條河依然在她的頭頂上不斷地流動著，她看我盯著她的頭上，她以為是因為她沒精神打扮，頭髮凌亂，因此還覺得失禮跟我道歉，她問我，為何我可以回答得這麼直接肯定？這時，我就告訴她，她回台灣找我的時候，我就在她頭上看到一條濁濁的河，在她頭頂上不斷地流，現在我在她家客廳，依然是一條河在她頭上不斷地流著，我就拿一句台灣俚語比喻：「水潑落地上，難收回。」我跟她講，我跑這一趟來幫她看風水，我也很難過，她問我該怎麼辦，我要她把房子賣了，可以有一點錢，否則她待在這個房子，會一直不快樂，她送我到機場還抱著我哭，她表示，她雖然比我大，但是她覺得我好像她的母親，她在跟我陳訴她的痛苦與委屈時，我就跟她講，她的「因」已種了十二年，若是剛開始發生，可以用兒女或是改變自己生活方式，設法挽回這個婚姻，但已十二年了，就像那條河水已濁到很濁，源頭都已不清了。

我就勸她要堅強獨立站起來，她就問我，她老公會堅持離婚嗎？我依然肯定地說是，但她依然覺得是這個房子的風水有問題，她覺得小孩在十二歲前是她的，在小孩十二歲之後搬到這個房子變得與她水火不容，愈來愈疏遠，搞到後來親子關係是相敬如「冰」，而她和她先生也是從搬到這個房子之後，變得很難溝通，有很多的口角衝突，而且她住這個房子之後，也變得愈來愈暴躁，我跟她說，她住在這房子，婦女方面的疾病也會很多，她告訴我，她在這房子十二年，她失去了卵巢跟子宮。

多年付出只得美金八千元　莫回首掌握當下一切

就在我回台灣的半年後，過聖誕節，她寄了張賀卡給她先生，但聖誕節過完後，上班的第一天，她就收到她先生寄來的離婚證書，隔年的三月份，她先生訴請離婚，法院也通過了，因為在美國只要有一方不愛了，搬出去六個月，就可以訴請離婚，也不需管另一方答不答應，她只是去法庭點交財產，因為財產是一人一半，當她從法庭回到家，幾乎不想活了，但她事後告訴我，要不是我告訴她這是十二年種下的因，溝通不良，導致不快樂，而造成她先生嚮往自由，她真的會想不開。

她告訴我，她與她先生在法庭上見面時，發現她先生變得很蒼老，對她很客氣，但她看她先生變得蒼老，她還以為是她視力不佳，看錯了，點交完財產，她拿到八千元美金——又是一個八千。她表示她花了二十七年，一年就是二百九十六美元，再除以十二個月，一個月才美金二十五元，我就勸她不要這樣換算，我說，以我的角度來看，她還有二十五美金。有很多婚姻，是女性要付出很多錢，不僅娘家拿出錢支持女兒的先生做生意，女性自己賺的錢還要養小孩、養老公，我這裡有個案例，結婚十年，先生搞了三千萬的負債給老婆，這又怎麼說呢？這位負債三千萬的老婆，也曾問我，十年等於三千萬嗎？我就說，等於啊！我要這位負債三千萬的老婆想，三千萬等於三個孩子，是划得來。我就勸她要回想，自己的戀愛是甜蜜的，結婚也是美好，夠美好的是有三個小孩，但我這樣講，她不覺得，只覺得這三個小孩太西洋了，都沒有幫她的忙，都沒有站在她的立場想一想。

離婚後，她被公司遣散，沒工作了，之後找到新工作扣完稅，不到六百美元；房子她再住了三個月，就賣掉了，租了一個小房子，過了半年，她女兒的男友要到台灣來，她女兒就跟著男友到台灣，她也回來幫忙女兒安排教畫以及教英文的工作。她來見我時，她頭上的那條河不見了，氣色也變得粉嫩多，人有變胖一些，她告訴我她放下了，一切就這樣算了。她問我，她會不會活得很好？我說會；由於她不喜歡她女兒的男友，因此她想藉由我來勸勸她女兒，但我勸她不要去安排兒女的生活。

霸道固執導分離　兩道彩虹春天到

我跟她說，她會有新的感情，因為我看到她身上出現了兩道像彩虹般的紅光，她聽了，卻認為不可能，因為覺得自己已經五十幾歲了，況且生活很拮据，要很小心過活，她車子若萬一壞了，她都會很害怕，但她女兒卻在一旁對她說，六十幾歲都有人談戀愛啊！在她回美國前，我給了她《正信佛教》、

《學佛群疑》、《學佛知津》這三本書，她回到美國，就把這三本書看完，她告訴我，也因為這三本書，讓她放下對小孩的不諒解，從這三本書她發現，她的三個小孩會有這樣的個性，是她自己造成的，她不讓小孩出去跟別人交往，她以中國式的教育教孩子，打小孩打得很兇，所以小孩跟她的感情變得很淡，她回想自己是太固執、太霸道了，她老公發現這樣的生活是他不要的，就像過去她在打小孩的時候，她不准他老公過來管，她會狂叫吼叫。

她老公寄離婚證書給她後，她打電話問她老公只能這樣嗎？她老公跟她說，他也曾在這段婚姻家庭生活快樂過，也試著想要改變，但發現沒有辦法改變，於是她老公才選擇離開，她老公還跟她說，為了要調離這個國家，因此一直選擇不升官，一直等到有機會調離開美國，才提出離婚的要求；也因為她自己的固執，讓她一直都沒有真正了解她老公在想什麼、要什麼。也是因為這三本書，她開始懂得主動以兒子的立場去關心兒子，沒想到兒子很快地也會主動關心她，目前一個月會和兒子見一次面，吃一次飯，現在她兒子還偶爾會主動貼補她一點錢，讓她可以零花。

結果，在隔年春天過後，她從美國打電話給我，我似乎聽到小鳥在唱歌的聲音，她在電話那頭跟我說，她認識了一個男人，兩人在同一棟大樓不同公司工作，常常在電梯內碰到，但兩人都沒有講話，就這麼巧，她離婚，那個男的太太因為癌症撐了八個月過世（她現在只要遇到「八」這個數字就會很害怕），有一天，就這麼巧，兩人一進電梯，電梯就不動了，她因為害怕而一直哭，那個男的邊安慰她邊敲門求救，他們就在電梯內共度四十分鐘，又隔了一個星期，兩人又在電梯內碰到，她覺得要謝謝那個男人那天的安慰，那個男人也表示，要謝謝她那天在電梯內跟他作伴，於是兩人就一起去類似麥當勞的店吃東西，兩星期後她與那個男士就開始交往。

就這麼想當然爾的認為，在說出婚姻誓約的當下，就已買了白頭偕老的恆久通行證，然後對彼此的認識與了解，就不自覺地也定格在婚姻誓約的當下，於是就帶著想當然爾的態度，像鐘錶內的齒輪，彼此以為對方想什麼、要什麼，都瞭若指掌，甚少人去思維，自以為熟悉的親密伴侶，一早出門之後，在外面經歷了些什麼，心中產生了什麼變化，如果晚上回到家，彼此沒有機會說說話，談談心，那麼自己對這位親密伴侶的熟悉度，已經減少了一分，陌生度卻增加了一分，若是如此過了一年，五年，十年……生活依然像鐘錶內的齒輪運轉，依然沒有分享與談心，又如何能說彼此是老夫老妻，彼此都很了解呢？然後到了有一天，彼此的關係，透過外在事件如背叛的衝擊，才猛然驚覺鐘錶內齒輪的凸與凹槽，已是凸碰撞凸槽，凹落陷凹槽，齒輪已損壞不少，齒輪密合運轉的狀況，事實上早已在好多年前就不存在了。只是用想當然爾的態度，讓自己以過去的經驗與記憶，去面對親密的枕邊人，過去的經驗與記憶，讓自己沒有活在生活的每一刻當下，去發現對方，了解對方，即時地調整彼此的親密與親近的腳步。

23 交往五年分開八次 女友每次受傷再回頭

失戀，迫使一個人從熟悉的關係中分離，但人因習慣與熟悉而不想要面對孤獨的苦悶，於是一心只想要挽回對方的心，回到令自己安心的相處中。

陳先生來找我時已失戀，我覺得失戀的顏色，就好像是水藍色的布料褪色之後，類似牛仔布以磨石水洗的方式，產生的那種水藍顏色的狀態。他是民國六十二年次屬牛，之前交了一個小四歲的女朋友，交往了五年，是他當完兵後認識的，他們很快地就住在一起，住到陳先生的家，但五年期間，共分開了八次，每一次都是那個女生愛上別人。他的母親不喜歡他的女朋友，母親覺得他的女朋友是桃花眼，很會放電，而且他女朋友很懶，懶到她的內衣褲都是他幫她洗的，這也是他母親不喜歡她的原因之一。他母親是客家人，父親是木工師傅，但身體不是很好，已沒辦法穩定地工作。之後，他女朋友跟他說，要搬回去跟媽媽住，但搬走之後，手機都不開，然後他就在一個KTV遇到他的女朋友，他女朋友就跟他說，她是跟一堆朋友來唱歌，之後他女朋友也是一直不回電話，他就發現他女朋友愛上別人了，但結果他女朋友後來失戀，就回來找他療傷，然後就這樣反反覆覆八次，五年的時光就過了。

陳先生講這段過程，講到眼眶紅，都忍不住要落淚了，他表示，自己很愛她，因為她是他的第一個女朋友，陳先生跟我說，可能是因為他沒有很好的成就，所以沒辦法給他女朋友很好的生活，陳先生曾跟他女朋友約定過，當她真的遇到喜歡的人再搬離開他家，否則他女朋友每次出去都受傷回來，哭得很傷心；再上一次他女朋友跟另一個男的要分手談判，他還載她去那個男住的地方，她上樓找那個男的談判，他就在樓下等他女朋友等了好久，結果她女朋友下樓來，要他自己回去，因為他女朋友告訴他，她跟那個男的和好了，然後他就回家了，但兩星期後，他女朋友又哭哭啼啼回來找他，告訴陳先生，那個男的愛上別人了，他聽了卻好高興，因為他女朋友終於回來了。

癡情男為初戀問卜　期望女友心意回轉

我聽到這裡，問陳先生：「你到底是不是男人啊？」他說：「老師，妳不能這樣講啊！」他跟我解釋，他覺得自己不夠好，他在銷售小朋友的教科書，雖然公司有配他一輛車，但收入中等，扣除他自己的花費，以及給他女朋友、媽媽爸爸的錢，偶爾他的弟弟與妹妹還會伸手跟他拿錢（他妹妹是同性戀，都會拿他的衣服穿，他的父母不能接受這樣的狀況。他妹妹只要一失戀，就會跟他拿錢，他也會開著車陪她妹妹在她愛人的家樓下，一等就是八個小時，他妹妹就是要等到她的愛人回來），他一個月一點存錢的可能都沒有，從他的談話裡，我了解他對他的家人很好，是一個好孩子。

陳先生會來找我，是因為他女朋友，這次是第八次，真的走了，他要來問我，他女朋友可不可能再回頭來找他，因為這次他女朋友走最久，已離開三個月，他說要卜女朋友會不會回來的卦，我說不用卜這個卦，而要他問什麼時候會有新戀情，他聽我這樣說，依然表示他還是要問他女朋友的事，我說：「這個女的再受傷回來，你還是會接受她。」他一聽我這樣說，連聲說了好幾個對，並說，他實在太愛她了，我忍不住問他：「你到底愛她什麼？」他說：「就是初戀情人。」我問：「那洗內褲也無所謂嗎？」他說：「有什麼關係，反正我也要洗衣服啊，我的襯衫都是我自己洗的。」我聽到這，就做了一個受不了的表情，他看我的表情，就說：「不要這樣啦，我媽也很生氣，所以她的內褲都不能見陽光。」他只好把他女朋友的內褲掛在浴室裡，用電風扇吹乾。

我還是讓他問他想問的，結果卜到一個「大畜卦」，我一看就告訴他，就算他女朋友這次回來了，依然還是會離開他，我跟他說，如果他娶他女朋友，他媽媽一定會瘋掉，他母親確實曾跟他表明，若是他娶他女朋友，要跟他斷絕母子關係。我問他：「那你爸爸呢？」他說：「我家是我媽在作主，我爸常用很可憐的眼神看著我。」他還問我，是不是他的名字太俗氣了，人家只要聽到他的名字就會爆笑，女生因而不喜歡他，我跟他說，完全不是。

藉卜卦吐心中之苦　女友哭訴不再癡迷

由於他第一次來跟我講了兩個小時，什麼事都可以講，因此他覺得終於有人可以毫無顧忌地講話，於是兩天後，他又打電話來告訴我那天他講的是國曆的生日，我說，我知道啊，他就表示，是否要用農曆生日卜卦比較準，我就表示不會，但他又堅持要來卜，卜卦的過程又跟我講得很開心，卜完之後，再隔了兩天，又打電話來跟我說，他講的出生時辰好像不對，我說，不會，年月日講對就好了，我這樣講，他還是告訴我，他想來卜卜卦，他表示，他跟我講一講心裡會踏實許多，因此他十天內就來了四次，連我先生都問我，陳先生是否天天都來？我就跟我先生說，他失戀了，需要找個人傾訴。

之後，因為他到中部出差，隔了兩個月之後，才又來找我，這次是要來問工作的事，我一看他，發現他頭上出現淡淡的粉色光芒，但一下又不見了，我就問他：「你是不是有女朋友了？」他說：「有嗎？」我說：「我看到你頭上冒粉紅色呢！」他問：「頭上會冒粉紅色？」我說：「你可能會認識新的人。」他說：「現在我工作很不如意，哪有心情談戀愛？但會不會是我舊的那一個回來？差不多半年了，她應該要回來了。」我說：「她超過三個月，應該不回來了。」他說：「我想也是，第一次分這麼久。」結果就在陳先生問完的兩個星期後，新的也來，舊的也回來，舊的是感情很不快樂，想自殺找他聊一聊，事後他告訴我，因為受我影響的關係，他就很有耐心地勸他女朋友，告訴他女朋友，她的條件不錯，應要好好地活著，並且跟他女友說，感情是會愈談愈好啦，鼓勵她不要氣餒。他女朋友聽他的談話內容，以及談吐中所流露的態度，就跟他說，她覺得他好好喔，想要回來跟他重修舊好，但是他拒絕他女朋友，他女朋友一聽到他拒絕了，就哭得淅瀝嘩啦的，她問他，為何過去他都會說好，這次卻說不好？他就告訴他女朋友，他有新的女朋友了。他女朋友雖然跟他哭鬧一番，但還是祝福他。

一面之緣助　女方主動求婚

他告訴我，他成功了，因為我勸他，他跟他女朋友是沒有姻緣的，他終於能夠把她忘掉了，但新的又有一搭沒一搭，因此他又來找我卜卦，結果卜了一個「小畜卦」，我就跟他解釋，這是小阻礙的意思，可能是對方還未準備好，他一聽，就告訴我，他心裡也這麼想。他告訴我新的女朋友小他八歲，民國七十年次的，目前輟學中，新的女朋友高中沒畢業，就在泡沫紅茶店工作，感情屢次失敗，他是去買泡沫紅茶時認識的。我聽了說：「你看，你還是很帥，連買泡沫紅茶都可以交到女朋友。」他是一個笑起來很靦腆可愛，長得算不錯的男人。

但交往了兩個月，他再約這個女的，這個女的就不出來了，但他自己想一想，這個女孩年紀輕輕，菸癮就很大，也覺得不合適就算了。

到了快過舊曆年的時候，他的前女友因為生病住院找他，他去看她，還借了一萬元給他前女友。他去看她時，已能把他前女友當作很好的朋友，並還勸他前女友要好好地愛自己。

到了民國九十一年的清明節前，有一天他就打電話給我，跟我說他朋友的女的朋友的爸爸被車撞，因為這個女的找不到她朋友，就找到陳先生，因此他陪她一起送她爸爸去醫院。這時，他想到我，就打電話告訴我她爸爸的出生年月日，以及姓名，當他在講那個女的爸爸的名字的時候，我已經從電話那頭聽到狼在嚎叫的聲音，連續叫了好幾次，接著我就頭暈，我是第一次聽到這種聲音，我就問他在哪裡，他告訴我他在醫院的急診室，用公用電話打的電話，他在電話中告訴我，醫生說，女的爸爸狀況很不好，我就跟他說，那個女的爸爸要在兩個小時內過世了，要他跟那個女的講，趕快要她的家人都來，因為她父親的脾臟已破裂，肺、肝、腎臟等內臟都大量出血，因為她父親受到太大的撞擊，我除了頭暈之外，我胸部下面都很痛。（後來醫生檢查後，發現那個女的父親肝與肺都破裂了，他跟我打完電話後一個半小時，女的爸爸就被宣告死亡。）

結果那個女的，卻在她父親過世後問他，願不願意在她父親百日內娶她？陳先生就為了這個狀況打電話問我，在電話中語氣很焦急也不知如何是好，他說：「老師，她找我結婚。」我問：「你把人家怎麼了？」他說：「沒怎麼了，我只是載她去醫院。」他告訴我，那個女的是長女，剛跟男朋友分手，家人都不知道她失戀了，因為他送她去醫院，她母親就以為是新的男朋友，就對著她女兒說：「妳現在交這個喔，這個看起來比較不錯。」就這樣，他被誤認為是這個女的男朋友，那個女的母親就表示，要在她父親百日內完婚。

我說：「你們都沒有開始。」他說：「對啊，我對她不認識啊，怎麼搞的？我嚮往結婚，竟然有一個人更嚮往結婚，她就這麼找我結婚，我都不知要怎麼回答。」我問他：「那個女的漂不漂亮？」他說：「很漂亮。」我說：「那就好了啊！」他說：「老師，我們都還沒交往，我現在比較理智了。」我聽了就說，我試著幫你卜一個卦看看，我就要他十五分鐘後打來，結果一卜是一個「大畜卦」，十五鐘之後，他又打來，我就告訴他，他不會跟那個女的結婚，他也在電話那頭告訴我，他掛了電話之後，一點也不快樂，那種感覺好像要被壓著去結婚，他表示除了不了解之外，他看那個女的弟弟妹妹都很不懂事，再加上他覺得兩人都姓陳，他母親一定會不同意，不過最重要的關鍵點，他認為還是因為他不認識這個陳姓女生。我就跟他說，那他要跟她講明，因為他的愛人不是她，若是因為她三個月內要結婚，而跟她結婚，他覺得太草率了，而且他也不認識她父親，若真的結婚，這樣的選擇也太唐突。

後來他就這樣跟陳姓女生說，她也認同，這件事也就如此落幕了。

粉紅色彩虹罩頂 愛情花開工作發

到了民國九十二年初，他來卜要換工作的事，但已談好才來找我，我跟他說去新的地方，將會做得不好，果真去新的地方三個月不順利，但舊公司又來找他，他來卜卦之後，又回到舊公司，同時我也建議他若有機會，就到大陸去發展，他聽了告訴我，他從沒有想過，因為他弟弟妹妹的狀況都不好，他父母都很失望。

但他回到舊公司工作之後，他就變得更忙，整整一年都沒有聯絡，到了民國九十三年時候，我因為要到大陸，在香港轉機時，我搭機場的地鐵接手機，他因為聽到我講電話的聲音，而很高興地叫我：「邢老師！」原來他要到大陸珠海，我看到他全身散發超亮的粉桃紅色，感覺上好像整個人的頭，被一個無形超亮的粉紅色彩虹罩在頭上，我就高興地說：「哇，你有女朋友了。」他說：「小聲一點，很多人在看。」我說：「有什麼關係？又不是小老婆。」他說：「好啦，好啦，老師要去哪裡？」我就告訴他我要去廣州，他說他要去珠海，我就問他：「那是大陸妹囉？」他很高興地用手抓著我說：「老師說得好準，我真的到大陸來，我很快樂。」因為他的公司在大陸輾轉投資做文具，因此他就被調到大陸去負責，他現在賺的錢也比較多，他跟現在的女朋友交往半年了，是大學外文系畢業，負責他公司國外事務的接洽，個子也高，他女友穿高跟鞋，就比他高了。他覺得自己會娶這個女孩。

年輕的時候，情感是要在經驗中經歷與學習，所謂「人不癡狂枉少年」，然而癡情與迷惑過了頭，就會為自己招來許多的煩惱與苦痛，這時身邊實需要良師與益友的忠言與助力，才有機會在過頭的癡情與迷惑中，明白在情字這條路上，自己想要過什麼樣的情感生活，以及想要找何種類型的伴侶。

24 拚命事業鐵金剛　面對感情不願談

理所當然認定愛人能明白自己的處境，卻造成彼此的隔閡與不能溝通，理所當然的心因而受傷。

毛進豪我和他認識很久了，大約是民國八十三年，一位做房屋仲介的朋友介紹認識的，我都叫他阿豪，我第一次我看到他時，特別的親切，我覺得他好像是我的親人，他長得很像關公，臉很大，臉色也是黑黑紅紅的，眼神銳利，身高大約一百七十五公分，背很挺，講話的聲音是清楚中略帶沙啞，很有磁性，有一種正氣凜然的氣質。他每一次來都是問事業，因為他是跑單賣別墅，我聽介紹他來的人告訴我，他是一個很孝順的人，背得滿身是債；屋主都很喜歡他，他只要一拿到案子，就半夜去掛招牌，掛路標指示牌，掛到天亮睡一下，就起來趕去賣房子，而且是風雨無阻，如一個無敵鐵金剛。他第一次來的時候，我看到他的顏色，是比咖啡色亮一點的黃色，我覺得這個顏色很特殊。

他第一次來之後，就平均一個月或是兩個月來一次，都是問他賣的房子的事，在這個過程，我要他問他的婚姻狀況，他都不肯問，隔了好一段時間，當他再來時，他原本的顏色不見了，我覺得很奇怪，我又再度主動地問他，要不要問他的婚姻，但他都說不想問。我要他問婚姻，是因為我發現他的顏色是灰暗的暗影，在暗影裡出現兩個不同男生的畫面，我就跟他說：「你不問，我還是要告訴你，你老婆已有男朋友了。」他聽我這樣說，就站起來說要去上廁所，他上廁所很久，我就跟他開玩笑地問，是不是掉進馬桶裡？（當時我辦公室的旁邊就是洗手間），他就在廁所裡關著門說：「我洗把臉就出來。」我說：「你不會在裡面哭吧？」他說：「不會啦！」當他從廁所出來，在我的辦公室又坐下來之後，開口問我：「她離開我，會不會比較好？」我說：「不會，可是她會執意離開。」他就輕嘆了一口氣說：「也到了我該面對的時候。」

相信長輩眼光　婚後開始戀愛

阿豪當初跟他老婆小米會認識，是被安排好的。結婚前，阿豪有三個女朋友，因為他大姐與大姐夫開影帶出租店，小米是去租帶子租到很熟，就在假日到大姐與大姐夫的店幫忙，大姐與大姐夫都覺得小米不錯，就告訴爸爸，爸爸就覺得他幫阿豪看好對象就算數了，阿豪又很孝順，有一天，阿豪的爸爸就跟阿豪表示，要來台北，要阿豪要等他，當阿豪去接爸爸時，就發現家人都穿得很正式，但他因為才掛完售屋的廣告牌，全身髒兮兮的，他父親就要他回家換衣服，他父親跟他說：「要去提親。」他父親去提親時，也已把結婚的日子看好了，什麼都安排好了，阿豪覺得怎麼這麼突然，便私下跟小米表示，他有三個女朋友，但既然爸爸已決定，就跟小米說，先訂婚，一年後再結婚，但沒想到他爸爸跟小米的父母談得很高興，於是家長就決定早上訂婚，下午結婚，要把婚事在一天內完成，阿豪由於很孝順爸爸，很聽大姐的話，他認為長輩的眼光不會錯，於是就這樣跟他老婆結婚了。

於是，阿豪就跟他的三個女朋友講，他已結婚了，但其中兩個還跟他說，他結婚沒有關係，她們願意當他的愛人或是小老婆，但阿豪覺得不行，斷然地拒絕。阿豪表示，這段婚姻，真的是在結完婚之後，愛才開始建立的，而且他結婚之後不到一星期，他就入伍去當兵了。因為當初是標會準備婚事的，但是結婚時收到很多的禮金，他就把這些禮金拿去給他三哥創業，他的老婆小米都沒有意見，也沒有怨言，當時他在高雄當兵，一放假，為了能快點回來，他都是搭飛機回來，接著也是相處到最後，才趕搭飛機回到部隊，當時他標會的死會，也都是小米在繳錢，因此他在心裡一直都很感謝他老婆剛結婚時的付出。

他和小米也相處得不錯，感情也滿好的，在隔年就生下兒子。

為手足扛債務　妻子懷疑有外遇

這個婚姻開始產生變化，起因的事件是，他的三哥做花的大批發生意，原本賺了很多錢，但因為三哥將生意讓員工管理，每天就上酒家，還帶阿豪去，但阿豪沒興趣。他三哥每天的生活不是女人就是賭，沒多久就搞得支票滿天亂飛，接著地下錢莊找上門時，已債台高築，金額高達一億台幣，當阿豪聽到這個數字，幾乎要昏倒，因為地下錢莊找黑道來，黑道一來就說完全知道阿豪一家人住的地方，以及電話、地址，阿豪覺得親手足就是要扛，不能讓父母受到一點傷害，從此就開始拚現金。

於是他的生活，就是早上六點出門，常是半夜兩三點才回到家。他真的很厲害，兩年後只剩欠他朋友兩百萬元，當他老婆跟他談分居時，他只剩這兩百萬的債務。兩年來，當他過著拚現金的生活時，小米曾問他，他在外面是不是有女朋友了？他只是很溫柔地跟小米表示，很多事她不要知道比較好，因為阿豪覺得小米對這一億的債務，也幫不到什麼忙，只是徒增小米的煩惱罷了。他早出晚歸，又不說清楚，小米的疑心就日益增加，小米原本是在一家很單純的公司上班，之後換到賣汽車的地方工作，工作一換之後，人面就變廣了，就開始交朋友，開始每天兩三點之後回家，也常比他晚回家，阿豪表示，當他要跟他老婆溝通的時候，小米已做了決定不回頭了。阿豪後來坦白告訴小米，他並非有女人，而是為了替哥哥還債，但已來不及了。

之後當他又來問工作時，我就關心地問他的婚姻狀況，他淡淡地說：「還好啦。」我聽不太懂地問：「還好……？」他說：「我們在同一個屋簷下，但已沒有夫妻生活了，其實，我們沒有夫妻生活已很久了，因為她妹妹沒地方住，就搬來一起住，她就跟她妹妹睡同一個房間。」

隔了一年，我就聽到介紹他來的好朋友打電話給我，問我要不要約阿豪一起出來唱唱歌，恭喜他離婚了。

離婚傷心話一出口　簽字之後不回頭

一直到民國八十七年的年底，阿豪在我家聚會時，我就問他的小孩好不好？他告訴我，因為離婚，所以已六歲的兒子會帶回南部讓父母照顧。他並沒有跟兒子說，他和太太離婚的事，只是跟兒子說，他和媽媽個性不合，要分開住，所以跟兒子說，要他回南部讀書，阿豪表示，兒子很懂事，應該知道他在講什麼。民國八十七年底當他又來問工作時，我就問他，他老婆離開之後，過得如何？這時他才告訴我，我說得真準，也就是我民國八十五年跟他講了三次，要他看一下他的婚姻狀況，他都不肯看，民國八十六年我又提了第四次第五次，他才願意看他的婚姻，而當我民國八十五年講完之後，他老婆就提出分居，我講的時候，他老婆已跟她的同事在交往了，而且我還記得因為當時他一講，我就看到藍色、紫色，中間夾著隱隱約約的桃紅色，是一種很曖昧不明的色調，因此我當時告訴他，他同事是有老婆的，阿豪一聽我這樣說，就愣了一下問我：「她不會這麼傻吧？」我說：「她很傻。」

阿豪告訴我，他們是在母親節當天辦離婚，他打電話找專辦離婚的人，來家裡辦完所有的離婚手續，花了兩千元，但是五月份離婚，兩個月之後，他老婆就後悔了，還是覺得阿豪滿好的，很想要再回到他身邊，但是阿豪當初在簽離婚協議書的時候，阿豪就跟他老婆講：「妳要想清楚，當我簽下去的時候，我是不可能回頭的。」當時他老婆就說：「我想清楚了。」阿豪就問她：「確定？」他老婆就說：「確定。」而且他老婆還說一句話，就是：「阿豪，我瞎了眼才嫁給你。」當阿豪聽到這句話時，他感受到自己呼吸快停止了，心很痛很痛，他就跟她說：「小米，妳把這句話收回。」小米說：「我不收回的。」阿豪就說：「那妳講了這句話，我就不會再回頭。」她說：「不用回頭，我就是瞎了眼才嫁給你。」阿豪就完全死了心，並且在心中跟自己說，永不回頭，於是婚就這樣離了。

前妻再婚不幸福　離婚之後不談情

到了民國八十八年的元旦，阿豪就打電話告訴我：「老師，妳太厲害了，那個男的是有老婆的，她真的很笨。」我就說：「你也管不到，已經離婚了。」他說：「對啊，很可惜。」之後他依然會定期找我問工作的事，每一次來，我都會關心地問他：「沒有老婆會不會很難過？那你前妻好不好？」我也間接地從他同事那得知，有很多女性很喜歡阿豪，主動追求他的女性也不少，阿豪卻不理那些喜歡他、追求他的女性。有一天他單獨來問工作的時候，就問我：「老師，妳一直問我前妻，妳怎麼那麼關心她？」我說：「其實，你很愛她，只是這個離婚離得有點唐突，離得有點……我也不知用什麼詞句來形容。」

他說：「這個世界很小，她結婚了，她結婚的對象是我以前的客戶。」原來這個男的房子，曾經給阿豪賣過，阿豪很了解這個人，他前妻小米要結婚前，還打電話問阿豪：「你要不要讓我回來？你不讓我回來，我就嫁別人。」阿豪聽她這樣講，覺得這是兩回事，他覺得他前妻跟他是一回事，她要不要嫁給別人是另外一回事，阿豪還給小米建議，要她最好不要嫁這個人，他告訴她，這個男人不定性，一年就換了五個老闆，因此收入不固定，這個男的周遭朋友都不尊重他，阿豪就以這兩個因素，要小米不要嫁，但他前妻卻很堅定地告訴他：「我已決定好要嫁了。」阿豪就跟小米說：「妳真的很笨，但如果妳真的要嫁他，最好三年內不要生小孩。」

但小米跟她再婚的先生，在民國九十三年已分居了，阿豪表示，現在大年初三，小米就會來帶兒子出去玩一天。

如今回想這段婚姻，阿豪的感觸很深，他表示即使因為扛債，造成婚姻走到如此的地步，重新選擇他仍會去扛債，他表示，這畢竟是親情，他也不會想是前世的因果，他覺得是自己沒有處理好，他認為他和小米之間，少了溝通，也少了相信。他以為他是個男人，本理所當然要扛起責任，不要老婆小孩受苦，但卻沒有明白告知老婆，共同去承擔，小米也沒有用心去了解阿豪發生什麼事，也沒有從公婆或是周遭的朋友，設法從側面去了解阿豪的處境，就處在自我的疑心猜想中，接著自以為的猜疑就愈來愈在心中渲染擴大。但是他也會推想，若是當初就坦白講，小米是否會更快跑掉呢？但即使現在，他都沒有怪他前妻，對他前妻充滿著祝福。他如今仍未婚，是因為自認事業還未成，若是再進入另一段情感與婚姻，又沒有相互明白與了解，變成一段模模糊糊的婚姻該怎麼辦？

在一段婚姻關係中，雙方都不斷地跟對方要東西，過度重視自我需要的結果，彼此陷入如乞丐的「乞討」關係，當雙方都得不到自己想要的，猜疑、不信任開始變成關係中的癌細胞，不斷地增長，除非有一方願意先走出自我需要的自我設限，走向我的生命共鳴你的生命，學會夫妻是「我們」合一的生命共同體，關係才有機會重建與復甦。

25 獨子成就不高　家中說話分量輕

帶著曾經心碎的傷痕，走進下一段戀情，那種不再信任產生的不安全感，再度成了感情的殺手。

陳偉誠是她的表姐介紹來的，他帶著他的女友一起來，他女友眼睛很大，睫毛很長，髮型是娃娃頭，個兒很嬌小，是一個很可愛的女人。陳偉誠是來問工作，以及父親墳墓的風水狀況，因為他一直覺得父親墳墓的風水不是很好。他有五個姐姐，家中只有他一個男的，然而他的母親並沒有因為家中只有一個兒子，就特別地疼愛他，反而比較疼姐姐，他希望我先去他家看看他家的祖先牌位，因為他一直覺得他家的祖先牌位安置很亂，並且還拜了一個不是姓陳的祖先，而他父親過世之前，也未對這個非陳姓的祖先牌位交代清楚。

於是一個月之後，我就去陽明山上他父親的墳去看，那是一個家族塔，旁邊還有涼亭，涼亭內有石桌、石椅，來祭拜祖先的時候，就可以將祭拜之物放在石桌上，家人也可以在石椅上休息，這個家族塔當初也是花很多錢請人來看風水建的，但是後來經過時間與附近環境的變化，原來有路的地方都被隔鄰堵住了，因為都沒有留水流通路的小水道，除了要到家族塔要跟旁邊借路外，還造成水流的路線在他家的家族塔積聚而不能流通，當他們發現時，去跟隔鄰的主人溝通，然而都不好溝通，前面景色也被其他建物擋住。我看了發現曾曾祖只有一個單牌位，曾祖也是只有一個單牌位，旁邊的牌位我看了也不是姓陳的，家族塔內很潮濕，檯子摸起來都是濕的，古甕看起來也是濕的，我就跟陳偉誠表示，骨灰濕掉是不好的，他就告訴我，他父親有四個兄弟，倒的倒，負債的負債，四個兄弟的孩子也都不成材，我就跟他說，好像只有他是最成材，但他卻覺得他的工作一直在換，也不知是不是這個風水的問題，然而他的母親交代這是家族塔，不能隨自己的意思去動，因此我看了他家的家族塔，我就建議他，將他父親的牌位放到「天祥寶塔」。

而他女友覺得陳偉誠的姐姐意見很多，光是看一個家族墓，大家的時間都兜不攏，而陳偉誠是家中唯一的男生，也不能作主，也沒有說話的權利，他女友私下告訴我，陳偉誠要將父親的牌位移去天祥寶塔，也不見得能移得成。當我下山的時候，太陽很大，我卻聽到風很低沉的聲音，感覺很像風貼在我的耳朵旁吹，我心裡就有種感覺，風水十年輪流轉，因而他父親的牌位十年內大概都搬不走，於是我就跟陳偉誠講，他十年內都移不走父親的牌位，他聽了就很感慨地告訴我，他是沒有錢，若是有錢就可以講話大聲一點。

他大姐經營工廠成果不錯，講話可以很大聲，二姐的老公事業也小有成，因此講話也很大聲，他每一個工作，都是剛進去時大家很喜歡他，但是做了半年，大家就不喜歡他，覺得他做的不好，我問他是不是做得太仔細，還是做得太粗糙了，他告訴我都不是。

家中老少相聚　談情說愛不方便

他家的房子是長方型的結構，但是房子的四個角都缺了一塊，變成一個長方八角形的房子，到他家廚房是斜一個角，房間是斜一個角，陳偉誠告訴我他家很「八卦」，人更「八卦」，他家很吵，他姐姐帶著小孩回來，不僅意見很多，講話也很大聲。他母親把四樓出租一半，給三姐住，五樓他母親住一個房間，他就擠住在一個有斜角的小房間，他的兩個姐姐住另外的房間，他家三十坪不到的房子，到了假日，二個姐姐加姐夫，以及六個小孩，就擠了十二個人，一人佔兩坪半，假日是他要補眠的時候，但是小孩五點鐘就已起來玩耍，吵到他都不能好好睡。

當他女朋友來找他，兩人待在房間裡卿卿我我時，就會突然有小孩突然推門進來，即使鎖門，小孩也會不斷地敲門要他開門，搞得兩人卿卿我我的情緒極速降溫，毫無興致。他住的房間剛好是三煞屋，他的眼睛有很嚴重的弱視，視網膜剝落好幾次，他的眼睛很凸出，他在看人的時候，常感覺像是在瞪人一樣，由於是弱視，眼鏡的鏡片就像是放大鏡一般，厚度很厚，因此他看東西，要距離不到一公分，貼近眼睛才看得見。也是因為他的眼睛太凸出，他在看人時，會讓別人很不舒服不愉快，並且也會讓老闆以及同事對他的能力不信任。除了眼睛弱視的問題，事實上，他長得很高，濃眉大眼，眼睫毛也很長，穿著予人乾淨整齊的好印象。

他的床頭就貼在不規則的斜角放，床頭有窗，頂樓還有加蓋，佛堂供桌在樓上，我重新調整供桌的位置，調整出一個空間，他可以搬到樓上的和室住，但和室的一角也是斜的。

他眼睛天生就不好，但住在這個房子，他都沒有辦法充分地休息，常會恐懼有很多的聲音，小時候常因不聽姐姐的話，就會被好幾個姐姐輪流處罰，然後姐姐又會再叫媽媽來打他一頓，當他跟我講這些時都會掉淚，他告訴我他很想念他父親，他父親比較公正。他成年之後，他姐姐都會買好看的衣服給母親，相互地比能力與勢力，例如母親過生日要買蛋糕，姐姐們要他分攤錢，姐姐就會說，要他出三百元，但姐姐又會以嘲諷的語氣笑他連三百元都沒有，而他聽姐姐這樣嘲諷他，原本想出錢的他，就連三百元都不想出了。這就是他跟五個姐姐與母親的關係，只要他講一句不同意見的話，立刻就會被他家的娘子軍的口舌攻擊，他常覺得快被姐姐與媽媽的口水給淹沒了。

他覺得他女友對他很好，不嫌他的眼睛，還陪著他去動眼睛的手術，度過他困難的時光。他女友是他唯一的朋友。

喜帖打開滿手血　預言婚姻不長久

到了民國八十七年，他和他女友要結婚，結婚卡是設計成波羅蜜多心經，材質是透明塑膠的撕不破，但是我拿到這張卡打開的時候，我發現我的兩隻手都是血，我嚇了一跳，我覺得這是一個不祥的預兆，是一個不快樂的婚姻。

但結婚的頭兩年，他們常來找我，也很快樂，隔了兩年，他們生了一個兒子，生完兒子後，當他們來找我時，我發現陳偉誠的太太開始抱怨，因為陳偉誠在我辦公室的附近賣電腦，我們約六點半，但到了七點他都還沒到，於是他太太就先上來，表現出她受不了陳偉誠、沒耐性的臉色，同時告訴我，他們結婚到現在大小吵不斷，原因是他們家的事太多了，一下是大姐的事，一下又是二姐的事，雖然他幫不上忙，但他都要出席，她就舉其中一個事件告訴我，例如母親節約大家聚餐，結果是約的那個姐姐沒來，原本來的人要分攤聚餐的費用，但是姐姐就說已買東西送給媽媽了，所以不願分攤錢，於是她跟陳偉誠就要付這次聚餐的所有錢，但她覺得沒關係，她最不能接受的是，在這吃飯的過程，姐姐們的冷嘲熱諷，再加上陳偉誠的工作不如意，讓她更不快樂。

接著整整一年，陳偉誠也不像過往，即使不卜卦都會偶爾繞過來我家，帶個小點心來看看我，並跟我先生喝杯茶，小聊一下，他和他太太兩人就這樣消失了。後來是陳偉誠介紹的一個同學林小姐過年前來送禮，並告訴我，陳偉誠和他老婆生完孩子就分居了，原因是他老婆表示有產後憂鬱症，接著又表示她很不快樂，因此就分房睡，他老婆就搬到樓上加蓋的房間自己睡，接著陳偉誠就發現他老婆分房之後，每天都早上五、六點就出門上班了，他覺得他老婆的行蹤很怪異，有一天很晚了，他拿起電話卻發現他老婆在講電話，於是他就將他老婆講電話的內容錄音下來，放給他太太聽，但是他太太都不承認，並表示只是在和同事討論公事，但陳偉誠覺得他太太的聲音就是在撒嬌，電話中兩人都很快樂，不是在討論公事。陳偉誠跟他太太表示，他能原諒，但要他太太回頭，但因為他將這樣的事攤開來，他太太因而惱羞成怒，而堅持要離婚。

痛苦躲進酒精裡　重整心緒再出發

陳偉誠因為很痛苦，人變得很消沉，也不工作了，在家中酗酒。他離婚四個多月之後，終於來找我，他滿面鬍鬚，衣服皺得像鹹菜一樣，非常的沒精神，而且常在發呆，我問他：「怎麼了？講清楚。」他就哭著問我：「老師，我活著是不是多餘的？」我說：「如果你的認知是這麼淺，當然是多餘啦，一隻螞蟻都知道要努力地工作，要活著，你的認知如果覺得活著是多餘的，你就早去早投胎吧，你的小孩要送給誰你要想清楚，不然你就送給我好了，你死了算了！」當我這樣講時，他就用那雙長著長睫毛的大眼看著我，眼淚如雨珠般不斷地奪眶而出，而鼻涕也同時跟淚水夾雜地掉落在我辦公桌上，那畫面我看了很心疼，我說：「要振作，小孩很可愛。」他哽咽地說：「我現在唯一的希望就是小孩，但我看到小孩覺得很痛苦。」因為沒聽清楚，我就問：「很辛苦？」他答：「痛苦啦。」

我說：「如果你覺得辛苦，你更要死啦，連一個小孩都養不活。」他說：「我很糟糕，老婆照顧不好跑掉了，我自己都養不活，怎麼養小孩？工作都不順，做這個不行，做那個不行，我很認真啊，為什麼每個老闆都不了解我很認真？」他哭到我看了心裡好難過，接著他又說：「我這眼睛去撿破爛也撿輸人家。」我聽到他這樣講，心想也對，而且他這個眼睛去撿破爛，也會常受傷，因為看不清什麼能撿，什麼不能撿。我跟他說：「你這樣哭，你的眼睛更會壞掉了。」他過去常為了家裡、祖先的風水，還有他的工作不斷地來問我，但是為這樣離婚的事來找我，他覺得是一件很丟臉的事，因為我給他的都是好的，他給我的卻都是痛苦的事，我就安慰他，不要這樣想，並關心地問他，小孩現在誰在照顧，他就告訴我，他母親在帶。

但他也告訴我，不能怪他老婆，家裡人太多，意見太多，而且他的姐姐常在假日把小孩丟回家中，讓他母親照顧，他母親照顧不來，變成他跟他太太要幫忙照顧，對於這樣的狀況，他也不敢跟他母親以及姐姐說不，日子一久，他老婆就會覺得沒有他們自己獨立的生活，老是沒辦法做到自己要做的事，覺得沒有空間呼吸，加上他也覺得因為眼睛之故，他的薪水不多，沒辦法好好照顧他老婆，沒辦法讓他老婆得到生活上的享受，因此他老婆到後來覺得很辛苦，他們才會走上離婚分手這條路。

我就鼓勵他要堅強，我還建議他可以做木類、布類、紙類、食品類的行業，不要再做電腦的相關工作，因為對他的眼睛太傷了，但他覺得做木類他又扛不動那些家具建材，我想一想，我就建議他不要做電腦的軟體程式設計，改做電腦硬體賣電腦，他真的就接受我的意見，去賣電腦。

舊傷痕尚未撫平　抓新戀情當浮木

又經過了兩個多月，陳偉誠就打電話給我，告訴我，他現在賣電腦賣得不錯，並問我，他認識一個加拿大的朋友黃小姐，我是否可以幫她看一看，當他在電話那頭跟我講的時候，我就聽到鑼鼓敲擊的響聲，我還因為這個聲音剎那間分神了，我立刻跟他道歉，問他在說什麼，他就在電話那頭問我：「老師，妳怎麼了？」我說：「沒有，大概沒有睡飽。」他說：「妳要多保重。」我聽他這樣講，心裡還滿高興，心想，他似乎已從傷痛中走出來，開始會關心周遭的人了。

接著，他繼續跟我說黃小姐的出生年月，因為他不知道她的出生日與時辰，他才一講這個女的出生年月，我眼前就快速地出現好幾個畫面，我看到這個女的，在國外十年，有三個小孩，現在是從國外很悲傷地搬回國內，三個小孩都留在國外給她先生，我就好像在看連環圖畫故事一般地看過去，他繼續在電話中問我：「她從加拿大回來，是做服裝的，我有沒有可能跟她合作？這個女的好不好？」我就問他：「你所謂的好不好，是男女朋友，還是男的朋友，女的朋友？」他說：「老師，這個女的能力很強，跟她在一起很快樂，她很會安排，很獨立，很有建設性。」我聽了就在心裡想，他好像覺得自己抓到一個大浮木，這個浮木可以救他，因為他覺得自己事業無成。

我說：「這個女的能力真的不錯，改天要她自己來問。」但他告訴我，這個女的很鐵齒，接著過了兩天，他又打電話給我，直接問我：「老師，妳是不是看出來什麼？」我問：「你是不是跟她相愛了？」我會這樣問，是因為上一次他打電話給我的時候，我看到深藍色的色調，因此我就跟他說：「你喜歡這個女的，但是我看到的是不快樂的氣氛。」他就跟我說：「當然不快樂，我才剛受傷，她狀況也不好。」我問：「什麼樣的狀況？」他說：「說來話長。」剛好我電話一直響，他就說再談，掛了電話我體會到他有保留跟害怕，並未很坦然地跟我說。

想念孩子常哭泣　面對新人無信心

接著又過了二十天，黃小姐就跟陳偉誠一起來，黃小姐告訴我，她要問事業以及私人的事，她講完這句話，就看著陳偉誠並說：「請你坐外面。」他說：「不要，我不要坐外面。」我就看著他說：「你一定要坐外面。」他一聽我這樣講，就說好吧，起身走到辦公室的外面。

當黃小姐在跟我說的時候，之前我看到的連環圖畫的畫面，又再度快速地出現在我的眼前，同時我又看到另一個新的畫面，就是她老公帶著三個孩子，與她隔著一條河，她隔著河，站在河岸邊獨自哭泣，我就問她：「妳心情很不好，對不對？」她就點頭，我又問她：「妳是不是離婚了？」她問我：「老師，妳怎麼知道，是陳偉誠跟妳說的嗎？」我說：「沒有，他在電話裡有隱瞞什麼都不說，妳知不知道陳偉誠的狀況？」她就告訴我，她知道，陳偉誠都有告訴她全部的經過，她告訴我，十年都是她在加拿大拚命工作養小孩，老公就是遊山玩水，她覺得自己很辛苦，回台灣度假遇到陳偉誠，陳偉誠就追求她，告訴她，他會給她幸福，我就問她：「是陳偉誠要妳離婚的？」她說：「我現在其實滿後悔，不知是對還是錯。」我問她，「妳愛不愛陳偉誠？」她表示是愛的，我就跟她說：「妳的婚姻不快樂在先，妳遇到一個妳喜歡的，更加速妳離婚。」她說：「對，但我很想念我的小孩，我很後悔。」我問她：「妳後悔，是因為想念妳的小孩？」

她告訴我在短短的兩個月內，她發現，陳偉誠的脾氣很不好，會摔東西，並不准她跟三個小孩聯絡，我就告訴她，可能是因為他在家沒有安全感，又失去他的婚姻，所以可能會把她抓得很緊，陳偉誠一看她跟小孩聯絡，就會想她是否又會再回到加拿大而離開他，她聽我這樣說，就跟我講，她原本婚姻就不快樂，但沒有想到會這麼快離婚，原本她是想再等個五年或十年，等小孩更大的時候，再離婚。

她老大已二十歲，老二是十八歲，老三是十二歲，她二十歲就生第一個孩子，三個孩子都是男的，她原本是想等老三到二十歲時，再跟她先生分手的，可是沒想到在兩個月內因為認識陳偉誠，就快速地回到加拿大辦完離婚，將自己的東西全打包回台灣了，但她覺得陳偉誠太暴躁了，愛她愛得讓她都不能呼吸，我就跟她說，要給陳偉誠一些時間，她的婚姻既然很不快樂，也已告一段落了，就好好地跟陳偉誠相處，但她問我：「老師，我真的跟他適合嗎？」

感情挫折疑心重　透過溝通默契生

我就建議她：「你們是需要溝通，是需要默契的，妳的事業是勞碌得要命，但不得力。」因為她卜到的卦是「節節卦」，我就解釋讓她明白，她做事常是有頭無尾，例如，她目前的這個店生意不好，她就想再去開另外一家店，然後把第一家店賣不出去的商品，拿到第二家店去賣，我就告訴她，先把第一家店顧好吧，而且她剛回來台灣，先一步一步來，我還打比喻，就好像煮一鍋紅豆湯，先把一鍋煮好了，再煮第二鍋，而且她卜到的卦，是勞碌不得力，因此更要把一件事做好完成了，再去做第二件事。她堅持想問感情，但我要她不要問了，我送她四個字，「溝通」和「默契」，我特別強調這四個字後，我要她過半年後再來問，再看看陳偉誠是否有改變。

等她問完，陳偉誠再進來辦公室，就一直想要知道我和黃小姐談了些什麼，當他們倆離開我這裡之後，陳偉誠又打電話進來問我，黃小姐問了我什麼，這一刻我發現陳偉誠變了，變得疑心很重。第二天黃小姐打電話告訴我，陳偉誠煩了她一個晚上，一直追問她，我到底跟她講了什麼，黃小姐告訴我，她已經跟陳偉誠講很清楚了，但是他還是不相信黃小姐說的話，在電話中，黃小姐告訴我，如果她下次再來的時候，乾脆讓陳偉誠在旁邊，請我勸勸陳偉誠要改進的地方。

過了大約五六個月之後，陳偉誠又跟黃小姐來卜事業運，他們兩個差點要在我面前吵起來，原來是黃小姐告訴我，陳偉誠對於服裝是門外漢，黃小姐要做什麼事陳偉誠都要阻止，再加上黃小姐已太久沒有回到台灣，因此不清楚台灣的市場服裝潮流、水準、喜好以及時機，因此原本她賣歐洲的商品，後來發現她所處的那條商店街，她賣的商品是最貴的，其他的商家都是三件五百那種價位的商品，而黃小姐是一件要五千的商品，因此陳偉誠就不斷地罵她，搞得她不敢補貨，又不敢拿便宜的商品來買，擔心自己賣不來這類型的商品。因為過往她在加拿大都是銷受歐美路線的商品，因此她覺得自己要重頭開始學，這種狀況讓她很沒安全感也很擔心，而陳偉誠每天又對她緊迫盯人，黏她黏得很緊，講到這裡，他們倆就在我面前又爭吵起來，於是我就請黃小姐先出去一下，我跟陳偉誠單獨談，我就直接問陳偉誠，他為何脾氣變得那麼暴躁？

同是天涯苦命人　聲聲是愛相處難

他告訴我，他快瘋掉了，因為黃小姐知道他愛她，但是她卻每天把分手掛在嘴邊，陳偉誠還告訴我，既然他們倆同為苦命人，就同歸於盡好了！我一聽，我就說：「你在講什麼？這樣的愛，即使你要愛我，我都會很害怕，你愛不到就要同歸於盡，真的不好，你真的要改變，上次黃小姐有問我你們兩個適不適合。」我一講到這，他就很緊張地問我：「那老師妳怎麼說？」我說：「你是在逼問我嗎？還是在問我？」他說：「老師，不是，那我們適不適合？」我說：「其實，兩個如果好好相處，你們的八字並沒有不適合。黃小姐想小孩，而你不喜歡她跟小孩聯絡，你怕失去她對不對？」他說：「老師，其實我自己有小孩，我知道她會想小孩，我有讓她聯絡，但她聯絡的方式是錯誤的，她打電話過去就跟孩子說『你們要什麼，媽媽買給你們，你們要多少錢，媽媽寄給你們』，她這樣跟她的孩子這樣說，她的前夫就更不會上進，她都已經離婚，來到台灣了，不應有補償、寵小孩的心態。」

陳偉誠告訴我，因為黃小姐的這種態度，她的小孩只要一接到她的電話，就不斷地跟她要東西，陳偉誠覺得她太辛苦了，他只是想要保護她，另外，陳偉誠告訴我，黃小姐很歇斯底里，她問陳偉誠愛不愛她？他告訴黃小姐，就是因為他愛她，所以才會對她如此地緊迫盯人，黃小姐因為大陳偉誠七歲，所以黃小姐又會追問陳偉誠，他愛她的什麼？陳偉誠就跟黃小姐表示，他愛她的能力與美麗，但黃小姐聽他這樣講，就說，她又不漂亮，他怎麼會愛她？從陳偉誠的談話中，我了解黃小姐很沒有安全感，也很怕年齡的差距，他說，他們就是不斷地在爭吵，我就勸他，要他多讓黃小姐，若是黃小姐打電話給小孩，他就裝作不知道，我跟他說，小孩是她一手帶大的，我跟陳偉誠表示，媽媽愛小孩是天性，他不要干涉這部分。

同時我也坦白地跟他說：「我覺得你有報復心態，因為你的前妻沒有帶小孩，所以你覺得黃小姐就不應該帶她的小孩。」他聽我這樣講，先是愣在那一下，然後說：「也不是。」我就說：「那你要把你的觀念導正，談感情是兩個人的事，她之前的婚姻是她的，她要跟小孩聯絡就讓她去聯絡，而且在加拿大那麼遠，她又不是去看。她今天婚姻失敗，她再找的對象，當然希望對方有一個大肩膀，就像你的婚姻失敗，你就期望她對你是非常付出的，很相依賴的，但你們倆的疑心，造成你們倆的爭執。」他聽完我的話，就跟我表示，他懂了。

生意不順負債多　不聽意見爭吵烈

但他們倆一從我這卜完卦回去，隔天，黃小姐又打電話跟我說，陳偉誠跟她吵了一個晚上，原因是他們從我這裡離開，回到他們住的地方，兩人因為一句話說不攏，黃小姐正在停車——那是機械式的停車場，大約有二樓之高——黃小姐仍在停車中，陳偉誠就很氣地在車子行進停靠的過程中，將車門打開跳車，表示要自殺，結果就摔傷，撞到嘴巴都流血，當時很多人都在停車，因此那棟樓的鄰居，都知道陳偉誠跳車，黃小姐在電話中跟我講完之後，還跟我說，要我不要去問陳偉誠，否則他又要跟她沒完沒了地吵個不停。

又過了兩個月，我從印度回來，我就主動打電話給他，告訴他我從印度回來，幫他帶了一個祈福的東西，並在電話中問他過得好不好，他在電話中表示，馬馬虎虎，並告訴我，他覺得真如我所說的，黃小姐做事很衝動，原本要開第二個點，後來也沒開，原本的點，補貨也補得有一搭沒一搭的，他為了幫黃小姐，半年都沒有工作了，幫她的過程，他給黃小姐意見，她都不聽，但是發生的事情，都是陳偉誠當初提醒黃小姐的，例如黃小姐去上電視購物，但是上電視購物，貨色與尺碼的質與量都要大，但是賣出的量不理想，造成一堆貨退回來，黃小姐損失將近一千萬，黃小姐又只好去貸款五百萬，因此造成他們成了負債的狀況。

因此他們接受我的建議，去擺地攤，一些存貨就在那樣的狀況銷售出去，結果還算不錯，我聽他這樣說，我就跟他講，要他多給黃小姐一些愛，要給黃小姐時間忘掉小孩，小孩會慢慢長大，而他也不要寄望黃小姐對他的小孩有多好，他就不解地問我，我為何會提到他的小孩？他們昨天才起爭執，因為他要帶小孩出去玩，但黃小姐不要，因此陳偉誠就很生氣。我就問他為何要生氣，他告訴我，他覺得黃小姐是故意不跟他的小孩玩，我就表示，我也不贊成，因為帶他的小孩，就會令黃小姐想到她的小孩，她就會想，為何陳偉誠的小孩有爸爸有阿姨疼，她的小孩沒有？所以不用勉強她，而且他的小孩也讀書了，他聽我這樣說，想了一下就跟我講，我分析得也對，接著他就問我，他們結婚好不好？

盲目亂想傷情感　依賴之心不分手

我聽了就表示要主動幫他們卜個卦，看他們到底會如何，我跟他講，我十五分鐘之後打給他。結果一卜出來是個「否卦」，我一看到否卦，心想沒有一對卜到這個卦是會成功的，但想一想他們都各自離過婚，因此我就卜一個他們相處多久會成功，我又卜到一個「姤卦」，這個卦的意思就是小人、迫害、男色、女色、盜賊偷竊啦、車禍，我就在電話中告訴陳偉誠，這是不清楚的卦，他一聽我這樣解釋，他就告訴我，他們已經被劫財了，還有員工偷他們的東西，但我聽到這樣說，我還是告訴他，姤卦是指他們兩人，我又勸他，他的疑心要去除，他就跟我表示，要我不要提這個疑心，他有改變，講到這，他又跟我像是敘述，又像是跟我抱怨說，他覺得這個女的也是很歇斯底里，一下講這，一下講那，講話又快，什麼事都要做，但什麼事都沒有做成，又常常哭泣，又常常問陳偉誠愛不愛他，又常講乾脆他們分手吧！我聽到這，我跟他講先掛電話，我想幫他卜個流年的卦，打完卦，我就打電話給他，告訴他卜到「空芒」跟「流離」，空芒的意思，就是盲盲目目，有可能彼此都易胡思亂想，而造成口角是非；流離呢，流水也是流，流血也是流，可能是感情會付諸流水與分離。他一聽我這樣說，他就跟我表示，他不想要如此的結果，他覺得自己滿依賴黃小姐的，我就問他，他依賴黃小姐什麼？

他在電話另一頭說，其實他覺得黃小姐拚起來很拚，這是他所沒有的特質，只是他覺得黃小姐拚起來，沒有章法，沒有方向。

但沒想到，民國九十四年五月有一天，陳偉誠打電話來，在電話那頭哭得很慘，說：「我慘了，怎麼辦？救救我，我慘了……」我就很緊張地問：「什麼事？什麼事？你是誰？」他就告訴我他是陳偉誠，他正在我家附近，問我是否可以來我家，我就表示可以。

憤怒自殺相逼　感恩復活攜手

一見到他，他的頭髮亂七八糟，衣服髒兮兮，我看他如此狼狽的樣子，就問他，他是不是跟誰打架了？他就表示，他身上連一百元都沒有，但他是要來卜卦的，我一聽，我就要他先講清楚發生什麼事了，他就告訴我，黃小姐現在在醫院急救，原來他們前一天晚上吵得很嚴重，當時黃小姐就緊抓住陳偉誠問他，他到底愛不愛她，像發瘋般地一直重覆問這句話，陳偉誠也很不高興地問她，一天到晚談分手，他不懂她到底在幹什麼，然而黃小姐在當下就堅持要分手，表示要冷靜一段時間，但陳偉誠不願意，於是她就跑進浴室，拿起浴室的消毒水喝下去，送到醫院急救，嘴巴喉嚨都燒傷，黃小姐的媽媽很生氣，表示要告陳偉誠，而他待在醫院一個晚上，都沒有闔眼休息，之後就坐在馬路邊哭。

於是我就幫他卜了一個卦，是「晉卦」，晉卦的意思，就是有貴人幫助，就會得救，有貴人幫助，就會升官，有貴人幫助，就會聽得懂，有人錢借你，就會解套。我就跟他說，一切都會安好，我強調，他們求救醫生就會得救，他們來求救我，就會得救，我又再度跟他說，之前我曾提醒過他們，只要有默契，有共同的興趣就ＯＫ，但他們的默契都沒有辦法增加，都互相猜疑，兩個都在講一些無聊的話傷害對方，我就不解地表示，兩個受傷的人在一起，怎麼會變成這樣？我也看過受傷的人在一起，很甜蜜的也有啊！我就跟陳偉誠表示，他跟黃小姐是我看過最失敗的一對，我就跟他說，黃小姐不會死，要他去求黃小姐的母親原諒他，但陳偉誠聽我這樣講，依然哭哭啼啼、喃喃自語地說，她死了怎麼辦？她死了怎麼辦？我就很大力地敲我的桌子，並很大聲地說：「不會死啊，我跟你講不會死啊！」

結果，黃小姐安然地活過來，經過這一次之後，他們兩個認真地想我跟他們講的話，不要談過去受傷的往事與心態，重新開始。陳偉誠最近一次打電話給我，我就跟他說，他要學習用感恩的心，去看過往的婚姻，畢竟他前妻替他生了個兒子，雖然他和黃小姐目前各自都有負一的負債，雖然加起來有二的負債，但是中間要加上彼此相處互相扶持的快樂，不要再去談論苦痛，要忘掉過往的苦痛，否則老是用過往記憶經驗的有色眼鏡去看待彼此，這段情感也不會有美好的未來，我跟他強調，重要的還是要增加他們倆相處的默契。

陳偉誠又想要卜卦，但我跟他講，不用卜了，我鼓勵他要有信心，只要有信心，就是這段情感的護身符，不用卜什麼卦了。但我掛了電話，還是幫他卜了一個卦，獲得的是「謙卦」，謙卦的意思，就是只要很誠懇謙虛地去突破的話，就會有美好的結果。

兩個心碎的人，都沒有從過往的心碎關係中，學習到在舊關係中為何挫敗的原由，以及自我性格中不能創造美好親密關係的盲點，若又在很短的時間內進入新的親密關係，彼此不自覺地帶著心碎的恐懼與傷痛，就會讓自己成為情感中的藏鏡人，不敢敞開心，只是不自覺地帶著過往的恐懼傷痛，彼此不斷地要對方給予保證，彼此不斷地在生活的大小事上掌控對方，這種要保證與掌控的狀態，兩個心碎的藏鏡人的意圖，只是想要讓對方成為自己能夠掌控的傀儡，但雙方都想要當控制者，誰又甘於當傀儡？於是雙方再度在關係中權力較勁，身旁的任何一個旁觀者看了都會捏一把冷汗。

同志情海 Chapter 6

在性自由的時代，愛男愛女，是個人自由，然而社會對愛情婚姻仍有固定的框架，因此同性戀也常不被社會世俗價值觀全然接受，而愛情之路上變得不安與飄盪。

26 回溯源頭，面對問題，了結數十年心結

李思慕在二〇一五年六月時來論緣堂找我卜卦，她是一位小學老師，有三個小孩。她一坐下來就告訴我，從我的望穿前世今生出版後，她便買來看了，十年間，她不知道翻看我的書幾百次了，每次翻看，她總是會想來找我卜卦，但她很怕聽到答案，於是直到現在才真正地鼓起勇氣來找我。

接下來她深吸一口氣，似乎正努力地鼓足勇氣，然後緩緩地告訴我，在她小時候，她常常看見爸爸用非常粗魯、暴力的方式在虐待媽媽，尤其爸爸總是把媽媽拖進浴室，然後硬扒掉媽媽的衣服，做一些很奇怪的動作，當時還是小學生的她，根本不懂那是什麼行為，只覺得爸爸好可怕。直到長大懂事後，她才知道那叫性愛，而爸爸的行為叫做性虐待。

爸爸完全不管媽媽的意願，隨時隨地性慾上來，他就扯著媽媽想「辦事」，媽媽不從，他就痛打她、狂扯她的頭髮，逼她就範。媽媽每次的哀號、慘叫聲都讓她覺得好可怕，爸爸那種被性慾沖昏頭、自私殘暴的嘴臉，更是讓她覺得噁心，那種噁心和恐懼感時時縈繞在她的心裡。也許是因為這個原因，她極度排斥男生，尤其是不能讓男生碰觸她。

對男生心生恐懼，轉而尋求同性愛

在她國一的時候，她跟國中的同班女同學相戀，這是她的初戀，兩人交往了三年，這三年帶給她無限美好的回憶，她打從心底認為這女孩是她的真愛。

三年後他們從國中畢業了，兩人分別就讀不同的高中，聚少離多的關係，那個女孩認為感情漸漸淡了，於是跟思慕提了分手，另一方面因為女孩的父母決心要斬斷這段女女戀的關係，因此要舉家搬遷到台中去，未來兩人見面的機會只會更少，更無法維繫感情了，思慕心裡雖痛苦，卻只能無奈地接受這個結果。

就讀高中時，思慕遇到了她人生中的第二段感情，這個女孩仍舊是她的同班同學，女孩跟思慕告白時說，在開學第一天時，她就很喜歡思慕了，於是鼓起最大的勇氣跟思慕告白。

或許就是因為禁忌的戀愛，她們彼此都很珍惜這段在別人眼中見不得光、得來不易的感情，於是她們甜甜蜜蜜地交往了四年。

夢中怪物，牽引思緒，竟夢境成真

四年後的某天晚上，思慕做了一個夢，夢中她看見一個狼，但那頭狼卻是有著「狼頭男身」的怪物，那頭怪物裸著身，因此可以看見明顯的男性器官，那個夢好長好長，他們在夢中不斷地瘋狂做愛，後來在夢中的她懷孕了，生了三個孩子。

更奇怪的是，思慕自那天從夢中醒來後，她忽然覺得她不愛女生了，女生的身體已經無法引起她的興趣，她對男生反而有種奇怪的慾望，也因此，思慕和那時的女友提分手，她們就此分開了。

高中畢業後，思慕沒有考上大學，因此進入職場。某天思慕在公司工作時，一個沒看過的男同事送貨來公司，原來本來負責她們這區、協助配送的同事當天身體不舒服，於是委託這個男生幫忙送貨。在這個男生一踏進公司的那刻，思慕驚訝不已，他的身高、身形都跟幾年前夢中的那匹狼一模一樣，她莫名的被這個男生吸引住了，心裡忽然感到非常興奮，於是她偷偷跟其他同事打聽這個男生的資料。

當天下班後，她主動去這個男生的租屋處找他，投懷送抱。思慕在跟我描述這段過程時，語氣很平靜、聲調也很平淡，似乎在描述別人的事情一樣，沒有任何情緒。她說，那天晚上他們瘋狂地做了好幾次愛，就像當年夢中的情形重現。過了那天晚上，就像大多數的一夜情一樣，她再也沒跟那個男生聯絡。

怪夢再度來臨，夢醒轉而迷戀兒子

隔了三年，她和這個男生無意間在工作場合上又遇見了，這次，男生把握機會、非常努力地追求她，男生告訴思慕，這三年間，他雖然也有跟幾個女生交往過，但他始終忘不了她，心裡一直記掛著她，很開心也很珍惜這次再度相遇的緣分，後來他們順利交往、結婚，最後生了三個小孩。

但奇怪的事情又發生了，在她生了第三個孩子後，當時孩子還沒滿月，她又做了一個夢。夢中，她是一個還未出生的嬰兒，還在媽媽的肚子裡，旁邊還躺著一個男娃娃，他們是雙胞胎。但那個男娃娃居然是她現實生活中第三個孩子，他們同時來到了這個媽媽的肚子，而且她心裡有種古怪的想法：「她和這男嬰兒是一對情侶，不是姊弟或兄妹。」

從夢中醒來後，她打從心裡覺得這第三個孩子是她前世的情人，她非常非常的愛他，愛到她竟會對第三個兒子產生性衝動，每天最期待的就是每次幫孩子換尿布和洗澡的時刻！

她開始害怕這樣的自己，她覺得自己生病了，她擔心之後狀況會變得愈來愈糟糕、愈來愈無法控制，她想要把孩子推開、推得遠遠的，因此她竟然跟丈夫提離婚！

不管丈夫如何苦求、如何逼問她原因，她都無法給出任何令人滿意的理由，她一心要逃離這個家、這個狀況，甚至她跟丈夫坦白一切，他們認識前，她的那隻狼頭男身的怪夢，也因為那個夢，她才會主動去找他發生關係，後來的一切似乎也都被那個夢牽著走，他們真的結婚、也真的生了三個小孩。但一路走到現在，她回首過去，才發現她對丈夫其實沒有愛，她似乎只是想要實現夢中的一切，才莫名地走到如今。（不過她隱藏了對孩子產生慾望的狀況。）

後來丈夫知道無法改變她的想法、卻還是不想離婚，於是兩人各退一步、協商結果是：讓她搬離家裡、獨自在外生活。一搬離開家後，思慕開始透過管道尋找高中時的女友，兩人聯繫上後，思慕得知這個女友也結婚了，並生了一個孩子，但她卻過得不快樂。思慕又想辦法聯繫上國中時的那個女友，也知道了她現在仍是女同志，身邊已經有另一半了，生活過得很自在快樂。

後來思慕和高中女友復合，女友瞞著丈夫、偷偷地和思慕交往，兩人每次見面就像慾望的開關被開啟似的，總是瘋狂地渴求對方的身體，但思慕曉得，她心中仍然空虛，她始終感覺不到愛，能感受到的只有身體的慾望。

情緒分離，精神分裂的預兆

這次的卜卦我彷彿成了聽眾，思慕將她的故事說到此時，她告訴我，她想來問問我，她到底是男生還是女生？她到底該愛男生還是女生？她感到好混亂，甚至想去動變性手術了！覺得自己快發瘋，為什麼不管愛誰，都感受不到「愛」？這是前世今生帶來的問題嗎？

她甚至說她活得好累、她為什麼要活著受這些苦、被慾望給折磨？她好想自殺來獲得解脫。

我看著她，看見她散發出來的顏色居然是七彩的，這種案例我只見過幾次，最近的一次是在八年前，後來確認了那個客人有被害妄想症和躁鬱症，因此我認為這個女孩的精神狀況也出現了問題。

我略過她前面的那些提問，反而問她：「妳父母親還在嗎？」

她說：「我爸已經過世了，但其實我高中後就再也沒跟家人聯絡了，他們現在過得如何我也不知道，我爸死的時候我也沒回去看他，就只是聽說他走了。對他們的印象也變得很模糊、在我腦中他們幾乎已經不存在了，我甚至不記得我媽的臉長什麼模樣。」思慕說這段話時，語氣仍然平淡，表情顯得一副不在乎，彷彿父母親對她來說，一點價值都沒有。

我告訴她：「妳內心深處其實是恨妳媽媽的，妳恨妳爸我可以理解，但妳連媽媽也恨了！妳恨妳媽為什麼要生下妳？為什麼要把妳帶來這世間受苦？」

她一聽我這麼說，忽然間平淡的情緒崩塌了，她開始痛哭。情緒稍稍平復後，她告訴我，她已經十年沒哭過了！

我勸她應該要試著回去找她母親，把心中的那個結解開，試著去重新愛他媽媽，她忽然反問我：「那妳恨妳媽媽嗎？」我說我從來不恨她，在書中我也沒說過我恨我母親，在我那個年代，過得比我慘的人多得是，我不怨任何人，這一切都是註定的。

另外，我告訴她應該要找時間去看精神科，她似乎有強迫症和其他的精神狀況，她聽了很訝異，她說自己其實也有發現，因為平時她鎖門都會重複開關六次，甚至和伴侶做愛時也一定要連續做六次，也因此弄得對方很痛苦，她自己卻還是感受不到快樂。

她告訴我，前面幾十年的問題和錯誤她不想管，她來找我，只是想知道未來的她會變得怎麼樣？會不會順利變性？變了性之後她會不會變得比較快樂？

我只能告訴她，變性這件事，她應該回去問她的伴侶，愛的是她女性的身體還是希望她變成男生？如果她只是一味地認為因為自己是一號（同志間的性別區分，一號指的是有男性性格的女同志），所以要變成男生的身體，但萬一妳女友愛的就是妳現在的模樣，如果真的變性，她反而無法接受了呢？

她似乎沒思考過這個可能，因此聽了我說的話也愣住了，傻傻地、不斷地說：「有可能……」，這次的占卜我不想也無法給她任何答案，只能給她建議，她說她再好好想想便離開了。

解鈴還須繫鈴人，回到源頭解開心結

之後她卻常常打電話給我，每次問的問題仍然是糾結在那些狀況中，我已經勸解到幾乎無話可說了。思慕雖然願意來找我卜卦，但防備心仍然相當強，我曾經跟她要過三個孩子的出生年月日，想說幫三個孩子點個平安燈，畢竟他們的母親不在身邊照顧，感覺挺可憐的，而且思慕自從搬出來後便再也沒跟丈夫和孩子聯繫過，也因此我才打算要孩子的八字來點平安燈，但她一聽，態度立刻變得嚴肅和緊繃，不願意提供給我，所以我也只能繼續勸她，先把自己照顧好、把心結解開，一切才有可能改變。

過了一段時間，思慕又打了電話給我，她告訴我她去看了精神科醫生，她真的有很嚴重的強迫症，也因此導致了嚴重的人格分裂，現在她正在接受精神治療。她說，醫生在聽完她說完了這些故事後，告訴她這一切問題的源頭其實就是她自己。

聽到她終於願意面對自己、接受精神治療，我打從心底替她開心。我告訴她，問題一直以來都是妳自己造成的，除了妳爸媽的事情之外，後來的事情哪些不是妳自己做出的選擇呢？妳的不快樂並不是完全都是妳父母造成的，而是妳從沒沒打開妳的心，讓別人走進去，也因此感受不到愛，得不到快樂。

因此我再一次勸她，要想解開這一切，必須回到最初的源頭，去找她的母親尋求原諒吧！把一切說開、才能真正放下。

很高興思慕有把我的話聽進去，現在的她和母親重新連繫上，也因此原諒、找回了過去的自己，持續接受精神治療的她，狀況也改善許多，她重新找回知覺感受，終於感覺得到愛與快樂，能真正地打從心底開心地笑了！

27 男兒身女兒心　母親苦痛難接受

不論愛男人、愛女人，愛都是一條學習之旅。

我是先認識齊先生的母親，在一個齋戒的法會上，我發現有兩個「灰灰的」（即陰間的鬼魂）老太婆站在齊先生母親的後面，並想要拉齊先生的母親，因而我就對齊先生的母親印象有些深刻，她長得富貴相，但有些憂愁的氣質，對人很客氣，但並不會主動地跟任何人交談；一直到去年，我又在齋戒的法會上遇到齊先生的母親，她又坐在同樣的位置上，同樣地又是那兩個老太婆站在她的後面，但是這次這兩個老太婆並沒有想要去拉她，我就覺得有些奇怪，為何每次她來，都會有兩個老太婆在她的後面。這次法會時，剛好佛學院要大殿落成，她聽到我問大家要不要去，因此她就主動地問我，跟我說她也要報名參加，從印度回來之後，她看了我出的書，她就來找我。

她來問的時候，告訴我她有兩個小孩，講到老二的名字的時候，我就全身起雞皮疙瘩，這時我又在她身邊看到法會上的那兩位老婆婆，老婆婆的表情就是很難過也很抱歉的表情，我就問她老二這個兒子是否讓她很頭痛，她的表情有些尷尬，同時她的身後還出現一個長得嬌滴滴的女生，金黃色的短髮，並且很害羞地用手遮住自己的嘴巴，手非常地纖細，我就直接說，她兒子是同性戀，她就點點頭，並跟我說：「我跟我先生都沒有辦法接受這樣的狀況，可是我們好像不能不接受。」她很難過嘆息的表情，跟灰灰的兩位老婆婆的表情，是一模一樣的，當時我看了這個畫面，我就在想，這兩位老婆婆不是她兒子齊先生的前世父母，就是她自己前世的父母。

她告訴我，她兒子也就是齊先生很壞，她兒子自殺過好幾次，不讀書，從十五歲到二十五歲這十年，她非常的痛苦，到處求菩薩與關公，並且到處去寺院拜，問的就是，是否是前世的業障，或是這一世她教得不好，她的兒子才會變成這樣？我聽她這樣講，我告訴她並不是如此，是她兒子天生生下來，多了一根腸子，她就問我：「怎麼說？」我就問她，這個兒子從小到大跟其他人有何不同之處，她就告訴我，她兒子兩三歲出去，出門時就是要穿裙子出門，去買鞋子，就自己挑了一雙公主鞋，她跟她兒子說：「不可以，你是男生，男生就要穿男生的鞋子。」但是她兒子就是不願意，於是就在鞋店哭了起來；去買玩具，屬於男孩子玩的玩具她兒子連看都不看一眼，就去看人家畫圖，看芭比娃娃，並拿女孩子的皇冠戴在頭上，就是堅持要買女孩子的東西，她兒子國小三四年級的時候，還搽她的口紅、眼影以及腮紅，穿她的絲襪與高跟鞋，她看了都快暈倒了，她這麼多年到處求神問卜，就是期望她兒子能夠過正常男人的生活。

男人嬌艷慵懶姿態　女人見了自嘆不如

但求了那麼多年，卻發現她兒子並沒有改變，她就覺得這就是她兒子的因果，外面的體型以及生理構造是男的，但是內在的渴望與性格是女的，她兒子這輩子就是要被他人歧視。我安慰她，只要她兒子不覺得被歧視就沒關係，同時我聽了她這樣的敘述，我就跟她說：「沒關係，妳請妳兒子來找我。」接著她兒子齊先生就自己打電話來跟我約時間。隔天，齊先生的母親打電話告訴我，她從我這裡回去之後，一夜好眠到天亮，她表示，她已經有十年沒有好好的睡覺，幾乎常常做惡夢，夢到人家打電話來告訴她，她兒子上吊死掉了，或是夢到一打開陽台的門，就看到她兒子死在樓下，不然就是夢到有男的拿著刀來找她麻煩。而且她接著一個星期都沒有再做過夢，都可以睡得很安穩。

他來的那天，我看到他的那一剎那，嚇了一跳，因為就是他母親來問他的事時，我從畫面中看到的女生，短髮染成金黃色偏橘色，並有淺淺的酒窩，皮膚曬得很黑，他目前是做彩妝師，他長得很像女生。

當我們坐下來，我就直接地問齊先生：「你愛的是男生，對不對？」他就露出淺淺的酒窩，用很嬌美的聲音，反問我：「不可以嗎？」我看他那種比女人還嬌艷慵懶的姿態，我就忍不住大聲地說：「坐好！」他卻說：「不要那麼大聲嘛，討厭，不好玩，對我那麼兇。」我說：「坐好，坐好。」他就以很可愛的表情說：「我爸媽都給妳算過。」我說：「那又怎樣？」他說：「不可以攀關係喔，坐好就坐好。」我問：「你現在的男友，怎樣？」他說：「我們很相愛。」我問：「那很幸福嗎？」他答：「不幸福。」我問：「那你來是要問什麼？」他說：「我就是要來問看看，跟這個男的會不會有結果？」我說：「我看過很多，不論是男的同志或是女的同志，在一起都沒有超過十二年，你想怎麼樣？」他問：「為什麼會這樣？」我問他：「你問你為什麼會這樣，還是這個感情為什麼會這樣？」他說：「這個感情。」我說：「看久了會厭倦。」他說：「我看他都不會厭倦，怎麼辦？每天都想要看到他。」我說：「那是在戀愛的蜜月期，以後你就會知道，你上一個男朋友多久？」他想了一下說：「沒有多久。」我問：「那第一個呢？」他就扯著嬌滴滴的聲音說：「不要說第一個，那個很傷我的心，我都忘掉了。」我問：「都忘掉了，還傷什麼心？你就不敢去面對。」

男友移情別戀　一心求死不想活

在他還沒跟男的談戀愛前，有一個很漂亮的女同學對他示好，還主動親他，但是他卻一點感覺都沒有，並且還覺得很噁心，他只把這個女同學當作是姐妹；在上國一，去游泳時，跟其他的男同學一起光裸著身體淋浴，他看到其他男同學的生殖器官，就頭皮發麻，身體的興奮感讓他嚇壞了，他趕快跑去廁所，發現他已經興奮起來了，後來他就一直去沖冷水，從此他就一直避免有任何機會去看到男同學的生殖器，包括在上廁所時，他都盡量避免和其他的男同學一起，他怕自己又興奮。他第一次的戀情是在國中二年級，很激情，那時他覺得很享受，對方是高中生，只要一有空就膩在一起，彼此也有共同的興趣，也有共同的朋友，因為都是同一個圈子的，他就不會覺得自己是怪物，且在同一個圈子裡，也有比他更像女人的。雙方交往了三年，結果他的男友去愛別人，他覺得他男友變心的原因，是那個新的對象比他還要嬌，家裡又有錢，可以供他男友花——他男友生性奢侈喜歡用好的東西，他就開始鬧自殺，包括吃安眠藥，以及上吊兩次，還嘗試燒炭。

當時，因為在念書，在同儕中他都盡量表現正常，但整個肢體就會像僵硬的機器人，更令人覺得奇怪，但即使他盡量表現正常，他還是比同儕要女性化與溫柔，雖然他是很自然地表現女性化的那一面，但是他的同儕都覺得他是矯揉做作。而齊先生在國二的時候，就告訴他母親自己的性向，她母親不能接受，為此哭了半年。

第一次失戀後，齊先生就拚命地學壞，嗑藥吃搖頭丸，想搖一搖會不會變回男生，但是吃完搖頭丸清醒的那一剎那，卻看到眼前有一個很帥的男生，他又很想要親對方，覺得是對方救了他。

男友已有妻與子　嫉妒猛罵男友之妻

他來問是要問一位錢先生，當他一寫出這位錢先生的八字與名字時，我就看到一個女生以及一個小孩的畫面，我就說：「他有結婚呢，他有一個兒子。」他就很興奮地問我：「哎喲，妳怎麼這麼厲害，妳怎麼知道？」他告訴我這個男的很有錢，一個月賺七位數字，且是在跟他交往兩個月後，才告訴他，他有一個痛苦的事，那就是他已經結婚有小孩了。我問他：「那他一個月給你多少？」他就說：「哎喲，感情又不是建立在金錢上面，但我要買什麼，他基本上都會買給我。」我就說：「你們同性戀都要叫『甘戀人』，就是心甘情願，甘願戀愛。」我問他，他們很激情嗎？他表示是的，齊先生跟我表示當他男友告訴他，他已結婚有小孩，他不僅覺得很痛苦，還覺得很髒，因為他覺得錢先生不僅跟女的結婚生小孩，還欺騙他，齊先生所謂的髒，是指身體的髒，因為錢先生又可以跟女的又可以跟男的，他覺得錢先生是亂搞性關係，他只要一想到就會想要吐。

他講到這以幾乎要抓狂的語氣跟我說：「他搞了女生，又來搞我！」我就說：「他跟他老婆是正常發生關係。」他以強烈的語氣表示：「不行！他是同性戀就不應該結婚。」我說：「他不是同性戀，他是雙性戀。」齊先生還告訴我，他打電話去罵他老婆，我不解地問他：「你怎麼可以打去罵他老婆？」他還說：「對啊，就是那個死三八不離婚，害我們沒有辦法在一起。」我說：「如果這個死三八離婚，他再去找一個死三八，他又跟你在一起，你不是又瘋掉？」他一聽就露出擔憂的語氣問我：「不會吧？」我跟齊先生說：「基本上他很自私。」齊先生的男友，讓我想到丁小姐的先生，都是屬於同一類型的人，就是找個女的結婚生子，表示已完成了個人應盡的義務。

固執霸道不講理　空想幻想能發財

齊先生表示他來找我的上個星期，錢先生的太太就打電話給他，告訴齊先生他們又上床了，錢太太告訴齊先生，她先生還是愛她的。這通電話齊先生覺得她太太在跟他示威，當錢太太電話一掛，齊先生立刻就打電話給錢先生罵他，質問錢先生為何告訴他已不愛他太太了，結果錢先生還是依然可以跟他太太翻雲覆雨，錢先生的解釋是老婆硬來的。我就跟齊先生解釋，雖然如此，但表示錢先生對她太太是有感覺的，因為沒有感覺是沒辦法做的。

我看了齊先生的八字格局是火空空，我很確定他是不會結婚的，因為八字中是沒有喜的，他也告訴我，他脾氣非常的壞，只要火一上來，一定要發洩。我就問他，他最希望的是什麼，他告訴我，他最希望的是發財，賺很多錢，但是我告訴他，他很懶（因為八字中的空，只會天馬行空的空想不切實際），以及又很固執與我執，固執加我執就會形成霸道不講理的行為，這樣個性的人，很難有一條明白的路去走，因為霸道沒有耐性，而且我還說他沒有感恩的心，因此脾氣一直都很壞，我就問他：「你有沒有感謝過誰？」

他說：「沒有，我恨每一個人。」我問他恨誰，他告訴我，他恨他主管對他不好啊，恨那些姐妹淘，明明他覺得幫她們畫得很美，她們還嫌不夠美，我聽了就不解地問他：「這樣就要有恨喔？」我就舉例，有時候我去洗頭回來，覺得美髮師今天弄得我並不是很滿意，只是不滿意而已，我就跟他解釋，人都有心情，但心情只能講我生氣，不能講恨，如果講恨，他的恨太多，每一分鐘每一秒鐘都在恨，都沒有感恩，我問他：「你有沒有恨過你媽把你生成這樣？」這時，他卻很肯定地告訴我：「這點倒沒有，只是第一個男友拋棄他，他很恨他的第一個男友。」

我就勸他，如果他要跟錢先生在一起，他就要心甘情願的等，錢先生給他感情，他卻去罵錢先生的老婆死三八，我就跟他講他太自私了，我勸他唸「綠度母咒」，因為他母親是很虔誠的佛教徒，要他唸綠度母咒感應一下，祈求他的愛情順利，並且祝福錢先生以及錢太太可以過他們想要的幸福生活，我跟他強調，當一個人會祈禱會祈求的時候，慾望就下降了，沒有那麼在乎了，我還跟他舉例，有的女生到我這裡問情感，她已經明明不愛對方了，但就是不甘心，就要把她的男人找回來糟蹋他，我都會跟這樣的女的講，要糟蹋男人很難，回來上床之後，萬一懷孕了，是誰倒楣？我就跟女的表示，不要不自覺地陷入對雙方都沒好處、只有壞處的想法中。

同時我也勸他，既然他的內在是個女兒身，就要把自己的生活過好，該遵守的道德規範都遵守，自然會成為一個可愛又有魅力的人，兩人相處不管是多久，有一天看厭倦了，也沒有什麼好爭執與不甘心的，就再各自去尋找新的伴侶，因為或許在不同的生命歷程與生活成長階段，就是需要遇到不同的伴侶。

內在是一個沒有安全感的脆弱小孩，總覺得心愛的玩具、喜歡的人會從身邊離開，因此形成外在霸道的個性，緊抓住自己眼前擁有的情感，由於深怕眼前的親密愛人從緊抓的雙手中溜走，就愈抓愈緊，在情感的互動上，成了一個專制的君主，親密愛人只能對專制君主認同的說YES，對於專制君主不認同的說NO，親密愛人只要稍有一點不如專制君主的意，就不顧對方顏面而發起飆來，外在不可理喻的飆悍行為，親密愛人只覺得愛得有壓迫感，永遠也沒有機會了解專制君主的脆弱與不安。

28 社會壓力離家工作 失戀異地心孤單

即使失戀，依然祝福對方幸福，心的自由與自在，自然而生。

許先生會離開台灣，就是因為台灣的同性戀沒辦法公開，沒辦法快樂，也沒辦法結婚，因此他就選擇一個同性戀的國度，也就是阿姆斯特丹去工作生活。

許先生是個皮膚很細、很白皙又很瘦的男性，細瘦的手臂，纖細的小蠻腰，腰圍不到二十英吋，穿西裝時，就好像一個乾扁的木製模特兒穿著一套時尚的西裝，他形容自己就好像一個女性穿著男性的西裝，非常的不搭調，更顯得自己很女性化，但是他在會計師事務所工作，又必需把自己打扮得很男性化，因此許先生常感受到一種社會化的壓力，除了不能讓他的同事知道他是同性戀之外，他的姐姐與妹妹也很不能接受同性戀這樣的事。

我跟許先生第一次接觸，他是從阿姆斯特丹打給我，我一接起電話，就聽到他在那頭說：「哈囉～～哈囉～～」這時我就看到三個女生的畫面，都是同一個女生，他就在電話那頭表示，他要問他的感情，我就直接地說：「喔，你是同性戀。」電話那頭就沉默了好一會兒，我對著話筒：「喂喂喂～～」

這時他才說：「妳怎麼這麼直？」我就想了一下說：「那要怎麼說？喔，你愛的是男生，先生，你愛的是男生，這樣有沒有比較婉轉？」事實上，當時我根本搞不清楚同性戀正確的用詞是什麼。

許先生聽我這樣說，就在電話那頭笑了起來，他就問我：「我很女性化嗎？」我說：「你的聲音很男生。」他問：「老師，我的朋友說妳有陰陽眼，妳的眼睛可以看到荷蘭嗎？」我就說：「不能，但是我可以看到某些畫面，依據畫面做判斷。」他這天打電話給我的時間點在「流卦」上，是流連忘返的流，流淚的流，因此我就跟許先生說：「你這段感情已經流走了，不會回來了，你會傷心落淚，你會很痛苦。」

為愛消瘦為愛苦　無人可訴心中事

我才一講完，我就聽到許先生在電話那頭，強忍住的啜泣聲，以及從鼻孔發出的很大的聲音，我就說：「不禮貌喔，你用鼻孔噴我喔！」他哽咽地跟我說：「我好難過，我已痛苦兩個禮拜了，兩個禮拜我已將近瘦了四公斤了，我現在快要不到五十公斤。」他一百七十一公分高，接著他又問我：「是不是因為我太瘦，所以我的男人不愛我？」我說：「也有可能。」他告訴我，從小他只要吃肉，就會吐出來，但海鮮可以吃，他問我，他是否可以用什麼辦法讓對方回頭，我很肯定地告訴他，沒有辦法讓他男友回頭，他告訴我，他在台灣工作五年，因為一直要掩蓋自己的同志身分，覺得很痛苦，因此就外派到國外，他的男友是他去紐約玩的時候認識的，是在紐約一個喝咖啡下午茶的餐廳，因為兩人坐在鄰桌，彼此的眼神無意中交會，他就有一種觸電的感覺，許先生就知道他們彼此會交往，沒一會兒，他男友就過來自我介紹，跟他坐同一桌，彼此聊得相當愉快，於是那天下午兩人就一起去逛街，一起吃晚餐，並且同回飯店發生了關係，彼此相處得很快樂，一起過了三天，然後他就回荷蘭了。他回荷蘭時，每天都有通 e-mail，但接著就斷訊了，怎麼樣都聯絡不到他男友。

從小到大，他覺得他跟他哥哥與弟弟不同的地方，就是他喜歡穿很性感的內褲，一定要有很浪漫與性感的圖案，因此當他母親給他錢獨自去買內褲時，他就會買這類型的內褲，他一直覺得自己除了生理構造是男的，內在根本是個女的。在國中的時候，他就發現自己是如此，但沒辦法告訴家人，因為他的家庭是一般的家庭，父親開計程車，母親是家庭主婦，家中有五個小孩，他排行老三；他當兵兩三個月之後，跟當兵的同袍在寢室中鬧來鬧去，他倒在一個同袍身上，感覺很興奮，對於自己這種感覺他也有些害怕，就在一次放假的時候，另一個同袍和他都沒有回家，那個同袍來找他聊天，聊著聊著，對方就開始撫摸他，他們就激情地上了床。這是他的第一次經驗。

他們一直交往到退伍之後，許先生就去那個同袍的家中找他，才發現他的愛人有另一個愛人，他的男友是同時腳踏兩條船的，這是他第一次失戀，他真的很想自殺，許先生告訴我他想自殺的原因，是因為他很痛苦，沒有朋友可以訴說失戀的痛苦與傷心，並且家人也不知道他同志的身分，雖然他曾跟他姐姐暗示，軍中有人是同性戀，但他姐姐的反應卻是，要他離對方遠一點，覺得很噁心，認為同性戀會得 AIDS，他姐姐還特別強調，覺得同性戀的人都會亂搞。跟他姐姐談完的那天晚上，他都睡不著，因為他發現他姐姐的想法是非常排斥同性戀的，隔天，他妹妹還來跟他說：「哥，姐說你有阿兵哥同袍是同性戀，很噁心耶，那種人不得好死。」他就問他妹妹：「為何那種人要不得好死？」他妹妹說：「男生就男生，搞什麼同性戀，神經病！」他甚至以假設性的口吻問他的姐妹，如果有一天他發現他是同性戀，她們會是什麼感受，沒想到他的姐妹卻告訴他，如果有那麼一天，就要他去死一死，因為很丟臉、很變態。當他聽到他姐妹這樣跟他說，他的心臟就痛到不行，從此他很清楚他的家庭是不會接受的，另外，他覺得社會不會接受同性戀，會瞧不起他，接著他半年都沒有回家，並且常私下抱著枕頭哭。

男友另有心中人　無法放開自煩惱

他在電話那頭不斷地問我，他在紐約的男友還會再回頭找他嗎？當他這樣問時，我看到我的牆壁上，好像有人在以鐵灰黑色的油漆來回地橫刷，我就在想一般人出現的線條是直的，同性戀出現的線條是橫的，因為之前來找我的齊先生出現的線條也是橫的。我就告訴他，他男友以前是愛他的，但是現在已不愛他了，但是當我講到這句話時，我又看到一個男生的畫面，我就形容我看到的這個男生的長相，比較像歐洲人，頭髮卷的，個子不高，而且這個男的在畫面中還站起來，走路是一跛一跛的。當我這樣形容時，許先生就在電話那頭沉默一會兒，才告訴我，我真的很厲害，他男友是德國人，之前受傷過，腳變跛了，但很輕微，若是不仔細看他男友走路的姿勢，是看不出來的，除非他男友走得很快；但同時他在電話那頭跟我說話時，我又看到另一個男的畫面，因此我就告訴他，他男友一直都有另外一個男友，他聽了有些驚訝地表示，他男友跟他交往的時候，跟他表示，他並沒有其他的男友。

許先生聯絡不到他在紐約的男友後，就非常的痛苦，因為他在荷蘭只有六個台灣來的朋友，很寂寞，我告訴他，他努力也挽回不了這段情感，要他將自己的心情收拾好。

接著他就問我他的健康問題，我就跟他說，他的腸子比較弱，只要他一緊張傷心，就會腹瀉，他一聽就跟我表示，他真的是如此，這一通越洋電話就談了五十分鐘，感覺上我們好像是認識很久的朋友，他告訴我在荷蘭的生活，就是上班下班，很少外出，只是偶爾會去台灣的朋友家吃飯。

後來許先生跟他的幾個台灣朋友找我去荷蘭看住家及辦公室的風水，因此我就到了許先生荷蘭的家，我看到他時，已距離跟我打電話大約兩個多月，他真的很瘦，黑眼圈非常的深。他在荷蘭的家是獨棟二樓半的樓房，還有庭園，我在他荷蘭的家，看到他自己繡的鳳凰以及龍的家飾品，他非常喜歡縫東西，假日時，他喜歡把所有的衣服重新摺一遍，他也很喜歡打蝴蝶結，他的手很纖細漂亮，他的雙手真的很巧。

我去看他家的風水時，剛好因為他家中的燈壞了，因此有兩個長得很高很帥的水電工來幫他修燈，我看他們進門的時候，卻看到一男一女走進來，我聽到許先生介紹他們是一對戀人，已經在一起十年，非常相愛，我跟許先生說可以請這對戀人幫他介紹朋友，但他還是對他在紐約的男友戀戀不忘，還拿他男友的照片給我看，他男友的長相就是兩個多月前，我和他通電話時看到的畫面中的男的，他男友很喜歡中國的東西，因此家裡的擺設具有中國味道，許先生告訴我，他覺得他男友或許前幾世曾是中國人，而且他男友喜歡穿唐裝，以及穿黑色的功夫鞋。

男友罵他臭婊子　走在車陣命旦夕

在他家，他問我，他為何老是成為第三者？不過，我告訴他，他男友會再跟他聯絡，但是他會再痛苦一次，但我強調，他們只是談話，不會再發生任何的關係，許先生聽我這樣說，就表示，這樣有什麼好談的？結果，他在紐約的男友，又跟許先生通 e-mail，許先生就很興奮，又對兩人的關係抱著很大的期望，因此就在這一年聖誕節的五天假裡，飛到紐約去找他男友，但去之前，他男友跟他表示，因為他又回學校念書，課業很忙，因此沒時間陪他，許先生就表示，他不會耽誤他男友很多時間。

去紐約的第一天，他就去他男友的學校等他，從下午兩點一直等到晚上六點半，他男友都沒有出現，因此他就從紐約打電話給我，在通話的過程中，我的心情突然就很低落，也看不到任何畫面，我就跟他表示，要他自己去玩；但是許先生並不死心，又在隔天早上十點，坐在他男友的宿舍門口，並且傳簡訊給他男友，告訴他男友他在學校外等他，但許先生一直等到下午五點，連中飯都沒有吃。然後他又打電話給我，我又再電話這頭告訴他，要他不要浪費時間，我並幫他卜了個卦，是「坎坎卦」，我就很肯定地告訴他，他男友不會出現，他一聽就在電話那頭哭得很傷心，他就在電話那頭告訴我，他只是想要看看他，但是我告訴他，他男友因為有另外的愛人，所以不會出現，我就要他到他住的地方去等他男友，但是他卻告訴我，因為上一次他們都是住飯店，所以他不知道他男友到底住在哪。

我就建議他去問，他真的問到他男友住在哪，第三天他就去他男友住的地方找他，並在他男友住的地方附近打電話給他，許先生告訴他男友，他只是想見見他吃個飯而已，但是他男友卻卯起來，在電話那頭用英文罵他：「臭婊子，爛貨！我已告訴你，我已有愛人，我不會接納你，你為什麼還要來煩我？你給我滾開！」許先生事後告訴我，當他聽到他男友這一連串的話之後，他真的很想走到街上去撞車，結果他真的就走到馬路中間，車子不斷地對他按喇叭，他都充耳不聞，真的一心想被車子撞死，最後是被警察從馬路中間拉到安全的路旁，接著他就邊走在路上邊哭泣，他男友罵他的話，在他的腦海中像錄音帶般，不斷地重覆播放，後來他坐在馬路邊打電話給我，一直哭，並把他所經歷的過程告訴我，我就要他死心了。

傷透心不死心　癡想愛人心意轉

但他卻告訴我，他做不到，他滿腦子都是他男友的背影以及長相，他會一直想到他男友的背影，是因為他看他男友的背影，心中就感受到他男友是個很孤單很寂寞的人，當他在跟我講這些話時，我眼前又出現一個男的畫面，這個男的跟他男友長得很像，我就問他，他男友是不是有弟弟？他就在電話那頭告訴我，是的，他男友是有個弟弟，我就告訴他，他弟弟也是同性戀，他以不能相信的語氣告訴我：「不會吧，我見過他弟弟，他弟弟對我很好。」我就在電話中告訴他，他男友的弟弟很欣賞他，我就要他去找他男友的弟弟，不要愛哥哥，愛弟弟好了，他就表示：「怎麼可以這樣？這樣子很難的。」但就在通完這通電話之後的兩個星期，他男友又傳簡訊，寫 e-mail 問候他，好像完全沒有發生在紐約罵他的那件事，許先生就打電話問我，他男友到底在想什麼？我就跟他講，他男友是個怪人，只想跟他做朋友，但不想跟他做戀人，激情過後，他還是要跟他的愛人在一起，我就告訴他，他對他男友而言，只是外面的「野鳥」。後來有一首台語的流行歌就叫「野鳥」，他只要聽到這首歌，他都會很生氣，因為會勾起他這段很痛苦很傷心的遭遇。

我就問許先生，他是否能接受自己只當他男友的性伴侶，他表示沒辦法，因為他要的是完全的愛人關係，雖然他在荷蘭，有所謂的同志常去的 BAR，大家也常會發生一夜情，但是他從不去那樣的地方，因為他要的是一份彼此真心相待的情感。

後來，有一天他又打電話給我，告訴我，他男友的弟弟真的對他很好，常透過網路跟他聊天，表現出很關心他的態度，許先生也在電話中告訴我他男友弟弟的出生日，但是我一在紙上寫下出生日，我就聽到慘叫的聲音，好像是人摔死或是被壓死的慘叫聲，我聽到這樣的聲音，先是愣了一下，然後我算了許先生給我的他男友弟弟的八字，是空空空流離的格局，我還打卦，怎麼打都打不出來，也就是六個銅板，不論我用什麼手勢丟，都是丟出重疊卦，也就是六個銅板全都疊在一起，連續八次，我只好改用三個銅板打卦，結果又連續十一次都是重疊卦，因此我又以兩個銅板打卦，當時我心裡就想，如果這兩個銅鈑，還是疊在一起，就是沒有未來，結果打了十次，這兩個銅板就像雙胞胎一樣，緊緊地黏在一起，當時我就傻眼了，我就跟在越洋電話那頭的許先生表示：「這個人可能活不久了。」他就說：「妳不要嚇我。」我說：「大概兩年後他就會過世。」結果他男友的弟弟就在兩年後的聖誕節前被車壓死。

許先生知道這件事，是他男友的弟弟的愛人透過 e-mail 通知他的。許先生表示，他男友的弟弟一直覺得他哥哥跟他一樣是同性戀，但是兄弟倆從來都不敢面對面的談這件事。

學會關心弟弟　懂得感恩人自在

許先生還打電話請我幫他男友的弟弟超渡，隔年的舊曆年，他從荷蘭回來跟我一起吃飯時，告訴我，他媽媽告訴他，他弟弟有帶個老外的朋友回家，並且他弟弟要到美國發展，許先生就問我他弟弟是不是同性戀，我說是，他聽了後就說：「他快樂就好，至少他有男朋友。」並跟我表示，從他男友弟弟所發生的遭遇，他會主動地多去關心他弟弟。

一直到前年的夏天，對於他男友弟弟的過世也較為釋懷，因此他主動地跟他弟弟表示，他會到荷蘭工作，是因為自己是同性戀的緣故，他弟弟聽他這樣說，就哭得很傷心地跟許先生表示，他會去美國的原因，也是因為台灣不能接受同性戀，因此只好到美國去工作，跟他的愛人住在一起。從小到大他跟他弟弟的關係很疏遠，從此之後，他和他弟弟的關係就變得較親密。

這一年他從荷蘭回來，去見老仁波切，老仁波切特別為了他一個人，舉行皈依的儀式，他就開始學佛，並且請了一尊千手觀音以及綠度母回荷蘭，學佛之後的他，變得比較自在，不再那麼在乎有沒有一段戀情，他表示愛情是很奧妙的，雖然重要，但是親情也同樣重要，許先生表示，若不是認識他的男友，以及他男友的弟弟的這個過程，他今日也不會跟他弟弟這麼親近，相互關懷，所以他很感謝認識他男友，後來他男友經過一年多再跟許先生聯絡時，他就把心裡的這些感受跟他男友說，並且許先生已能帶著祝福與感恩的心，跟他的男友聯絡與互動。許先生後來在我去印度齋僧的時候，還託我為他男友與他男友往生的弟弟祈福，我發現他跟以前有很大的不同，過去他的焦點只在愛情上，也不關心家人，以及工作上的人，但是現在卻變得會關心周遭的人。

不論是同性或是異性，愛都不是一條容易學習的道路，在不如願的受苦與受傷中，學習從著迷與執著的兩人世界中，發現自己內在愛的能力，能夠感受周遭其他親近的人，也正在經歷恐懼、不被認同，常常活在緊張焦慮苦痛中，因此懂得主動將內在的愛給予親情，給予友誼，給予陌生的人，於是讓愛傳出去，才如薪火般在社會各個角落點燃。

29 養家顧妻男子漢　婚後老婆嫌他笨

原本以為是可以讓自己幸福的選擇，沒想到幸福的選擇，成了現實的荒謬鬧劇。

王先生從小到大，他都覺得身為男人，到了適婚年齡就要娶妻生子，王先生個子並不高，長相也不帥，但是身材的肌肉很結實。王先生家有四個哥哥兩個姐姐，他是最小的兒子，他覺得要讓父母安心，就是要結婚生子，但是他會有這樣的想法，也沒有任何來自父母與家庭的壓力，因此他經由自由戀愛兩年而結婚，他老婆也不是他的初戀，但他老婆跟他結婚時，還是處女。婚後在與老婆的相處上，他發現他老婆對他的態度，常是頤指氣使，並且隨口就罵他笨，罵他常聽不懂她講的話，並且還常抱怨為何嫁給他這麼倒楣。他做飲食的生意，而且做得很成功，有四家分店，他一個月賺得高達七位數字的錢，都是歸他老婆管，他覺得家是夫妻雙方共同打拚的，所以也沒有計較錢的事。

他老婆在當他助手的過程，他發現他老婆不是嫌棄他，就是對他抱怨，甚至覺得被糟蹋，他會有這樣的感覺，是因為晚上他想要找他老婆親熱，他老婆總是以各種理由拒絕，要不然就是在過程中，他老婆會不斷地催促：「好了沒？快點啦！」王先生到後來都沒辦法興奮，或是很可以達到舒服的高潮的狀況。經過婚後的相處，他發現他老婆的個性很急性急躁，讓他很有壓力，他老婆連跟自己的母親講話，也都是：「媽，你很煩，到底好了沒？」他聽了有時都會跟他老婆講：「妳怎麼這樣跟妳媽講話？」他老婆就會不解地問他：「怎麼樣？我媽都不覺得怎麼樣。」因此結婚愈久，雖然他試圖想要讓他老婆了解他的感受，以及想要改變與老婆的這種互動與溝通關係，但是他老婆覺得自己沒有錯，她覺得不需要改變與做調整，甚至他還曾在親熱之後，彼此都很愉快的狀況下，問他老婆：「其實，妳這樣罵我對嗎？」他老婆卻說：「對啊，你就是欠罵。」他就反問：「我有這麼差嗎？」他老婆就說：「對啊，你不知道嗎？」結婚八年後，生了一個女兒，他卻愈來愈沒辦法跟他老婆溝通。

好奇發洩找男人　玩出愛情變愛男

後來純粹是晚上很無聊，自己就上網，進入同性戀網站，當時只因為好奇，後來他就去同性戀的酒吧去玩，也只是為了好奇，純粹想發洩，發洩在性上的不滿足與怨恨，當他跟我說到這時，我就問他：「為何不花錢，找女的發洩呢？」他表示，他對女的愈來愈害怕，因此就想到同性戀酒吧玩一玩，一開始他也有些害怕，但是當他真的在之中享受到過往沒有享受過的高潮後，尤其在過程中，摸著另一個男的屁股，他覺得特別興奮，當他這樣跟我描述的時候，還有些不好意思地問我：「老師，妳一定會覺得很噁心。」我說：「不會。」

後來去了同性戀酒吧很多次，從性這方面得到滿足，王先生就更喜歡男的，但是從個性的相處上，他卻更痛苦了，王先生交往的都是柔性的「男朋友」，但同性戀的愛人會愛得更深，抓得更緊，並且更吵更鬧。

他說到這表示，他結婚，也是跟老婆吵吵鬧鬧，但他老婆不願跟他有性關係，並且開口閉口都是錢；之後交了「男朋友」，在性生活上，他很快樂，但在個性上卻很痛苦，因為他的「男朋友」常質問他「你到底愛不愛你老婆？」、「你還有沒有跟她上床？」、「你什麼時候要跟你老婆離婚？」、「你到底愛不愛我？」、「你是雙性戀嗎？」、「你為什麼去結婚生小孩？」、「你跟我們不一樣，為何你要找男生？」一天當中，他的「男朋友」會打這樣的質問電話，約十幾通轟炸他，王先生來找我，主要是想問我，他如何找到一個愛人，但不需要接受這樣的轟炸與逼問，而且他的男朋友，還會打電話用很難聽的話罵他老婆，並詛咒他老婆被車撞死，他覺得他雖然不愛他老婆了，不管他老婆對他好或不好，但那是他跟他老婆的事，他覺得他現在的男朋友這樣罵與詛咒他老婆，是一件很沒道德的事。

性愛生活很快樂　不論男女說不通

王先生問我：「老師，我不是雙性戀，對不對？」我說：「你是從一種生活，改變到另外一種生活。」這也是王先生來找我的主要目的之一，就是要證明自己只能跟「一性」相處，王先生如今只能跟男的親熱，已無法跟女的親熱了，王先生是因為後天壓力而害怕女的，發現自己跟男的也可以，但在溝通上卻依然沒辦法溝通，依然很痛苦。王先生並非是嚮往同性戀的生活，他只是想要找到一個愛人，在性與溝通上同時都能快樂，結果他發現跟女的是沒有自尊，但跟男的卻是要被逼的。他很感慨地跟我說：「我現在什麼都沒有，房子是老婆的，店是老婆的，錢也是老婆的，我若是跟老婆離婚，只有空空的兩隻手，但是我並不怕，我還可以重新開始，但我老婆如今是掐著我的脖子，不跟我離婚。」他老婆跟他表示，若是離婚，就要告訴他的家人以及朋友，他是同性戀，他老婆還威脅他要登報。王先生覺得母親已八十幾歲了，他擔心若是他母親知道他現在的情感狀況，他母親會很難過。

王先生還問我，他老婆是不是因為沒有交過別的男友，就跟他結婚，在與男人的相處上，才會這麼地霸道？我就告訴他並非如此，那是他老婆的個性。我還幫王先生看了他的前世與他老婆的關係，他前三世是個女的，生了兩男一女，他前三世帶著女兒在河邊洗衣服，看著女兒被水沖走，不敢跳下去救他前三世的女兒，只能站在河邊恐懼地哭泣，並看著他前三世的女兒在河中淹死；王先生的前四世，是個明朝太監，十五歲就被閹掉成了太監，十七歲發燒而在十八歲過世；前五世是個女的，在五十二歲時守寡，守到七十一歲過世，有兩個女兒，前五世他跟這兩個女兒關係很不好。因此有可能他今生的老婆，是前三世在河中淹死的女兒。

不要財產要自由　無法愛女要離婚

我問王先生是否會對這一生很不滿，他表示，並不會，他只是想要跟他老婆離婚，去過他想要過的日子，找到一個真正彼此相愛的「男朋友」，兩人可以共同打拚事業，我就建議他跟他老婆好好談，但王先生告訴我，每次他跟他老婆談都吵架，他老婆就問他，是不是因為氣她，而去找男的？吵到後來，他老婆就告訴他，願意等他改變，不願離婚，但是他跟老婆表示，兩人已沒有愛了，何必再糾纏在一起？他老婆就告訴他，不離婚，是因為他會幫她賺錢。

我還建議王先生再去找女的試看看，但是他卻告訴我，他試過，因為工作認識女的朋友，不知道他有去過同性戀酒吧，對他有好感，一起去唱KTV喝酒，那個女的主動對他投懷送抱，但是他卻沒感覺，沒反應，他會很快把對方推開，他覺得很噁心，他表示沒有辦法再跟女的在一起了。

後來我就建議他，還是跟他老婆住在同一個屋簷下，他變員工，他老婆變老闆，談好待遇與福利，下了班之後，他就去做他想做的事，但是雙方家庭他該出席的場合，他還是要出席，讓家人以及左鄰右舍都覺得他依然很正常，等他父母都百年後，再跟她老婆正式離婚，若在這期間，他老婆找到自己的愛人，就祝福他老婆。王先生表示，若有這樣的一天，他老婆的嫁妝就是他所有的店給她，以及兩棟房子給她。

感官的情色可以取悅身體，或許藉由相互取悅對方的身體，有種支配與被支配、擄獲與被擄獲的快感，然而若不能藉由取悅身體為媒介，而觸動雙方的心靈，了解包容彼此的好與不好，那麼終究只會在一次又一次的感官高潮下，一個身體又換過一個身體，成了情字這條路上的吉普賽流浪人。

前世愛怨 Chapter 7

從前世可以得知今生為何如此，但若只是知道，卻還怨，還不如不要知道，但是知道了，又能用心了解，並採取積極的行動去化解這段關係的恩怨情仇，雙方關係才有機會進入柳暗花明又一村的境地。

30 習慣說惡言惡語　抱怨一久情生變

抱怨今生怪罪前世，緊抓著我是對的，最終受苦又是誰？

做珠寶生意的郭小姐介紹許多她的朋友來找我，大多數都居住在新店那附近的社區。郭小姐介紹一位叫陳淑娥的來找我，她來找我，是因為她和老公常吵架，她生了三個小孩，老大是男的，老二是女的，老三是國三男生，她告訴我，她老公都會為了金錢跟她爭吵，她需辛苦地工作賺錢，支付小孩的讀書與生活的各項費用，同時她老公對於她因為工作，沒有將家打理好，以及將小孩照顧好，而有許多的怨言。當她老公對她這樣抱怨時，她就反脣相稽，指責她老公賺了錢，卻不付小孩以及家中的任何開銷，並跟她老公強調，若自己不工作，小孩的學費與各項生活費該從哪裡來？

她的公婆對她也不好，也不會出面替她說句公道話，然而我觀察她跟我說話的態度，我發現她講話常不自覺地惡言惡語與人相向，而她也常因為對老公的不滿，而不斷地在孩子面前數落老公的不是，例如：「你爸爸真的很糟糕……為了你們我還要工作，還要受這樣的苦……」許多這類訴苦抱怨的話，再加上父親對孩子也不用心，只要一看孩子不順眼，就會以閩南話口出粗言與髒語，因而更影響到孩子對自己父親基本的尊敬態度，三個孩子，小兒子是站在母親立場，會為了替母親打抱不平，而與父親產生大大小小的口角爭執，有一次甚至為了護衛母親，而與父親發生肢體上的衝突，出手搥打父親的下巴。

但陳淑蛾與她老公結婚時，曾有一個約定，就是生的第一個兒子，是姓她娘家的姓，也就是姓陳，第二個兒子才是姓夫家的姓，因此她的小兒子在她公婆眼中，才是家族傳香火的長孫，因此當小兒子不斷地護衛母親，父親也會心生不平，而且夫妻倆的爭執，不僅小兒子會攪入，公婆也會介入，因此夫妻之間的恩恩怨怨，就變得複雜而無法關起門來吵，關起門來解決。

外出善意對朋友　回家潑婦罵老少

她來卜卦時，就先將家中的這些狀況，拉拉雜雜地訴說一遍，我看了她的八字，我就跟她說：「以妳的八字，妳是對朋友很好。」當時陪她一起來的郭小姐聽我這樣說，也應聲說：「對啊，我覺得妳講話都沒好聲好氣的，很兇ㄟ！」陳淑娥一聽，就立刻為自己辯解：「就沒有辦法啊，他都沒有給我錢……」又劈哩啪啦地將心中的不滿與怨氣，大聲嚷嚷地重覆一遍，我看她這麼生氣地哇哇叫，我看了覺得不忍又勸她：「阿娥，妳不要這樣子啦，妳真的對朋友很好耶……」她一聽我這樣跟她說，她自己也冷靜下來想一想跟我說，她真的是對朋友很好，朋友要她幫任何忙，她都會很熱心地助一臂之力，但是唯獨一進了自己的家門，就變成潑婦罵街的樣子，而她的公婆也像她先生一樣，罵她的話也是屬於那類聽起來相當不堪的髒話。

曾經她也想不工作，就跟先生拿錢好了，結果她先生給她錢，不是把錢粗魯地丟給她，要不然就是給她錢的時候，兩人又會產生激烈的爭執，於是她又不得不再外出工作。

我勸她：「不要跟妳先生吵，妳要妳的小兒子跟爸爸道歉，畢竟小孩動手打爸爸是不對的，而且妳要學習『修口』，當先生或是公婆罵妳時，妳要學習忍耐。」她要求要看前世今生，她要搞清楚到底前世做了什麼，欠了她先生什麼，才會今生有如此的遭遇。

前世種下因　今生來障礙

於是，我就應她之請，幫她看了前世因果，結果，她和她先生前世也是夫妻，她也是太太，是女性，前世是她先生很愛喝酒，她因為不能接受她先生喝酒的習慣而感情不佳，雖然她先生前世愛喝酒，仍是會認真工作養家，但她最後還是無法忍受，因此她就提出分手，於是就真的分手；這一世的公婆，是她前世拿掉的雙胞胎，所以這一世就成了她的公婆來障礙她，令她處處得不到助力，備感辛苦。我講到這裡，又勸她：「所以妳要對妳公婆好一點啦！」她一聽我這樣說，就咬牙切齒地回我：「我做不到。」她說這話的時候，臉部的線條也因為長期累積的怨恨而顯得有些扭曲。

雖然她這樣回答我，我還是繼續跟她說：「妳公公年紀也大了，再活也沒有多久，妳一定要對他們好一點，否則後果不太好。」這時她不解地問我：「會有什麼樣的後果？」我就直言：「從前世來看，妳還是會跟妳先生離婚，但這一世會更糾纏不清，會不容易離。」她就問：「是誰不離？」我說：「是妳老公不離，妳會一直想離。」她一聽又用兇巴巴的語調說：「我現在就想要跟他離了。」我說：「我跟妳講話，妳都這麼兇，我真的覺得妳很難勸。」郭小姐這時就在一旁開口對她說：「對啊，人家老師跟妳講，妳又這麼兇，我都不好意思了，妳要問前世，人家也告訴妳了，這前世公婆是妳的雙胞胎，妳就對妳公婆好一點啊！」接著郭小姐又轉身對我說：「她公公很好耶，做人很好，我們新店人都對他們很好耶，但不知她和她公婆結了什麼樣的冤仇，老是惡言相向，她公公還會幫社區掃地呢！」這時阿娥一聽就很生氣地插話：「那是假仙的啦！」郭小姐又在一旁問：「她公公長得很高壯，看起來也很健壯，又沒有什麼病痛，怎麼會活不久呢？我聽了都覺得很難過。」我說：「人要死，也是突然一瞬間就死了。」

官司一打再種惡因　惡性循環何時了

經過兩個月，是學生都在放暑假的夏天，阿娥就又跟郭小姐，以及她的小兒子一起來，阿娥就告訴我，她公公真的生病了，並問我，她公公是否真的會死？我很肯定地跟她說，會，她一聽完之後，就跟我說：「他死掉，我就不讓我兒子去拜他。」我一聽就勸她：「妳不要這樣，妳小兒子是他們家的長孫呢！」說到這，我又問她：「妳兒子有沒有跟他爸爸道歉？」她說：「有啦！」我又問她：「妳有沒有提醒妳兒子要去看阿公阿嬤？」阿娥就說：「我兒子不去啊，他爸爸要告兒子打他，這一定是阿公阿嬤教的。」我說：「妳也不能這樣講……」這時她兒子就在辦公室外面喊：「媽啊，到底還要多久啦？」

那天剛好有人送油飯來，可能小孩子肚子餓，我就請我先生弄一點油飯給阿娥的兒子吃。

接著冬季時，我就從郭小姐那得知，阿娥的公公過世了，阿娥的小兒子也沒有去祭拜阿公，我一聽郭小姐這麼說，我就跟郭小姐講：「阿娥這樣做，因果真的是背不完啦！」

後來阿娥在跟她先生打官司，原來她先生告她教育小孩不當，因此她來問我，她跟她先生是否能夠離得成婚？她就在我面前解釋，她有教小兒子要去拜阿公，但小兒子不肯去，她也拿兒子沒辦法，我就跟她說：「阿娥，妳沒有把小孩教好耶！」她一聽我這樣講，就不平地跟我說：「老師，我覺得妳對郭小姐比較好，對我都不好，都說是我的錯。」我也不把她對我抱怨放在心上，依然耐著性子跟她講：「我就跟妳說過，這是妳前世種了不好的因，這一世而得不好的果，那妳現在要不要種好的因，來結比較好的果？不然因果還會再惡性循環，對妳也不好啊！」同時我也跟她說這個官司不好打，我勸她不要打官司了。

問卜背後一團火　天雷卦中顯災害

結果，她帶著小兒子搬出去，而且她的小兒子也因不想念書而輟學。

後來快要過年的時候，阿娥又來找我，卜卦卜到一半，我被她嚇了一跳，因為我看到她的後面整個都是火，她這次來是要問我，她想賣包水餃或是賣涼麵好不好，我就跟她講，她不會做這些事，接著她就支支吾吾地解釋，她在一個大樓的家庭卡拉ＯＫ做些滷菜去賣，下午或是晚上幫忙看店。我聽她這樣講時，不知為何我全身發毛，我就告訴她，她不適合做那種行業，但是她告訴我攤位一時也找不到，為了生活沒有辦法，我就想了一下，建議她，去跟有攤位的人先商量，是否可以先擠一角，因為包水餃或是賣滷味，都不需要很大的地方，要不然就是做滷菜到卡拉ＯＫ的店去賣，但不要去那裡上班。我在跟她講這些話的時候，對於她背後的那團火，我心中一直覺得奇怪不解。

之後，她又來找我的時候，她還是來問她的婚姻，她告訴我，她當初就懷疑她老公有外遇，她聽別人說，她一搬出來，她老公就把外面的女人帶回去住，也聽說外面那個女的懷孕了，她問我要不要告她老公外遇，是否要去抓姦，我就要她不要只是「聽說」就信以為真，要去求證，而我看了羅盤，也告訴她並不如她所聽說的那樣，我特別提醒她：「妳現在也沒有錢。」她一聽我這樣提醒，又開始抱怨起她的小兒子，整天只會跟她要錢，也不肯念書也不去打工賺錢，她看了心更煩，我就建議她不要做滷味，可以去做傳銷或是直銷，她一聽我這樣建議，就告訴我有人要她去做保險，於是就針對她做保險卜了一個卦，卜出「天雷卦」，我看著這個卦象跟她解釋，要她不要再去卡拉ＯＫ上班，那裡是個是非之地，會引來很大的意外之災，並且告訴她上次她來的時候，我看到她背後有團火。

毛細孔發毛抽筋　卜卦之人眼前消失

她一聽我這樣說，就支支吾吾地跟我說，有一個男的對她不錯，我說：「阿娥，妳還沒有離婚喔，妳說妳老公有外遇，但到時候妳跟那個男的交往，妳會被人家冠上『討客兄』的罪名喔，給妳老公戴綠帽子。所以妳才搬出來？」她就硬著語氣回我：「他明明就有，是他先有。」我就跟她說：「我看到妳跟這個男的已經很好了，而且這個男的有老婆。」她就以意外的眼神看著我問：「我還沒講，妳怎麼就知道？」雖然我個人覺得她的個性造成她今日的結果，但我還是依然耐著性子勸她：「阿娥，我覺得這樣真的不好，妳這麼快就交到男朋友，這又是別人的男人，而且我覺得這個男的怪怪的。」

說到這，她就表示，既然來了，她就順便問一下她跟這個男的未來，但是我看她手頭很拮据，我就跟她講：「妳沒有錢，要花錢卜卦，我都會替妳捨不得，妳真的要卜嗎？」

她又很爽快地說，沒有關係啦，並跟我表明，她做的拿手菜賣給卡拉OK生意還不錯，要我不要替她太操心；當她一寫出那個男的名字，我就整個人不僅每個毛細孔發麻，而且全身的肌肉有種輕微抽筋的感覺，而且當她一卜完卦，她就在我眼前突然消失了兩秒鐘，但一會兒，我又可以看到她坐在我面前，我幫人卜卦那麼久，從未發生過這樣的情形，我心裡就想：怎麼會這麼奇怪？她卜到的卦，是親人別離卦，我仔細地看了那個男的八字，問阿娥：「他婚姻很不快樂？」她說：「對啊，他婚姻很不快樂。」我就告訴她：「這個男的，報復心很強，他人瘋瘋的，或許會帶著妳一起去死，妳千萬不要跟他交往，妳快點跟他斷。」她聽我這樣說，就半信半疑地反問：「真的嗎？」但她想了一下，就告訴我，那個男的確實曾跟她講類似一起去死的話，講了兩次，我一聽又繼續跟她說：「這種人很恐怖，妳一定要聽我的話，要不要乾脆離開台北啊？」她就想了一下，說：「離開台北喔？我前陣子確實有想過，眼不見為淨啦，回台中去好了。」阿娥是台中人，妹妹在台中，也叫她回台中。

我就跟她解釋，男的離婚得三世業報，女的離婚得六世業報，這已是她第二次因離婚而得的第二次不好的果，我就勸她，這一世好好處理這段婚姻，否則當女的真的很辛苦，養小孩很辛苦，吵架很辛苦，什麼都很辛苦……我苦口婆心地跟她說：「希望我這些話，妳能夠聽得進去，還有妳要多唸佛，多迴向給妳公婆，妳真的對他們不是很好，如果妳聽不下，妳以後也不用來找我了。」她聽了就跟我說，好吧，然後我又不忘叮嚀她，要她下定決心去做保險，她想一想，她也覺得自己可以回台中去做保險，我又對她重覆地提醒：「妳要真的遠離台北，才有好的結果。」

迷惑之地失意之心　尋歡求樂引殺生之禍

她離開的當天晚上，我還特別打電話給她的朋友郭小姐（她和阿娥是從小時候一直交往到現在，幾十年的好朋友），請她也一起勸阿娥不要在卡拉ＯＫ上班，要她搬回台中，郭小姐聽我這樣說，她告訴我，阿娥去卡拉ＯＫ上班後，整個人都變了，郭小姐告訴我，阿娥覺得原來外面的生活，是這麼的快樂無憂無慮，吃吃喝喝唱唱歌，另外，阿娥也認為自己可以找到更好的男人。我就跟郭小姐表示，在那種地方工作，是會讓人迷惑，會產生強烈的比較心，物欲也會變強，而且去那裡的人，大部分不是喝酒，要不然就是失意的，產生的氣場能量不好。

不知又過了幾個月，已是冬天，有一天晚上，我房間的門就自動地打開，當時並沒有任何風，通常我的房門是不鎖的，是以我房門口的布門簾，塞在門縫邊，將房門關緊，我是屬於容易熟睡，但稍有風吹草動，我也會立刻醒來的人，那天晚上，當門要打開前，我就醒了，感受到有「東西」要來了，因此，我先睜開眼睛，然後就看著塞在門縫邊的布簾，似乎被一個無形的人輕輕地，一點一點地拉開，接著房門就打開了，我就躺在床上看著房門口，覺得怎麼看到一個冬瓜在外面，我心裡想：是冬瓜還是小孩？結果，我就聽到：「老師，老師……」我心裡就問：妳是誰？她就說：「老師，我是阿娥。」我就問：「阿娥，妳怎麼變這樣？」她說：「我燒死了，我死掉了。」我心裡正在想，為何會變成這樣，她就不見了，門又關起來，而且布門簾又一點一點塞住門縫邊，大約過了十五分鐘，布門簾又輕輕地、一點一點地從門縫邊鬆開，門又打開了，我依然躺在床上，看到阿娥全身因為火燒，全身的毛髮都沒有了，光溜溜的，整個人都縮水了，乍看之下就如一個冬瓜，她站在門口說：「老師、老師，我不想死，救我，救我……」這句話，重覆講了兩次，然後門又關了起來。

隔天，我就打電話給郭小姐，我問她：「郭小姐，我問妳，阿娥是不是死了？」郭小姐就很意外地反問我：「老師，妳怎麼知道？」郭小姐告訴我阿娥原本都安排好了，要搬回台中，但又不知為何跟郭小姐的母親租房子，結果就燒死在郭小姐母親的房子內，前後住不到半個月。

性格模式轉世相隨　性格不改幸福難求

我才從郭小姐那得知更詳細的經過，阿娥認識的那個男的老婆紅杏出牆，但他老婆每次出外約會回來，都毫無羞恥與愧疚之色，因此那個男的就覺得很窩囊，遇到阿娥之後，就覺得跟阿娥很談得來，他覺得和阿娥是同病相憐，乾脆兩人一同死算了，因此有一天就拿著汽油來找阿娥，將汽油淋在兩人身上點火，而阿娥是邊燃燒邊往門口爬，在門口樓梯邊燒死斷氣的。

而她的小兒子畢竟還是小孩子，只好回到爸爸身邊。而小兒子一直到媽媽出殯，都沒有開口說任何一句話。

我又找出她來看前世時，留下的紀錄，我發現阿娥和她前世的性格，相當雷同。前世當她懷雙胞胎已到三、四個月，前世的她為了要和先生分手，硬是將孩子墮胎，而這一世，已結婚都快二十年了，還執意搬出去住，和那個男的在一起，男的也沒離婚，而阿娥自己的婚姻也沒有扯清楚，弄到變成被外面的男人淋汽油而燒死，阿娥的這種行為，不僅為自己再次種下不好的因，她的三個小孩又會是如何想母親的遭遇與為人，結果變成是小孩受苦。

憤怒是企圖控制別人來滿足自己的需要，以一種狂野的能量企圖改變別人，讓自己感覺好過，生活好過，或許一開始會小贏，然而憤怒的強大攻擊火力，卻會讓親密關係以及有血緣的親情關係，全受到攻擊火力的威脅，與情感上的被勒索，終究造成親近關係的創傷，導致全盤皆輸。

31 中午的意外發現　好友是婚姻第三者

以為用心過日子，幸福就自然增長，但，考驗總是會在不經意間出現，就像茂盛花園中的荊棘。

褚小姐是個老師，她來找我，是在她發現她先生有外遇之後的兩個月，她告訴我經過，是有一天，正是秋老虎的季節，中午太陽特別的烈，因為她穿了一件高領無袖的衣服，覺得太熱了，所以想要回家換衣服，她表示她跟她老公結婚十五年，從未在中午回家換衣服，但因為實在太熱了，所以決定坐計程車回家換衣服。但回到家，一開門進去，就聽到房間內有聲音，原來是他先生和一個女的在房間內翻雲覆雨，因此她就坐在客廳，等他們結束，結果一個女的光裸著上身，只穿一條內褲跑出來，那個女的看到她在客廳嚇了一跳，褚小姐也嚇了一跳，因為那是她從大學認識至今，多年的好友，只要她好友的先生出差，她好友因不敢一個人待在家中，就會到她家來住。她好友趕緊跑回房間內，穿好衣服就走出房門離開她家，她先生隔了半個小時，才從房間內走出來，她先生看著她都沒有說一句話，她卻跟她先生說：「對不起，我打擾到你們，我換個衣服就走。」她換了衣服離開，她先生也沒有跟她說一句話，她從家裡出去，獨自到公園去痛哭一場。

由於她是一個天主教徒，因此她就努力地禱告，接著她就回學校去，同事看了她的臉色，都關心地問她，她是不是中暑了；她晚上回家接小孩，她有一兒一女，兩個孩子都是資優班的學生，她也依然做飯，那餐晚飯，她根本沒有力氣咬，只能將食物吞下去。

到了晚上，她先生表示，想要跟她談一談，但是她卻告訴她先生，她很累想睡了，兩人還是睡在一起，但是她卻做夢，夢到自己的父親，由於她父親對她很好，於是她就從夢中哭醒，哭醒時，才發現她先生在陽台上抽菸，但她還是躺在床上，要自己趕快睡著，第二天兩人都沒有對這樣的事說些什麼。到了第三天，她先生就打電話給她，要約她到外面談一談，然而她卻說：「其實也不用談，事情發生就發生了，就讓它過去了，但，我想一想，這十五年，我沒有做錯事情，我也沒有存摺，沒有房子，你是不是該把房子過戶給小孩？我只要求你把房子過戶給小孩。」隔兩天，她先生就把房子過戶給她，因為小孩還太小，她先生跟她表示，他對不起她。

以冷靜繼續過日子　生活卻變灰色調

事情過了第五天，全家在吃晚飯的時候，她先生就突然崩潰地跪在她面前，要她打他，請她跟他談，她先生這樣的行為，把正在吃飯的小孩嚇壞了，小孩就問她：「媽媽，怎麼了？」她就跟小孩說：「你爸爸把媽媽最心愛的一個砂鍋打破了，媽媽很生氣，爸爸很難過，而且那個鍋黏起來，也沒辦法煮湯了，那個鍋，媽媽最喜歡用來熬湯，媽媽都用那個砂鍋熬湯給你們喝，你們才會這麼健康，爸爸才會這麼有力氣。」她先生一直要她懲罰他，她先生覺得她不跟他說話，他很痛苦，很難過。

她因為很愛小孩，她很難讓小孩沒有爸爸，也很難想像小孩有不同的爸爸與媽媽的景象，她因為自己是美術老師，她覺得生活上缺了顏色會很可怕，她覺得現在的顏色都是灰色，她只是想找人談談。我聽她的敘述，我就跟她說，我覺得她很有耐性，也很冷靜，很有包容心。

三世姻緣如何道歉　為彼此孩子一切承擔

接著她就看了她的前世，她跟她先生連這一世，已當了三世的夫妻，前兩世她都是男的，前兩世她都沒愛過她老婆，都是經過許配的，前一世是有夫妻之名，無夫妻之實，前一世她的父母過世後，她也沒離婚，就離開她的老婆；接著又做夫妻，她又是男的，為了傳宗接代，她就跟她先生生了一兒一女，生完孩子之後，就再也沒有跟她前世的老婆親熱，但卻在外面有兩個女朋友。所以我就跟她說，怪不得她先生這輩子會做這樣對不起她的事來，她聽完之後，先是愣在那裡，接著她就告訴我，事實上，她和她先生結婚的第二年，她才發現她先生有一個女朋友，是她先生公司的同事，當時她正懷老大，她會發現是因為她裝了答錄機，錄到她先生跟那個女朋友的對話，她先生在電話中跟那個女朋友表示，要跟她談一談，請她原諒，讓她同意他可以跟那個女的在一起，但是她先生的女朋友卻跟她先生表示，他老婆是個很好的太太，她先生的女友覺得是自己不對，因此後來她先生的女朋友就主動地離開她先生。

這次發生的對象，是她大學的同班同學，她同學的先生是大學隔壁班的，她很感嘆地表示，她們是同一班的，怪不得她同學要來睡她的床，跟我先生在一起。我就勸她原諒她同學，她表示，她會原諒她同學，同時也會為小孩著想，我問她，她是否愛她先生，她說：「應該有，我是因為小孩不想去打破這個婚姻。」我說：「如果沒有小孩……」她說：「沒有小孩，我會離婚，不過，老師，我聽了妳講的之後，我更不會離開，把這一世走完吧！雖然我是一個天主教徒，但我滿相信因果。」

後來她跟她的同學都沒有見面，而且她同學也搬家了，也沒跟她說道歉與再見，她跟我表示：「這種事情很奧妙，怎麼說道歉，怎麼說再見呢？」

愛是動詞，愛是旅程，在彼此的關係中，展現內在的勇氣與冒險，因為勇氣與冒險，發現自己的面具，看見自己的防衛與脆弱，發現自己內在潛藏的未知與豐富的深度。

32 情侶相約看合婚　女的陽壽近尾聲

如果還有明天，愛情誓約依然許給妳，如果只剩今日，也要化解前世的牽掛。

吳雲慧和他男朋友一起來找我，她告訴我她頭痛和胃痛，她跟我說她才剛在醫院照了胃鏡，照了腦波斷層，報告還沒有出來，她和她男朋友是要來看結婚日子的，那時是民國八十八年，她在跟我講事情時，我卻看到她有兩個頭，一大一小，其中小的是很黑的顏色，還不斷地轉動，我還以為我眼花了，還定睛再仔細瞧了一遍。吳雲慧覺得我很奇怪，怎麼一直盯著她看，我只好含糊地說，她的髮型還不錯，她的男友姓王，長得高高瘦瘦，理個小平頭，頭型特別的方正，頭頂很平，臉型有稜有角，皮膚略白，是個很虔誠的佛教徒，雖然他們是要來選結婚的日子，我卻問他們，為何會相信目前這家醫院的醫生，他們一聽覺得奇怪，不解地問我：「老師，妳怎麼會用『相信』？我們目前的那家醫院也滿有規模的。」我一聽，就說：「對，我怎麼會這樣講？但，我還是建議你們到另一家大一點的醫院去看。」

這時王先生突然往後移靠，背部更貼近椅背，變成坐在他女友的右後方，並偷偷地用左手跟我搖搖手，他女友很敏感地右轉側過身，問他：「你在幹嘛？」他說：「喔，沒有啦，我這邊癢啦！」王先生只好假裝用左手抓側邊的身體，雲慧小聲提醒他不要不禮貌，這時我只好說：「之前，有人來找我，也是因為頭暈頭痛，而沒有對症下藥，吃錯很久的藥，到後來吃對藥就好了。」他們就跟我解釋，這家醫院也是人家介紹，腦科與腸胃科都很有名的，但那天我壓根兒都不想幫他們看合婚的日子，因為我覺得雲慧的腦已經萎縮了，我很確定她已活不久了，我只好跟他們說：「合婚沒有辦法馬上給你們，你們先把資料給我。」於是他們就把資料與電話留給我。

深情男子的心聲　祈禱愛人命增長

然而，一個星期之後，王先生卻單獨來找我，一來他就問我：「老師，我去拜粱皇寶懺，及地藏懺，我不知道我的感覺是對或錯，我覺得我的女朋友滿嚴重的。」我就嗯了一聲，他接著又說：「我很害怕，很捨不得，我女朋友人很孝順，人也很好，我請妳今天務必要幫我看日子，不管她能活幾天，我都要娶她。」我說：「她可能發現得太晚，會滿快的。」他問我：「那怎麼辦？」我說：「我覺得已經如此，再多找有名的醫院看看吧！」他就表示，有朋友介紹，所以他下星期要帶他女友到另外一家醫院，接著他告訴我他想要卜卦，結果卜出來是「坎坎卦」，我就告訴他，沒辦法藥到病除，只能自求多福，他問我：「老師，會有多久？」我說：「會有多久喔……嗯，你要聽真的，還是安慰的？如果你要聽真的，總共不到半年。」我才一說完，王先生的眼淚就掉下來了，他問我：「沒有辦法五年嗎？」我問：「為什麼要五年？」他說：「因為我們認識五年，我希望再有第二個五年，可以好好愛她。」他告訴我，他之前都在念書，他女朋友無怨無悔地等他，他女朋友也很孝順，如果這時他女朋友過世，她年紀很大的父母親一定無法接受，因此他認為如果他女朋友可以多活五年，她自己的父母先走了，她再離世，這樣會比較好。我聽完就跟他說：「只能給她信念，要她相信，並且不斷地祈求藥師佛菩薩，她有沒有信仰？」他就跟我表示，他女朋友過去是一貫道，跟他交往之後，就跟著他學習佛法，因此我就跟王先生講，可以建議他女朋友多唸心經，幫助心平靜，我又強調，不論唸什麼經都可以，只要她願意唸，那是一種寄託，多看一些菩薩的故事，他聽我這樣說之後，他告訴我，他常講很多佛陀故事給他女朋友聽，並勸他女友要多思維，我就告訴他，他讓她女朋友產生信念再加上意志力，有時候會增加生命的時間，同時也比較不怕苦痛，但這次來，他還是希望我幫他看結婚的日子。

病況急速惡化　婚約之意更堅定

但我心裡還是不想幫他看結婚的日子，再過兩個禮拜，王先生就打電話告訴我，吳雲慧的檢查報告出來，狀況非常的不好，因為腫瘤幾乎將腦幹都包住了，醫生表示，若要開刀，危險性相當高，醫生並未有把握，醫生並且說，雲慧的疼痛最後會痛到眼睛，那種疼痛的程度，會讓雲慧想要把眼珠子挖出來，並且她的牙床是二十四小時都在痛，因此雲慧講話都是要用手托著下巴，最重要的是，醫生對於雲慧可以活多久，也沒把握，還建議王先生再找有名的醫生再檢查。我又透過我個人的關係，透過醫生和醫生的關係，幫王先生找到另外一家醫術不錯的醫生再檢查。而雲慧的家人都不願意誠實地告訴雲慧真實的病況，但王先生慎重考慮了五天，還是決定要跟他女朋友雲慧說實話，因為他覺得實話，雲慧才會有勇氣跟病魔戰鬥，王先生於是跟雲慧說，她的腦裡面長了幾個球球，要想辦法找醫術比較高明的，把小球球拿出來，那就沒事，她的頭就不會痛，雲慧聽王先生這樣說，就問是否很嚴重，王先生就跟雲慧說：「也還好，腦是比較麻煩，如果開錯，妳就會忘了我是誰，那我們怎麼結婚？所以要找很有把握的醫生，老師也問過我們，為何要去原先的醫院，表示我們註定要轉院。」王先生這樣哄著雲慧，雲慧也就同意轉醫院再檢查，沒有害怕，也沒有懷疑。

但是雲慧惡化得很快，才經過一個星期，她的眼睛痛到眼白的部分都微血管破裂，轉院檢查，醫生立刻讓雲慧住院，非常迅速地做各種檢查，報告也在第三天就都出來了，狀況是更惡化，醫生就先採藥物上的治療，但下的藥劑量都很重。這段時間王先生都每兩天打一次電話給我，除了跟我講雲慧的近況，同時也問我是否還有其他的途徑可以幫雲慧，例如放生或是唸經，我就答應他盡量幫雲慧的忙，而王先生自己也到承天禪寺，去拜了梁皇寶懺為雲慧祈福，同時也去佛光講堂，為雲慧點燈祈福，後來王先生打電話告訴我，他準備把工作辭掉，好好地照顧他女朋友，依然還是要如期地結婚，因此在一次電話的通話中，他追問我日子看好了嗎？但，我還是心不在焉地回說，我儘快幫他看日子，我說完這句話，問他：「你有沒有問過她父母的意見？」他說：「還沒跟她們家談。」我又問：「那你父母呢？」他說：「我父母剛開始反對，但我很堅持要娶她。」

了解前世之因 化解今世之果

又過了十天，王先生跟我約時間，想要了解他跟雲慧前世發生了什麼事情，為何這一世要這麼的辛苦？我就問他，為何要看前世的事情？他告訴我，他覺得他們之間是因果，他有他的因果，雲慧也有雲慧的因果，所以他們這一世才不懂得好好把握，之前他忙著他的學業，學業有成，卻發生雲慧生病要離開他，他想要知道前世他們有什麼樣的因果業障，想要找到去除與化解的途徑。

於是我就跟他約了星期三的下午，在電話中，我也不知為何我還特別跟他說：「你不需要特意穿不同的服裝，或是刻意要穿什麼服裝。」他在電話那頭就說：「我聽不懂。」我聽他這樣說，我也愣了一下，心想我到底在講什麼，那種感覺好像不是我自己在講話，接著我就跟他說：「隨便穿啦，沒有顏色的限定。」他又問我：「卜這個卦要有特別顏色的限定？」我說：「沒有啦，跟你開玩笑的啦！」當時我自己也被我口中的話弄得霧煞煞的。

結果，星期三下午，他出現在我辦公室門口，他穿了一件襯衫，是類似長袍馬褂的藍，布料還有點發亮的光澤，看了會令人覺得有些害怕，而且他出現的剎那，我沒有看到王先生的臉，目光被他穿的襯衫強烈地吸引，我就問他：「這件衣服怎麼這麼特別？」他告訴我，這件衣服是人家穿過給他的，他表示，他不太打扮自己，一切以惜福為原則，這時，我心裡就想，穿這件衣服的人，應該已經過世了，我就問他送他這件衣服的人，是不是他的好友？他告訴我是朋友的朋友，曾一起出去聊過天，聚會過幾次，後來這件衣服的主人車禍過世了。王先生會有這件襯衫，是因為有一次一起出去玩，遇到大雨，王先生的衣服都濕了，於是已車禍過世的那個人，就拿了這件襯衫借給王先生，王先生還告訴我，聽說這件衣服主人出車禍過世的時候，臉因為摩擦都模糊不清了，當我們在講的時候，就看到一個灰灰的男的背影，站在我辦公室的門口，我心想，這位往生的襯衫主人，不想嚇到我，所以用背部對著我，還滿客氣有禮的。

前世未了情　今生生死聘

我就用兩個羅盤看王先生與雲慧的前世，就看到他們前世，原本不是情侶，都各自有對象，但是前世雲慧的男友將她拋棄，因前世雲慧的男友一心想要往上爬，因此在看了一個富有人家招贅的告示之後，就去招贅，那富有的大戶人家也對前世雲慧的男友很滿意，便入贅到家世很好的人家當女婿，雲慧因此非常傷心；前世的王先生，跟前世雲慧的男友是好朋友，因此前世的王先生就常以書信安慰前世的雲慧，而王先生後來也沒有娶原先的女友，之後前世的雲慧就一直很憂鬱導致生病，一直不斷地咳嗽，而王先生也去照顧前世的雲慧，後來前世的雲慧是咳血咳死了，前世的王先生照顧到雲慧過世後，他也沒有結婚。當我這樣講的時候，王先生在我面前哭得很傷心，他告訴我，他第一次看到雲慧時，他就覺得他們前世一定認識，覺得彼此之間有未了的感情，他們一認識就話很投機，連雲慧都跟王先生表示，她也覺得跟王先生認識很久了，王先生告訴我，雲慧跟王先生說過，她小時候，約四、五歲的時候，得過肺炎，那次也差點死掉，所以雲慧的媽媽也因為她小時候得過肺炎，覺得雲慧先天的體質較弱，因此容易感冒與胃不舒服。

他聽了這樣的前世經歷之後，他依然很堅定地告訴我，即使我不幫他選結婚的日子，他依然還是要娶她，他表示上輩子既然沒有做到，他這輩子就要娶她，他告訴我，如果這一世他沒有娶到她，下一世他一定還會要娶她，所以他要把握當下完成，讓雲慧有個歸宿，即使最後是要娶雲慧的牌位，他也是要娶。我看他如此堅定的決心與真情，於是我就幫他們選了一個日子，那也是雲慧的往生日，雖然我清楚在同一天，但我想就讓王先生當個紀念。

結婚之日死別時　勸君再娶莫留戀

他們要結婚的前一天，雲慧已快要進入昏迷的狀態，王先生不斷地告訴雲慧隔天就是他們的結婚日子，雲慧就問王先生：「我們的結婚日，會不會就是我的忌日？」王先生跟雲慧說，要她不要這樣講，她一定會好起來。王先生後來真的辭掉工作，每天去醫院陪伴她，幫她打氣，就好像王先生前世一樣，我曾建議王先生再往前兩世看，因為這一世沒結果，前一世也沒結果，因可能是種在前兩世，但王先生不想再了解，他知道這樣就很滿足，他還是要如期地舉行婚禮，去找了婚紗的相片，問雲慧要穿哪一件婚紗。

雲慧在這之間進出加護病房兩次，已瘦到只剩三十公斤左右，王先生後來都會跟雲慧談死亡的過程，當王先生問雲慧怕不怕時，她跟王先生說：「不怕，只是對你很抱歉，你不要娶我，你會有一個老婆的紀錄，如果你要再娶，會不太好娶，因為你一娶我，我就死了，別人會不會認為你是一個很衰的人？而且你一定要答應我，你一定要娶，你不能因為我而不堅強，因氣餒而不結婚，你是家裡的長子，唯一的兒子，你不結婚，我對你的家人沒辦法交代。」王先生就跟她說，不會啦，王先生還跟雲慧說，她比較有福氣，藥師佛都先接引她，而不接引他。說完，王先生難過得把頭轉到別處，雲慧就設法將王先生的頭用她虛弱的雙手，將他轉回來，說：「你看著我，你一定要結婚，你不能不結婚。」王先生就說：「我可不可以因為學佛，而不結婚？」她說：「不行。」雲慧會這樣說，是因為王先生還在讀書的時候，王先生的母親就常跟雲慧提，有不少老公在念書，也是可以結婚生小孩的，所以雲慧了解王先生的母親一直期望王先生能快一點結婚生子，雲慧也覺得很抱歉，因為自己生病，而沒辦法替王先生生孩子。

病房舉行婚禮　入戶除戶隔七天

雲慧後來因為癌細胞轉移到肺，而氣切，王先生後來每隔兩、三天都會親自來找我，在我面前哭一哭，再打起精神回到醫院去照顧雲慧。王先生跟我說，雲慧是因眼睛出血痛而淚水盈眶，還是忍住要掉出來的淚，他已分不清楚，但是他告訴我，雲慧很堅強，即使再痛苦，都沒有掉淚，雲慧還跟王先生表示，不要再有來生，她不要再嫁給他，也不許王先生再說他要再娶她，她不要王先生再受這樣的苦，王先生就跟雲慧說，他下輩子不娶她，但這輩子他一定要跟她結婚。剛開始，雲慧都不答應結婚的事，但王先生就發誓，今生永不再娶，下輩子沒有雲慧也不再娶，雲慧才答應結婚。

王先生就買了婚紗，找了結婚證人，在病床前，以及兩個以上的證人前結婚，但雲慧已虛弱到不能換白色的婚紗，因此只好將白婚紗放在躺在病床上的雲慧身上，原本王先生還要拍照，但是，雲慧要王先生不要拍照，要王先生讓她跟佛祖走，要他把她忘掉。事後王先生打開結婚證書的時候，發現一件很離奇的事，就是他和雲慧在病床前公證的實際日期是三十號，但是結婚公證書的日期卻是寫三十一號，雲慧就是在三十一號往生的，而我幫他們看的結婚日子就是三十一號。王先生就在三十號的下午，去戶政事務所辦入戶口，但一星期後，王先生又因雲慧已往生，不得不再去戶政事務所，辦死亡除戶。據我所知，王先生到目前依然還沒有結婚。

或許對彼此的誓言，從前世來到今生，雖然愛得深、愛得真，但是就如女主角所言，不必讓如此的浪漫悲劇重複又重複，身體不存在了，但，愛，依然可以在心中豐盛生命。

33 脖子背後兩把刀　先生被關尋貴人

跟先生打拚同苦二十多年，原本以為好日子就在眼前，但沒想到的災難才開始……

民國九十三年過完年後，她是中壢的朋友介紹來的，她告訴我她叫素雲，她來找我的時候，我也是第一次看到一個人的背後有兩把橫的菜刀，我看到的時候，還以為我看花眼了，長達五分鐘那兩把刀都在她的脖子後。她告訴我她先生在監獄中九個月了，一直在被審中，但她來問，是因為她都不知道，她老公為何被抓。我就問她，她知不知道她老公在泰國做什麼生意？她就告訴我，她老公是在泰國種東西與養豬。她主要問的是目前的律師對不對？以及如何找貴人幫忙，並問她老公什麼時候會回來？由於她心急，不斷地去求神問卜，聽佛堂不同的人的意見改來改去，弄得她覺得家裡的佛堂怪怪的，她也不喜歡現在的佛堂，她一直不確定祖先的牌位弄得好不好，是否能保佑她先生？她在跟我談的時候，我一直聽到磨刀很尖銳的聲音，而且愈來愈大聲，我就跟她講，先停一下，然後我就去泡了一壺紅棗花茶，當我又再坐到她面前時，她問我，誰才能把她家的佛堂弄好？

我就跟她說，我啦，由於我看到她脖子背後的兩把刀，我就覺得她要拜護法神，我就問她，她喜歡哪一尊佛像，我跟她表示，拜佛像要她喜歡，也要她認識，否則請了一尊神回家她不認識，也很難有體會與感應，她就告訴我她喜歡觀世音菩薩，我就跟她講，她供奉觀世音菩薩，一邊可以放韋陀，一邊放伽藍，於是就約好隔一個禮拜後，去幫她重新弄佛堂。

（她先生被抓的原因，是因為他先生在泰國做生意，有販毒的被抓，供出背後的老闆就是她先生，在泰國販毒是唯一死刑，但她不相信她先生做了這樣的事，覺得是被別人陷害誣告，但她打的卦是「蠱卦」，我跟她說，她先生真的做了這件事，我要她為她先生真心懺悔，做了這件失去良知的事。）

讓河流走「物」能「悟」　留住孩子是生命根基

我到她家時，她家弄得很乾淨，有一套骨董座椅，她告訴我當初買了五六十萬，一棟樓共五層，五樓是休閒室跟佛堂，她就問我佛桌放的方位對不對？我告訴她佛桌的方位是沒什麼問題，當我幫她弄好佛堂隔天，她就打電話告訴我她做了一個夢，在夢中她站在一條河的中間，周遭的東西一直在流走，她一直往河的上游走。我就問她，到底什麼東西在流走？她就告訴我，她的髮夾、她的衣服、她的家具、電視、收音機，我就跟她解釋，夢到水中物，這個「物」她要「悟」到，她要了解，我覺得這是一個有關要了解的夢，我就問她，如果夢中那些東西都流走了，她要如何生活？她聽我這樣講，就一直哭，這時，我的耳朵就聽到觀世音的佛號聲，我就問她，她是否願意再捐多一點東西出去？即使她全部都沒有了，她去想一想還有什麼東西可以佈施，她就告訴我，她聽不懂，我就跟她說，假設她的床、她的電視、她的音響都流走了，她還有冰箱，她還可以把她的冰箱放到河裡一起流走，若家裡還有花瓶，就再把花瓶放進河裡，如果家裡還有飾品，就再把飾品放進去，如果河要將她所有有形的物質東西流走、帶走，就讓河帶走一切，她只要留住小孩，三個小孩（一個二十二歲，一個十七歲，一個十六歲）就是她的根基，我就跟她說，什麼東西都留不住，唯獨手足與親情是可以留得住的。

我跟她講完這通電話之後一個月，她又打電話告訴我，她又做了一個夢，夢到香爐旁有個福袋，福袋燒掉了，有一個出家人跟她講，一切放下，一切都為空，她就告訴我，她從未夢到出家人，我就跟她講，夢到出家人是好事，是福報，同時表示她可以更好。她聽完之後帶著懷疑的語氣問我，她老公的判決遲遲沒有下來，也不知該怎麼辦？同時她還問我，她拜了佛之後會不會更好？我想了一下，就告訴她，會了業，可能會更辛苦，現實生活會更辛苦，但是心靈生活會很快樂，若是她要因為請了菩薩和護法，就能立刻庇佑在她先生身上，我告訴她，不會如她願的，但一定會有所感應。她表示，她大姑不知去哪問，拿三枝香給她先生握一下，然後把三枝香帶回來點，看香燃燒的狀況，就可以判斷她先生這個官司判決的結果；她大姑於是就拿了三枝香，設法到泰國監獄看她先生，然後要她先生握一下那三枝香，結果她大姑把那三枝香帶回來給她，她就早上點了一根，到了中午又點了一根，但點完第二根香之後，她想一想，應該在一天內將三枝香點完，於是她就點了第三枝香，但一點就熄，再點還是熄，連續三次都熄掉，她就要我跟她解釋，香這樣的狀況，到底是什麼意思？

先生被關發現外遇　傷心痛責先生不是

我就解釋，她要懺悔，她的先生真的做了販毒這樣的事，她的生活都是用上等的東西，這三枝香並沒有如她所願的都燒掉，可能連神明都不認同她老公的做法，神是有感應的，當一個人做了虧心事，香通常都點不著，我就告訴她，在我這裡好幾個的案例，都是如此。我解釋，兩枝香有著，一枝沒著，表示神明都不願意收她點的香。

她跟我打電話的那天晚上，當我誦完「地藏經」的時候，我就聽到一個我不認識的聲音告訴我，她先生還有另外三個小孩，我就問誰，那個聲音就告訴我她先生的名字。

隔天一早，我就打電話給她，問她，她知不知道她老公外遇？她一聽很驚訝地反問我：「有嗎？」我就要她做心理準備，她老公在泰國有小老婆，還生了三個女兒，她就在電話那頭哭到不行，邊哭就邊跟我表示，如果這是真的，那她覺得她先生太過分了。

接著因為五月的時候，她先生的案子要宣判了，她就問我，她要不要去泰國？我就跟她講，她一定要去泰國一趟。她從泰國打電話告訴我，她老公被判死刑，同時在法庭上有一個女的帶著三個小孩，在法庭上哭得很慘，後來她才弄清楚，這個女的是她老公的小老婆，是幫忙她老公養豬的，跟她先生生了三個女兒，她最氣的是她婆婆在泰國，根本就知道她先生已有另一個老婆，還看過那三個女兒，最小的才兩歲，老大已六歲，老二四歲，她覺得很痛苦，我就要她先回來再說。她從泰國回來之後，昏睡了兩天，到了第四天她才來找我。

前世三人情糾纏　今生再來了舊緣

她來找我，我就詢問她是否想看看她的前世，看的時候發現，她老公前世也是一個男的，非常有錢，她老公前世和一個村女相愛十年，但是她老公前世的父親不准他娶村女，要他娶一個富家女，於是她老公前世就遵照父親的命令娶了富家女，並生了三個小孩，但和富家女不快樂地生活了二十二年，前世村女等她先生二十二年，在期間還拿掉三個孩子，到了第二十二年，她先生就和村女相邀殉情。看完前世之後，我就跟她說，她要接受，她就是那個前世的富家女，今年她的老大也二十二歲，今天終於知道，她老公在外面生了三個小孩，她老公在泰國的小老婆就是前世的村女，她的三個女兒就是前世拿掉的三個小孩，我就勸她要接受，要忍耐，她一聽，第一個反應是她做不到，我就繼續說，如果她要跟她爭，又有什麼好爭？她先生的命已快沒了，況且這已是事實。

當我跟她講完的隔天，因為介紹老仁波切以及佛學院的大殿成立的帶子拍好了，於是我就邀她來一起觀看這個帶子，因為那時她非常地沮喪，在看的過程，我就跟她說，有一個女生用大佛來紀念她的父親，現在帶子中大佛的旁邊，旁邊有文殊菩薩以及觀世音菩薩，並且還有一尊度母，她聽到這就問我：「度母是什麼神？」我解釋：「度母是以慈悲度化眾生的菩薩。」說完，我就拿一張度母的照片給她看，她看到度母的照片就一直哭，我就跟她講，大佛有人捐助，是一百二十萬，觀世音菩薩與文殊菩薩已有人各捐助七十萬，現在只有度母以及旁邊小尊的佛像，尚未有人捐助，她就問我她可以捐助度母的佛像嗎？我就告訴她可以，她當下決定捐助度母，我就跟她說，她跟她先生以及泰國的小老婆既有前世的因果，既然這一世又遇到，就了業吧，而且如願，她也不要去跟她老公生氣，但她表示，真的很難，我就要她拿度母的照片回去，每天看著度母的照片努力觀想，我跟她講，度母真的很慈悲。

先生嫌她不識字　感嘆受苦誰明白

大約過了半個月，她都在夢中哭泣，而且是在夢中抱著度母的腿一直哭泣，而度母在夢中就撫摸著她的頭，又再過了半個月，她夢到她的左手綁了一個不同顏色的布，我就告訴她，她老公家將有喪事，她一聽不能相信，然而講完的隔天，她婆婆就暴斃，因為她婆婆一直都不知道她先生入獄了，並被判了死刑，而是她在講電話的過程，她婆婆無意間聽到傷心過度，於是就因高血壓引起腦溢血而暴斃，於是她就趕到泰國，料理她婆婆的後事，接著她就到監獄去看她老公，跟她老公表示：「你真的不應該做這種事，我被你隱瞞了那麼多年，你騙了我六、七年，你在外面生了三個小孩，到現在我才知道。」

她老公就問她，她怎麼知道的？她就跟她老公解釋，因為去找一個算命的老師，才知道她老公所做的一切，於是她老公就跟她承認一切，她老公跟她講，他覺得她不識字，並且沒有胸部，她聽她先生這樣嫌她（原本她聽我勸之後，又因為供奉度母，讓她較能以她先生小老婆的狀況感同身受的設想，就覺得這個小老婆也很可憐，沒有跟過別的男人，就嫁給她先生，生了三個小孩，而且跟她先生的日子也不好過，每天都要辛苦地養豬，扛很重的東西，做很多的事情，她老公也沒有跟小老婆住在一起。她算一算，覺得這個小老婆，可能還是靠養豬養自己以及三個小孩，對她老公很幫助，她比較不那麼痛苦，以及沮喪了），她真的很灰心，她覺得她老公這樣講，對她的污辱，比她老公在外面生三個小孩還嚴重。

吃苦受罪終過去　接納一切互照顧

因為她跟她先生吃了很多苦，在鄉下切豬菜養豬，打拚了十二年，她跟她先生的生活才漸漸地從沒有到穩定下來，經濟條件也日漸變好，她也曾到泰國二年，但不適應，就又回到中壢買房子，自己帶著孩子在台灣住共八年，而頭五年，因為台灣仍有一個農場要照顧，她依然過著苦力般的生活，果子要成熟時，要將一個個的果子包起來，在這個過程，她被虎頭蜂咬過，發高燒，還被毒蛇與蚊蟲咬過，那樣的日子很辛苦，一直到近三年，她才過比較舒適的生活，才買了一些好家具，但沒想到就發生她老公販毒被判死刑的事。不管前世是如何，但是這一世，她很確定，她沒有害過人，她很認真地照顧家庭與小孩，老公卻在外面跟別的女人生三個小孩，我就安慰她，那就度化她老公。

到了年底，她又去泰國看她老公一趟，回台之後，她老公的小老婆就來台灣找她的大姑，她也跟小老婆一起吃飯，小老婆一直跟她說對不起，她就把小老婆的大女兒留在身邊，在台灣讀小學，幫小老婆照顧老大，她接受了小老婆的一切。目前她先生的案子在泰國仍在上訴中，但我還是告訴她，她第一次來我看到的那兩把刀，要她有心理準備，即使上訴打官司，仍是不樂觀。

就以羅素的這首詩為結語，祝福天下所有的有情之人：

長久以來，我尋找平靜，我找到狂喜，我找到悲痛，我找到瘋狂，我找到寂寞，我找到孤獨的痛苦，啃嚙我的心，但我找不到平靜。

現在，我老邁接近終點的時候，找到了你，認識你，使我同時找到狂喜與平靜，我終於可以休息，在多年寂寞歲月之後，我知道生命和愛的可能境界，現在，如果我長眠，將心滿意足的安息。

【後記】

生命和愛的可能性

周飛芃

從小，我只要看到老先生與老太太在路上手牽手，相互扶持走在路上的畫面，總會令我莫名的感動，但在一個小女孩的心中，也不明白為何會如此的感動；當我開始工作的時候，有一次聽到同事在放五〇年代貓王的老歌〈LOVE ME TENDER〉這首歌，貓王特有的醇厚嗓音，緩緩地詮釋愛的純真，直到山盟海誓那種深情，我聽到的那一剎那，心中彷彿又看到老先生與老太太相互扶持走在街上的畫面，心又再度地被感動，然而感動的同時，心中帶著些許的感傷與感嘆，因為當時快三十歲的我，從我的父母身上以及周遭親近的人身上，發現要親親愛愛地白頭偕老是一件多麼不容易的事。

就如這本書的每一對男男女女，都渴望從另一個自己喜愛的人身上，找到生活的依恃、心中的平靜以及生命中不變的愛，然而在情愛的旅程中，一經過浪漫甜蜜的期間後，漸漸地產生這段情愛的旅程一開始時，並不期望發生的變調與變奏。

因為彼此成長背景所產生的差異性，於是在耳鬢廝磨中，爭「對與錯」的權力較勁於是揭開序幕，不滿與怨懟就開始累積，接著對彼此的情感與感覺就日漸淡漠，於是在關係中封閉孤立，雙方以冷漠疏離或是憤怒報復相待，甚至在關係中背叛，而走上分手一途……這種種現象，都是切斷彼此情愛的關係，導致心碎的結果，每一次的心碎，都可能加重心中對於情愛關係的恐懼，因而延伸出不信任與沒有安全感，於是變成情愛關係中不斷地要求自己喜愛的情人，給出非凡夫俗子能夠給出的承諾，這種恐懼的循環，將導致在情愛關係的流離失所，依恃、平靜、不變的愛，只成了童話世界中的幻境。

曾經有男的朋友與女的朋友，跟我分享過，他與她都不明白，為何不同的女人與男人，與他或她談戀愛，最後他與她就好像是規格化的加工廠，對方的行為表現與分手的模式，都和之前的女或男朋友，是一模一樣。

這種重複相同模式與錯誤，我想是不少男男女女，都曾在情感關係中遭遇的困惑與困頓。然而當我問他或她，是否在經驗中發現自己的迷思與盲點，他或她都是一愣之後，露出迷惘的眼神，然後就不解地搖搖頭。

在這本書中的每一個真實的男女情愛故事中，或多或少，都會貼近不同人的情感與情緒的心境，以及自己在男女情愛關係中的模式，然而男女之間的情感，不是僅僅在經驗挫敗之後，所產生的唏噓與無可奈何，而是藉由另外一個男或是女，另一個與我們截然不同的性別與個體，去發現、去了解任何關係中，都有許多差異，從男女關係的差異性的摩擦與撞擊，我們才有機會發現生命開闊性，同時從差異性中學習不同的生命經驗，促成內在的成長與力量。

就好像一座山中，種類繁多的樹種一起生長，這座山不僅充滿各種樹種的林相之美，同時各自不同的樹種發揮不同的功能，共同促成這整座山的肥沃與寶藏。

愛是旅程，愛是行動，從另一個具差異的生命個體中，能擴展自己生命的視野，如此，當在關係中不再爭對與錯，才有機會看見並無私地愛眼前這個人，體驗到內在奧祕自然升起的愛，如此才會在愛的旅程中，體會到羅素詩中的因愛的行動，所產生的愛的境界：「我找到了你，認識你，使我同時找到狂喜與平靜……在多年寂寞歲月之後，我知道生命和愛的可能境界……」

國家圖書館出版品預行編目資料

望穿前世今生之情結百年月（十週年典藏紀念版）／
邢渲著 .-- 初版 .-- 台北市：春光出版：家庭傳媒城邦
分公司發行；民105.11
ISBN 978-986-7848-32-1（平裝）

296　　94023540

望穿前世今生之情結百年月（十週年典藏紀念版）

作　　者／邢渲
採訪撰文／周飛芃、春光編輯室
責任編輯／張婉玲

行銷企劃／周丹蘋
業務主任／范光杰
行銷業務經理／李振東
總　編　輯／楊秀真
發　行　人／何飛鵬
法律顧問／台英國際商務法律事務所　羅明通律師
出　　版／春光出版
台北市104中山區民生東路二段 141 號 8 樓
電話：(02) 2500-7008　傳真：(02) 2502-7676
部落格：http://stareast.pixnet.net/blog　E-mail：stareast_service@cite.com.tw
發　　行／英屬蓋曼群島商家庭傳媒股份有限公司城邦分公司
台北市中山區民生東路二段 141 號11 樓
書虫客服服務專線：(02) 2500-7718 / (02) 2500-7719
24小時傳眞服務：(02) 2500-1990 / (02) 2500-1991
服務時間：週一至週五上午9:30～12:00，下午13:30～17:00
郵撥帳號：19863813　戶名：書虫股份有限公司
讀者服務信箱E-mail: service@readingclub.com.tw
歡迎光臨城邦讀書花園　網址：www.cite.com.tw
香港發行所／城邦（香港）出版集團有限公司
香港灣仔駱克道 193 號東超商業中心 1 樓
電話：(852) 2508-6231　傳眞：(852) 2578-9337
E-mail : hkcite@biznetvigator.com
馬新發行所／城邦（馬新）出版集團　Cite(M)Sdn. Bhd
41, Jalan Radin Anum, Bandar Baru Sri Petaling,
57000 Kuala Lumpur, Malaysia.
Tel: (603) 90578822　Fax:(603) 90576622　E-mail:cite@cite.com.my

封面設計／黃聖文
內頁排版／極翔企業有限公司
印　　刷／高典印刷有限公司

2006 年（民 95）1月19日初版
2016 年（民 105）11月29日三版22.5刷
Printed in Taiwan

售價／350元

ISBN　978-986-7848-32-1

廣　告　回　函
北區郵政管理登記證
台北廣字第000791號
郵資已付，免貼郵票

104台北市民生東路二段141號11樓

英屬蓋曼群島商家庭傳媒股份有限公司
城邦分公司

請沿虛線對折，謝謝！

遇見春光・生命從此神采飛揚

春光出版

書號：OC0019X　書名：望穿前世今生之情結百年月（十週年典藏紀念版）

請於此處用膠水黏貼

讀者回函卡

謝謝您購買我們出版的書籍！請費心填寫此回函卡，我們將不定期寄上城邦集團最新的出版訊息。

姓名：______________________

性別：□男　□女

生日：西元__________年__________月__________日

地址：______________________

聯絡電話：______________　傳真：______________

E-mail：______________________

職業：□1.學生 □2.軍公教 □3.服務 □4.金融 □5.製造 □6.資訊

□7.傳播 □8.自由業 □9.農漁牧 □10.家管 □11.退休

□12.其他 ______________________

您從何種方式得知本書消息？

□1.書店 □2.網路 □3.報紙 □4.雜誌 □5.廣播 □6.電視

□7.親友推薦 □8.其他 ______________________

您通常以何種方式購書？

□1.書店 □2.網路 □3.傳真訂購 □4.郵局劃撥 □5.其他 __________

您喜歡閱讀哪些類別的書籍？

□1.財經商業 □2.自然科學 □3.歷史 □4.法律 □5.文學

□6.休閒旅遊 □7.小說 □8.人物傳記 □9.生活、勵志

□10.其他 ______________________

為提供訂購、行銷、客戶管理或其他合於營業登記項目或章程所定業務之目的，英屬蓋曼群島商家庭傳媒（股）公司城邦分公司，於本集團之營運期間及地區內，將以電郵、傳真、電話、簡訊、郵寄或其他公告方式利用您提供之資料（資料類別：C001、C002、C003、C011等）。利用對象除本集團外，亦可能包括相關服務的協力機構。如您有依個資法第三條或其他需服務之處，得致電本公司客服中心電話 (02)25007718請求協助。相關資料如為非必要項目，不提供亦不影響您的權益。

1. C001辨識個人者：如消費者之姓名、地址、電話、電子郵件等資訊。
2. C002辨識財務者：如信用卡或轉帳帳戶資訊。
3. C003政府資料中之辨識者：如身分證字號或護照號碼（外國人）。
4. C011個人描述：如性別、國籍、出生年月日。

請於此處用膠水黏貼